Fan
ファン文庫

無気力探偵

面倒な事件、お断り

著　楠谷佑

マイナビ出版

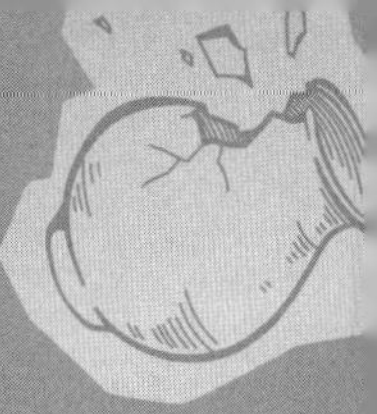

［目次］

イラスト…ワカマツカオリ

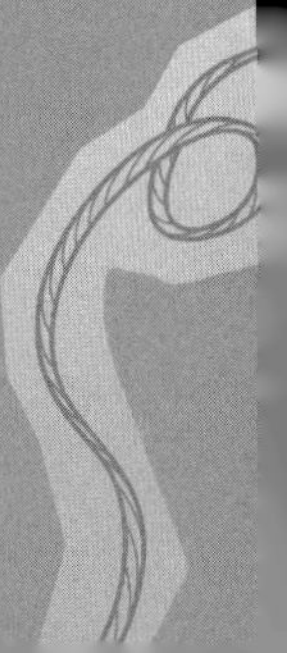

プロローグ

夕陽に染まったリビングで、二人は対峙していた。

「もう一度……言ってくれる？」

智鶴《ちづる》は、男の背中に呼びかけた。だが男は窓外《そうがい》を見つめるばかりで、彼の声には答えなかった。

「どういうことなんだよ」

智鶴は、自分の声が上ずりそうになるのを感じていた。

「あいつを逮捕するんじゃなかったの？」

「智鶴」

男が開口した。冷たい声音である。

「いま言った通りだ。実鳥《みどり》の死は自殺として処理されることとなった。これ以上、付け加えるべきことは何もない。捜査は終わりだ」

「そんな馬鹿な！」

智鶴は愕然として叫ぶ。

「母さんはあいつに殺されたんだって、そう言っただろ！　どうしてなんだよっ」

「……複雑な事情があるんだ」

男は苦々しげに吐き捨てた。彼は首をめぐらせて、智鶴をねめつける。

「いいか、忘れろ智鶴。実島の事件のことは、もう忘れるんだ」

しばらく、沈黙が流れた。智鶴は俯き、男は黙ってそんな智鶴を見つめていた。

「……なるほど」

やがて智鶴が言った。彼の声からは潮が引くように、少しずつ感情が失われていった。

「国家権力に屈したってわけですね、刑事さん。……自分の家族が殺されたのに、上からの圧力には怖くて逆らえないんだ」

「子供のくせに、知ったような口を利くな。組織というものは、感情では動かせん。証拠が要る」

「僕は論理的に、彼の有罪を証明したはずだ」

「馬鹿げたことを。お前が証明したのは、使われたかどうかもわからん密室トリックが『可能であった』ことだけだ。到底、立証などできん——思い上がるんじゃない」

男は苦々しげに言い捨てて、リビングの扉へと向かおうとする。

「……あなたには、失望しました」

「じゃあ出ていくか？」

突き放すように男が言った。

「叔母さんと暮らせばいい。お前がそのような態度を取るのならな。実のところ、彼女のほうから打診があったんだ。仕事で忙しい私の代わりにお前の面倒を見てやってもいい、と」

「……それはありがたい提案ですね。ぜひそうさせていただきます」

智鶴は、扉を半ば出かけた男に答えた。そのときにはもう、彼の声には一切の感情は宿っていなかった。

「警察なんて、もう誰も信じられない。僕はあなたに頼らず生きていきます」

「……好きにしろ」

吐き捨てるような言葉を残し、男は扉を閉めた。

立ち尽くした智鶴は、西日に目を細めつつ、顔をあげた。彼は静かに呟いた。

「さようなら、お父さん」

第一章

ダイイングメッセージはいつの時代もY

1

物語の主人公が男子高校生である場合、教室における彼の座席は、決まって窓際である。窓際の、後ろから二番目くらいの席だ。

私立湯本《ゆもと》学院高等部に通っている霧島《きりしま》智鶴もまた、窓際後ろから二番目の席に収まっていた。彼は高等部の二年生になったばかり。現在教室には、やさしい春の木漏れ日が降り注いでいて、智鶴は昼寝をしている。やはりこれもセオリー通りと言うべきか。

「こらっ、霧島！」

叱咤と教科書ではたかれた痛みで、智鶴は眠りから覚めた。

「いでっ」

「一時間目から、爆睡とは……しかも担任の授業で！　なかなか度胸があるじゃない」

智鶴が上を向くと、うら若き英語教諭——十和田《とわだ》が唇を引きつらせていた。周りでは、級友たちが面白そうに二人を眺めている。隣席の別府《べっぷ》揚羽《あげは》も、教科書で口許を隠しているが、背中が震えていた。薄情なことである。

智鶴は揚羽を少し恨めしく思いつつも、ともかく担任を見返した。

「えーと、おはようございます。十和田先生」

「おはよう、じゃないわよ。あなたねえ、このクラスがどういう場所だかわかっているの？」

十和田は栗色の鬢《びん》をクールに耳に引っかける。

「言わずもがなだけれど、この湯本学院は県下一の進学校なのよ。ましてここは特進クラス！　ぼさっと寝ていたら、置いていかれるわよ」

「はあ……」

智鶴は曖昧に返答しつつ、頭に纏《まと》わりつくパーカーのフードを払った。

「『はあ』じゃない。『はい』」

切れ長の目で、十和田は智鶴を睨みつける。

「あと、寝るなら家でちゃんと寝なさい！　早寝早起きを徹底すること」

「え、そうは言っても先生。今朝は先生も寝坊したんですよね？」

智鶴が何気なく言うと、十和田は教科書を取り落とした。

「なっ……！　な、な、何でそう思うわけ⁉」

「だって」

智鶴は、特に興味もなさそうに十和田の太もものあたりを指さす。

「先生の黒いズボン、ベージュの粉がついてますよ。それって、ファンデーションをしたときに落ちたんですよね。……ということは、先生は座りながら、しかも手鏡で化粧をしたことになる。洗面台や化粧台を使えば、前のめりになって粉は自然と台の上に落ちますからね。つまり寝坊して、学校に着いてから車の中で急いで化粧したのかなー、と」

十和田はあからさまに動揺して、智鶴を睨みつける。

「そ、それだけ……？　根拠としては弱いわね」

「いや、もう一つあります。授業が始まったときにちらっと見えたんです」

智鶴は、自分の首筋のあたりをちょいちょいと示した。十和田は、はっとなってウェーブのかかった栗色の髪を掻きあげる。

「クリーニングのタグ。相当お急ぎだったようで」

教室が爆笑に包まれた。十和田は落とした教科書を拾うと、智鶴の頭にもう一回背表紙を振り下ろした。


「さっきはやっちゃったねえ、智鶴」

休み時間に入るなり、隣席の揚羽がからかってきた。智鶴は頭をさすりながら、「俺、何か悪いことした？」とぼやく。悪いことしかしてないでしょ、と苦笑混じりに言う揚羽。彼女はスマートフォンのカメラ機能を鏡にして、髪飾りの位置を直している。それは蝶をかたどったもので、揚羽にぴったりだな、と智鶴は思った。

「にしても、久し振りに智鶴の名探偵ぶりが堪能できてよかったよ」

「……探偵じゃないけどね」

智鶴は机に顔を伏せる。揚羽とは中等部からの付き合いで、高校に入ってからも同じクラスの腐れ縁だ。だから智鶴がちょっとした推理力の持ち主であるのを知っているのだ。と言っても、智鶴自身は別に探偵だの謎解きだのに興味はなかったが。

「先生の気を逸らせるかと思って、推理したんだけどね。まさかさらに怒られるとは」

「……あ、そう」

揚羽はつまらなそうに言った。彼女は智鶴にかまうことに飽きたようで、漫画本を読みだす。丁寧にブックカバーがかけられていることと、彼女の緩んだ表情から察するに、どうせボーイズラブ作品だろう。なぜ学校で読むのだ。

智鶴はひんやりした机に頬を押しつける。それから目を閉じた。

そう。探偵だの謎解きだのに興味はないのだ——もう。そんなことにはうんざりしていた。三年前のあの日から。

2

のらりくらりと授業をすべてやり過ごし、放課後になった。

智鶴と揚羽は一緒に校門を出ると、のんびりと帰路に着いた。智鶴は帰宅部だけれど、揚羽は新聞部に所属している。だが、この金曜日はたまたま休みなのである。

四月半ば、五時過ぎの空はまだ明るく、空気は生ぬるかった。

「はあーあ、今日もようやく一日が終わった。疲れたよ」

智鶴はごきごきと音を立てて肩を回しながら歩いていく。猫背気味である。揚羽は隣で笑って、「疲れるようなこと、何もしてないくせに」と呆れたように言う。

確かに揚羽の言うとおりだ。智鶴は無言で肯定した。

二人と同じ湯本学院の生徒が、疎《まば》らに下校していく。歩道の脇には、踏まれてぐずぐずになった桜の花弁が散らばっていた。路傍の常緑樹は西日を受けて、のっぺりとした影を地面に落としている。

「春が終わるなあ」

しみじみと言う揚羽。智鶴はぼそりと、「暦の上ではもう終わってるよ」と身も蓋もない指摘をする。

いかにもな地方都市ではあるけれど、週末の夕方とあって、湯本市内はそこそこ賑わっている。湯本学院も、ターミナルである湯本駅からほど近く、街路はわりに混雑している。

二人は切れ切れに言葉を交わしながら、湯本街道と呼ばれる大通りを歩いていった。

「朝のことで思い出したんだけどさ、やっぱり智鶴には推理力があるよ」

暮色に染まりだした空の下、揚羽が唐突に言いだした。

「どうしたの急に」

「ちょっと考えてたの。智鶴の頭脳を生かすためにベストな職業って、何かなあって」

「……は？」

智鶴は、ゆっくりと目を瞬かせる。

「職業って、何でそんな藪《やぶ》から棒に」

「だってもう高二だよ。そろそろ将来のこと考えなきゃ。智鶴くらい頭が良ければさ……

医者とか」

「え、やだよ……他人の命を預かる仕事とか重すぎるし」

「じゃあ大学教授」

「他人に教える仕事も責任重くてやだ」

「それなら、政治家？」

「最上級に責任重いうえに、マスコミに叩かれるからやだ」

「じゃ、何になるの？」

「考え中」

智鶴はふうっ、と吐息した。

「俺もね、自分の頭がいいのは知ってるんだ」

「う、うん……。本人が言うと何だか、こう、えも言われぬイラッと感があるね」

「だからさ、俺……全く労力を使わずに、思考を働かせるだけで高い報酬が得られるような、そんな職業に就きたいんだ」

「何それ、理想高すぎ。そんな仕事あるの？」

「見当たらないから探してるんだよ」

智鶴は、ゆっくりと頭を掻く。

「何かない？」

「あるわけないでしょ、そんな都合のいい仕事。頭が良くて謎解きが得意なら探偵になればいいのに。推理するの好きなんでしょ？」

「好きじゃないよ、別に。推理はどちらかと言えば、仕方なくやってるんだ」

「そう？　でも『仕方なく』と言いつつ、昔の智鶴は結構、謎解きを楽しんでいるふうに見えたけどなあ。中等部のとき、すごかったじゃん。ほら、自転車のサドル連続盗難事件があったとき！　犯人の行動パターンを推理して、見事に罠にかけたよね。それから、校庭にミステリーサークルが描かれた事件。あのときも犯人をずばり言い当てたじゃん」

「気のせいでしょ」

「……ま、無理もないか。智鶴もいろいろあったんだもんね。私も、全部知ってるわけじゃないけど……。お母さんが亡くなって、三年？」

「うん」

　智鶴は少し目を伏せて、短く答える。

「そっか……。お母さんがあんなふうに亡くなっちゃって、探偵小説的な謎解きゲームにうんざりしちゃうっていうのはわかるよ。でもさ、実際に智鶴は頭がいいわけで、それは公共の利益に生かすべきなんじゃないの？」

「公共の利益ねえ……。あのね、揚羽。つまり、素人探偵の推理なんて、一つの指針にしかならないんだよ。たとえそれが、間違いようもなく真実を示していたとしても」

「指針？」

「そう。要するに全てを決めるのは警察ってこと。……そう考えると、何だかやる気も起きないでしょ？」

「そんなもんかなあ」

揚羽は首を捻って、ちらっと智鶴を見る。彼の長めの前髪に覆われた目許はよく見えない。

「そんなもんだよ」

智鶴は、そっと呟いた。二人は話しながら、大通りを逸れて脇道に入った。道は暗く、歩くにつれて人気《ひとけ》もなくなっていった。

「一人で帰るときはさ、この道、通らないんだよね」

揚羽が呟いた。茂る常緑樹に陽光が遮られた小道は、確かに危険かもしれない。だが智鶴は、この道以外を通ったことがない。なぜなら、最短距離だから。

ひっそりとした神社と、そのおまけの公園が現れる。言うまでもなく無人。このあたりは民家も少ないようで、いつでも物寂しい。

車が通れる幅員はあるけれど、智鶴はほとんど車の通行を見たことがない。

けれど、そんな通学路も今日は一味違ったようだ。

空き地の傍を通りかかったとき、揚羽が「あっ」と短く声を出した。どうしたの、と智鶴が問うと、彼女は草むらを指さして、「人が寝てるよ」と小声で言った。

見ると、確かにそこには人間が横たわっているようだった。道路から奥まったところで、かなり草の丈も高いので、服や頭部が少し覗いているくらいだったが。

「あんまり、見ちゃいけないかな」

「待った」

智鶴の声は鋭かった。彼の目に、深刻な光が宿る。

「……出血しているみたいだ」

目を瞠《みは》る揚羽を後目に、智鶴は草むらに分け入っていく。二十メートル四方ほどの土地の一番奥に、それは横たわっていた。

うつ伏せになった身体は、ぴくりとも動かない。百六十センチちょっとの、小柄な中年男。身体の下に血溜まりができている。腹部を刺されているようだ。智鶴は、前方に差し向けられた手首に指を当て、脈を取ってみた。

「ど、どう？　智鶴っ」

少し後ろまで来て、おろおろと見守ってくる揚羽に、智鶴は首を振った。

完璧に、こと切れていた。

身体を軽く持ち上げてみると、下腹部から出血したようだった。傷口は一か所。

「智鶴！　何してるの、やめなよ」

「……うん」

彼は一旦、遺体を横たえて立ち上がった。それから、揚羽の足許にある痕跡に気づく。

そこだけ草の茂みはなく、緩い土が露出している。

「揚羽、そこ踏まないように。犯人の足跡みたい」

「えっ！」

「……これは、消えないようにしとかなきゃ」

智鶴はスマートフォンを取り出して、その足跡を撮影した。

次いで電話をかけようとしたとき、揚羽が「あっ」と叫び、何かを指さす。ちょうど、ついさっき遺体を発見したときのように。

彼女が指していたのは看板だった。

コンクリート塀のやや低いところに打ちつけられていて、宣伝効果があるのか疑わしい不動産屋の看板である。その看板に、黒ずんだ緋色の擦れが付着していた。指の形をしており、紛れもなく被害者が触れた痕跡であった。

書かれていたのは、〈YUMOTO　REALTOR〉という会社名で、血はその一文字目の下部を横切っていた。アンダーラインのように。

「Y……」

智鶴は、低く呟いた。

3

時刻は六時を回り、窓の外は暮色に染まりだした。

「まだ、待たなきゃなのかなあ」

憔悴しきった様子で揚羽が言った。智鶴も同様だったが、完璧に疲れきっていたので、言葉を発する余裕さえなかった。

二人がいるのは湯本警察署の取調室。遺体発見時の様子などについて湯本署の署員に説明し終えたのだが、今度は県警の刑事たちに同じ説明をせねばならないようで、そのために待機させられているのだった。

「ま、人が亡くなったわけだから、待てと言うなら待つけどさ」

揚羽は手持ち無沙汰の様子で、蝶型の髪飾りをそわそわと触りはじめた。そんな彼女とは対照的に、智鶴はゆったりと瞑目する。揚羽は途端に呆れ顔になった。

「ちょっとちょっと、智鶴。こんな状況でも寝ちゃうわけ？」

「いや」

彼は目を閉じたまま、「考えてるだけ」と言った。揚羽は一瞬、きょとんとしてから、ふっと微笑んだ。

「さすが智鶴。でも現場をぱっと見ただけでわかるの？　犯人のこと」

「多少はね。例えば——これ」

智鶴はブレザーのポケットから、愛用の白いスマートフォンを取り出す。軽く操作して、アルバムの写真を表示させた。現場で撮影したものである。

「ほら、この足跡のところだけ、血しぶきが途切れてる。……つまり、被害者を刺して、ナイフを抜いたときの犯人の足跡なんだ、これは」

揚羽は眉根を寄せつつ首をかしげた。

「わっかんないなあ。それが、何かの手がかりになるわけ？　警察なら、足跡から靴を特定したりできそうなもんだけど。っていうか、あんまり長く見ていたいものでもないな」

智鶴は、スマホの画面を消して、またポケットに戻す。

「ただ、こういう細かい手がかりからも実はわかることはあるんだ。つまり――」

そのとき、取調室の扉が開いた。ばたばたと入室してきたのは、地味な色のスーツを着た若い男。人の良さそうな顔で、あまり刑事には見えなかった。彼は慌ただしく着席しながらまくしたてる。

「やあやあ待たせたね。さてとさっそく始めようかあ痛っ」

机の脚に脛《すね》をぶつけたようで、彼は顔をしかめて呻く。

「……大丈夫ですか？」

揚羽が、気遣いと不安感の綯《な》い交《ま》ぜになった表情で尋ねた。若手刑事は顔をしかめつつ手を突き出す。

「だ、だ、大丈夫大丈夫。うぐ……。ふう、さて。じゃあ話を聞かせてもらおうかな」

「刑事はあなた一人でいいんですか？」

智鶴は思わず尋ねた。事情聴取というと基本的には、複数人の刑事がいるはずだが。

「いいのさ、どうせもう所轄の人たちに話してあるだろう？　とりあえず第一発見者には会っておこう、みたいな県警側の手続きみたいなもんさ」

彼は、唐突に咳払いをして、スーツの襟を整えた。

「喋りすぎたな。僕は県警の熱海《あたみ》だ、よろしく」

「別府揚羽です。こっちは霧島智鶴」

「どうも」

「はいはい、どうも。じゃ、始めよう」

智鶴と揚羽は、遺体発見の流れと当時の状況を説明した。湯本署の刑事に話したことを繰り返すだけなので、話は実にスムーズに運んだ。

内容そのものも少ないので、トータルで五分もかからなかった。

二人が話を終えると、熱海は大きく頷《うなず》いた。満面の笑みである。

「オッケー、これで終了だ。もう帰ってくれて大丈夫だよ。長く待たせちゃって申し訳なかったね。親御さんも心配しているんじゃないかな？」

「大丈夫ですよ。私たちの家、ここから近いですし……。ん、どうしたの智鶴？」

智鶴は、目の前の刑事をじっと見つめていた。彼の瞳に奇妙な色が宿っている。

「ど、どうしたんだい？　えーと、霧島くん」

「熱海刑事……随分と上機嫌ですね」

「ああ、まあね。実はこの事件、結構あっさり解決しちゃいそうだからさ」

彼は鼻の下を擦る。そして、テーブル越しに高校生二人に顔を近づける。

「実は、もう第一容疑者が明白になってってね。僕の上司が彼を取り調べているところなんだ。これはまだオフレコなんだけど、遅かれ早かれニュースに出ることだしね。ほら、君らも見ただろう？　被害者が不動産会社の看板につけた、血の跡」

「ああ確か、Yのところに」

そう言った揚羽を熱海は「そう！」と指さす。

「いわゆるダイイングメッセージってやつだな。で、被害者は中学校の教師なんだが……。ある理由から、犯人は被害者の同僚の誰かだというところまでわかった。そして、いたんだな、Yのイニシャルを持つ教師が。勿論《もちろん》、それだけじゃないぞ。彼には動機があった。もう、犯人確定間違いなしだろう？」

「そんなに喋っちゃって大丈夫なんですか」

揚羽が不信感たっぷりに若手刑事を見ながら言った。熱海は大丈夫大丈夫、と笑う。

「もう疑いの余地はないのさ。百八十センチを優に超えるガタイのいいおじさんで、被害者よりも相当でっかい。あれなら被害者をいとも簡単にねじ伏せてしまっただろうなあ、と」

「僕は、そうは思いませんけどね」

智鶴が呟いた。熱海は彼の言葉の意味を図りかねたようで、「はい？」と首をかしげた。

「ですから、そのY先生はこの事件の犯人ではないということです。無実にして無罪。真っ白です。おわかりですか」

熱海は、目の前の少年を穴が開くほど見つめた。揚羽はというと、何かを期待するように智鶴と熱海を交互に見ている。

「な、何を根拠に君は……」

「いいですか、熱海刑事。被害者が刺されていたのは一か所でしたよね？」

「あ、ああ……下腹部を。でもそれが」

智鶴は熱海を無視して続ける。

「被害者は百六十五センチ足らず。そして、そのY先生が百八十センチを優に超えるなら、直立の姿勢で被害者を刺したら、下腹部よりもずっと上に傷があるはずです」

「は、はあ？　何を言っているんだ君は。そんなの単純に、低い姿勢から刺しただけに決まってるだろ！　ちょっと立ってみなさい。実演するから」

「え、嫌ですよ面倒臭い。揚羽やってよ」

「いや、智鶴と熱海刑事の絡みが見てみたい」

「そうだよ霧島くん、女子高生相手にやると僕の立場が危うい」

揚羽の謎のリクエストと熱海の生々しい訴えを受け、やむなく智鶴は立ち上がった。熱海は、ペンを両手で握りこんで、腰を落とし、智鶴の腹部にペンを押し当てる。

「こういうことだ。身体を低くして、突撃するように刺す。むしろこのほうが力が入るから、直立よりも自然だし……こうすれば、被害者より背の高い人物が犯人でもおかしくないだろ？」

「いやいや、熱海刑事。よく足許を見てみてください」

智鶴は、熱海が立っている床の辺りを指さす。左足が前に出て、後ろに退けた右足は爪先立ちのようになっている。

「犯人のものらしき靴跡は、ほぼ平行に並び、その上に血が飛び散っていました。つまり、犯人が被害者をナイフで刺し、そして抜いたとき、足はほぼ揃えられていたはずだとわかるんです」

「あっ！」

熱海は愕然として、ペンを取り落した。そして奇妙な体勢に耐え切れず、床に膝をつく。

「で、でも待ってよ智鶴」

揚羽が両手を突き出して、『ストップ』のポーズをする。

「直立のまま腰を落として被害者を刺すのも、できなくはないよね？」

「あのね揚羽、身長差は二十センチだよ？　下腹部を刺すために腰を低くしたら、ほとんど空気椅子状態だよ。それに、一撃で相手を仕留めるには結構パワーがいる。恐らく犯人は脇を締めていたはずだ。以上のことを踏まえると犯人は、少なくとも被害者との身長差は五センチ前後、百六十センチから百七十センチくらいだと見当がつけられるわけ」

ね？と彼はうっすらと笑んだ。

「足跡からでも、わかることはあるでしょ？」

「ほ、本当だ……」

「あとですね、熱海刑事」

智鶴は、床に両手をついて震えている刑事に向かって口を開く。

「ダイイングメッセージが『Y』なのかどうかも、僕には疑問ですね。どういった経緯であなたがたが容疑者を限定したのか知りませんが、まさか被害者の知人にYのイニシャルを持つ人物が、その人だけだったわけはないでしょう？　死の間際の被害者が、そんな誰に嫌疑がかかるかわからない、多義性のあるメッセージを残すでしょうか？」

「そ、そんなこと言っても！　被害者は現にYに印をつけてる！」

熱海は子供みたいに床のタイルを叩く。もはや涙目である。

「いや、そう言われましても……。そうですね、もしかしたら被害者にとっては、とてもダイレクトで、明確なメッセージだったのかもしれません」

智鶴の謎めいた言葉に、熱海はほとんど絶望したような表情を浮かべて、頭を抱える。

「あー、もういい、もういい。ダイイングメッセージはもういい！　それは置いといて、どうするんだよ君。君の推理が正しかったら、柳沢《やなぎさわ》は犯人じゃないってことになっちゃうじゃないか！」

「いやいや、逆ギレされても困りますし、容疑者の名前言っちゃってますし……」

熱海は、はっとして「聞かなかったことにして」と懇願する。県警の刑事も形無しである。智鶴は慰めるような目を向けた。

「というか、そんなに慌てなくても、間違いを認めて別の容疑者を探せばいいじゃないですか。僕が今話した程度のことなんて、遅かれ早かれ明るみに出ていたでしょうし」

「簡単に言ってくれるなよ」

熱海は弱々しい声で言う。

「鑑取《かんど》りといって、被害者の交友関係から容疑者を割り出す仕事があるんだけど、その担当は僕だったんだよ。容疑者を見誤ったとバレたら、また上司に怒られちゃうよ……それもこれもあの強盗犯のせいだ……」

「強盗犯？」

と鸚鵡《おうむ》返しに言う揚羽を、熱海は沈んだ瞳で見返す。

「実は……この前僕と上司の警部で、逃走中の強盗犯を捕まえたんだけど……。パーキングエリアで一休みしたとき、あいつ僕を突き飛ばして逃走しやがってさあ。手錠がかかっていたから油断してたし、警部はトイレに行っていたし。そのせいで三時間あの強盗犯は逃げ続けた。結果的には捕まえたけど、そのことで警部からこっぴどく叱られて」

智鶴は、項垂れる熱海を冷めた目で見た。

「なるほど。汚名返上のために、今回の容疑者特定を焦ったわけですか。捜査に私情は禁物ですよ」

「ううう……。どうしよう、このままじゃ二倍怒られる。最悪、減給だよ……」

「元気出してくださいよ！　智鶴は名探偵なんですから」

「へえー」

揚羽の能天気な言葉に熱海はいい加減に返答した。だが、揚羽はこう続ける。

「いや、だってこいつ、県警の霧島刑事部長の息子ですからね！」

熱海はこの言葉に目の色を変えて、やにわに智鶴の手を取った。

「刑事部長のご子息だって！　そういえば同じ名字だが、本当かっ」

智鶴は迷惑そうにため息をつく。

「揚羽ぁ……それ言うの禁止」

「何でー？　便利でいいのに」

「コネを使うなんて最低でしょ」

「た、頼む！　智鶴くん。お父さんに掛けあって何とかしてくれ」

「あんたもですか……」

智鶴は必死に頭を下げる熱海を押しのけた。

「じゃあ、こうしましょうか。熱海刑事が俺にこの事件の情報を話してくれる。そうして俺が真相を推理する。犯人が捕まれば、警部さんも文句ないでしょう。平和的解決です」

「ちょ、智鶴。それはビッグマウスが過ぎるよ」

「そう？　でも、熱海刑事はさっき『犯人は、被害者の同僚』って言っていたよね。そこまでわかってるならあるいは……ね」

熱海はぽかんと口を開いて、またも智鶴を凝視していた。恐る恐るといったふうに言う。

「何だか癪だけど……。確かに今の推理も納得できるし、君ならもしかすると……。よし、そうだな。とりあえず話してみよう」

熱海は、やけくそと呼べる域に達していた。

「……ええ。お聞かせ願いましょう」

智鶴は、ちょっと間を置いてから言った。その言葉に、隣で聞いていてた揚羽はちょっと驚いたようだった。

4

「事件の概要を手っ取り早く話しちゃおう。被害者は近松耕市《ちかまつこういち》さん、五十歳。お隣のいずみ市在住で、自宅から五分の距離にあるいずみ中央中学校——ええい、言いにくい——で、社会科教師をしている」

熱海は、くたびれた手帳を繰りながら小声で話す。部屋の外の刑事などに、間違っても聞こえてはいけないからであろう。

もうこのときには、窓の外は完全に夜の色であった。

「君らが遺体を発見したのは五時半ごろだったね。死亡推定時刻は四時半から五時の間。死因はご存知の通りさ。刃物による刺殺。凶器はまだ発見されていないけれど」

「例の足跡から、靴の種類などは特定されましたか？」

智鶴が訊くと、熱海は唇を曲げる。

「靴なら、現場近くの水路から見つかったよ。返り血を防ぐのに着ていたらしき、ユニセックスのスプリングコートと一緒にね。ありふれたスニーカーだ。サイズは一応二十五だったけれど、それは犯人特定には繋がらなかったな。問題の大柄なY先生も、靴のサイズは二十六。容疑者四人の中で一番小柄な女性も、足は二十四・五センチ程度。一センチ違いくらいなら、大きいにせよ小さいにせよ、無理なく履ける」

「……ふむ。容疑者は、四人に絞られている、と？」

「そうだ」

さて、と熱海は机上で掌を組み合わせる。

「ここからが本題だ。容疑者が四人に絞られた過程を話そう。……話は、近松さんが帰宅した午後三時半から始まる」

「中学の先生にしては早帰りですね。残業が多くて大変って聞きますけど」

「ああ、うん。基本的にはそうなんだろうね。でも今日は午前中に授業が終わる日だったようで、生徒はいなかったし、先生たちの多くも早めに仕事を切り上げていたらしい。被害者の近松さんは、受け持ちの吹奏楽部の副顧問だったが、今日は部活もなかったというし。とにかく、彼は三時半に帰宅した。証人もいる。アパートのお隣さんが、玄関口でママ友と談笑中に、帰ってくる被害者を目撃したそうなんだな。で、ママ友同士の井戸端会議は盛り上がりに盛り上がって、それから三十分も続いた。で、四時ごろに彼がまた出かけていくのが目撃されたわけだ。そのとき、お隣さんは被害者に声をかけたそうでね。『あら、近松先生、お出かけですか？』と。これに対する被害者の答えは、『同僚に呼び出されてね』だった」

なるほど、と揚羽が頷く。

「それが事実なら、確かに怪しいのは被害者の同僚ですね」

「まあね。ちなみに、被害者の部屋はアパートの二階で、彼がアパートを出るなりまっすぐ、いずみ新都心駅の方向へ歩いていくのをお隣さんとママ友が見たそうだよ」

熱海は一旦言葉を切って、智鶴のほうを窺《うかが》う。質問はある？というように。

「お隣さんの証言がいやに正確ですね」

智鶴は無表情で指摘した。熱海は、何だそんなことかとばかりに答える。

「その家のお子さんが、リビングでテレビアニメを見ていたようでね。その始まりと終わりが、おおよそ被害者が部屋に出入りした時刻と被っていたらしいんだ」

「へえ！　何のアニメですかね、気になるな。午後三時半から四時となると、あれかな、バスケの……」

「揚羽、落ち着いて」

大盛り上がりで脱線を始めたアニメ好き少女を、無表情のまま遮る智鶴。彼は熱海に目で続きを促《うなが》す。

「おほん。で、被害者は湯本駅の改札口を午後四時二十分ごろに出ている。これは、防犯カメラの映像でわかった。駅から現場までは徒歩二十分ほどだから、厳密な犯行時刻は四時四十分から五時の間、になるのかな。被害者は四時半ごろ、自動車メーカーからかかってきた電話にも出ている」

「……自動車メーカー？」

そう、と熱海は智鶴に頷く。

「確認はまだだけど、どうせセールスか何かの電話だろうね。とにかく、その時間までは生きていたわけだ」

「……なるほどね。ところで、容疑者がどうして四人に絞られたのか、まだ聞いていないのですが？」

「ああ、それね。単純な話さ。被害者の通話履歴を調べたところ、三時半から四時の間に被害者と通話した人物がその四人だったんだ。『同僚に呼び出された』という被害者の言葉が事実なら、必然的に容疑者はその人たちとなるだろう？」

揚羽が訝るように、「三十分の間に、四人の同僚と電話？　そんなに人気者なんですか、亡くなった先生は」と口を挟んだ。

「いやね、どうも被害者が勤めていた中学校で、トラブルが持ち上がっていたみたいでね。……率直に言っちゃえば、いじめがあったんだそうだ。近松さんが担任をしているクラスで」

熱海は眉間《みけん》に皺《しわ》を寄せて首を振る。

「そんなこんなで、個人的に彼と話す必要のある先生が多かったんじゃないかな。Yのイニシャルを持つ、柳沢久太郎《きゅうたろう》もその一人だ。学年主任で、土日に被害者と話し合いをしようと呼び出したんだけど、被害者は応じなかった……それが彼の答えだ」

智鶴は、少し表情を曇らせる。

「応じなかった、ということは、いじめに対する近松さんの対応は……」

「芳しくなかったようだ」

と、熱海は耳を引っ張って、居心地悪そうに話す。

「昔気質な先生だったようでね、『いじめられている側が強い心を持てば、いじめはなくなる派』の人だったそうだ。これ、さっき柳沢から事情聴取したときの引用なんだけど」

「あー、ちょっとわかる」

揚羽は眉をひそめた。

「そういうタイプの先生、ちょっと苦手かも。いや、勿論殺されたのは気の毒ですけれど」

「ま、そこんとこの教育方針で、学年主任の柳沢とはかなりぶつかっていたようだから、動機はありありなんだけど……」

「動機なんかどうでもいいんです」

智鶴はずけずけと言った。彼は、いい加減疲れたぞ、というように頬杖モードに入っている。

「それより、容疑者四人のプロフィールを教えていただけますか？　ダイイングメッセージ絡みからも、そこが一番重要なように思います」

「う、うーん……」

ここまで話しておいて、今更のように躊躇《ためら》う熱海。やはり個人情報の漏洩《ろうえい》は、一番ブレーキがかかるところなのだろう。揚羽がテーブルに身を乗り出して囁く。

「熱海さん、大丈夫。刑事部長の息子ですから」

「そ、そうだったな！　うん」

下っ端刑事は権力に弱いと見えて、元気に手帳を握り直す。父親のことを言われて、智鶴はいくぶん迷惑そうだったが。

「えーと、一人目の柳沢久太郎は……、もう話したね？　学年主任で、国語の先生だ。はい、次。佐竹緑郎《さたけろくろう》は、二学年の副主任。理科教師。次の柊亨《ひいらぎとおる》は二年一組の担任で、英語教師。最後の容疑者、桑畑《くわばた》奈々子――唯一の女性だ――は、二年二組担任の、音楽教師。あ、言い忘れていたけれど、被害者の近松先生は二年三組の担任ね。問題のいじめは三組で起きていて、一組と二組では一応、大きなトラブルはなかったようだ」

熱海は、容疑者たちの名前が記してあるページを、智鶴に見せた。彼はそれをじっと見て、「ふむ」と一言言った。そして、少しの間目を閉じて、開いた。

「なるほどね。……プロフィールを聞いたことで、ダイイングメッセージに対して、ある一つの仮説が浮かびましたよ」

「ええっ、もう!?」

さすがの揚羽も驚いたようで、ぎょっとなって智鶴を見た。熱海は、冗談だろ、というように、ひきつった笑いを浮かべている。

「は、ははは、はは。それは、嘘だよ、智鶴くん。あはは、はは」

彼は震える声で、途切れ途切れに言う。

「ありえない、おかしい。だって、警察が何十人と見たんだぞ、あのメッセージを！　なぜ君にわかって、我々に真の意味がわからない！」

「そりゃ、わっかりやすい容疑者を見つけて見込み捜査をしちまったからでしょ」

「あうっ！」

熱海が精神的ダメージに呻き、テーブルに顔を打ちつける。

「それから、対象の観察も大切ですが、それ以上に分析が必要です」

その謎かけのような言葉に、揚羽と熱海は顔を見合わせた。二人とも『名探偵』を前にした、典型的なワトソン役の反応である。智鶴は、悠然と人差し指を立てる。

「眠くなる講義をして差し上げましょう。推理小説において、ダイイングメッセージが解読できないケースは主に、次の三つに絞られるんだそうです」

熱海は膝を進めて、「教えてくれ」と興味津々な様子だ。

「刑事さんが推理小説の話に興味を示すのもどうかと思いますが、つまりこういうことです。第一のケース、被害者が途中で力尽きて、中途半端な形になった。第二のケース、被害者にとっては単純明快なつもりでも、受け取る側の知識不足で解読できない。第三のケース、犯人がまだその場にいて、自分が死ぬのを見届けているから、犯人にはわからず捜査官にはわかるように、凝ったメッセージにした。ま、この三番は無視していいでしょうね。これは『暗号みたいなメッセージを被害者が残すわけねえ』という読者のツッコミを回避するために作家が編み出したバリエーションですからね」

「お約束だね。ちなみに智鶴、その講義、出典は？」

智鶴は肩をすくめて、「さてね、忘れた。思い出すのも面倒だから、後でググって」と、投げやりな返答。

熱海は「とにかく」と要約する。

「君は、その分類に基づいた分析とやらから、犯人を割り出した、と？」

「平たく言えばね」

「教えてくれ、智鶴くん！　あのダイイングメッセージは何を意味しているんだい？」

「教えられません」

にべもない智鶴の返答に、熱海は「ふぁい!?」と奇声を発した。

「安易に僕の仮説を披露したら、また熱海さんは早合点して新たな冤罪を生み出しますからね」

「ちょ、智鶴、言葉を選んで」

「とにかく、別のアプローチから論理的に犯人に辿りつけるまで、僕はダイイングメッセージのことは話しません」

「ぐぬぬ……」

熱海が唸ったとき、部屋にノックの音がした。湯本署の署員が顔を覗かせる。

「熱海警部補。いずみ中央中学校の教員が三名来ていますが」

「あ、はい、今行きます」

熱海は答えてから、少し考える。

「よし、じゃあ君らも来るがいいさ。……智鶴くん。そこまで言うなら、君にも事情聴取に立ち会ってもらう。もうこうなりゃ、なるようになれ、だ。乗りかかった舟とも言うね。毒を食らわば皿まで、でもいいか。とにかくもう、力になってくれるなら何でもいい」

心底疲れ切った様子で、刑事は言った。

智鶴は「面倒なことになったなあ」とぼやきつつも、腰を叩きながら立ち上がった。

5

湯本署の、一階ロビー。

智鶴たちが下りていくと、パーテーションで区切られたちょっとした待合室で、三人の男女が待っていた。勿論、柳沢氏を除く容疑者たちである。

三人とも百六十から百七十センチの中背。熱海はちょっと期待していたようだが、この人たちに至っては、身長から犯人を推理することは不可能である。

「お待たせしました。この度はとんだことで」

月並みな熱海の挨拶に、三人は疎らに頭を下げる。

「前置きはいいのですが」

口火を切ったのは、ソファの一番手前に腰かけていた男性だった。髪の毛をぴっちりと分けた黒縁眼鏡の青年で、神経質に床を靴で叩いている。

「どういった経緯で我々のみがこの場に呼ばれたのです？　そこから説明していただかないと、話せることもお話しできない」

「まあまあ、佐竹センセイ」

天然パーマで髭面《ひげづら》の男が、青年――佐竹を窘《たしな》める。三人の中では一番年長と見られる彼は、場違いにリラックスした様子だ。

「慌てる何とかは貰いが少ないよ。それよか、俺としてはそっちの高校生二人のほうが気になるねえ」

彼は、熱海の少し後ろから見物していた智鶴と揚羽にウインクした。

「その制服、湯本学院の生徒さんだね。ははっ、いいとこのお坊ちゃんお嬢ちゃんってわけだ」

「この二人は、近松さんの事件の第一発見者です」

と、熱海が答える。

「あのう……」

今まで無言だった女性――桑畑だろう――がおずおずと言い出した。理知的な印象の秀でた額が特徴的な彼女は、三人の中では最年少のようだ。彼女は羽織ったケープの位置を神経質に直しながら、薄い唇を開く。

「それで、どうして我々三人が呼ばれたのでしょう？　勿論、質問にはお答えする所存ですけれど。近松先生が殺されてしまったのなら、犯人は捕まってほしいですし」

「ははあ、近松先生は桑畑先生の恩師だったそうだものね。そりゃお気の毒に。僕は個人的に、彼を好きではなかったけれど」

　パーマの男――残る一人、柊――は、そう言って肩をすくめた。

　熱海は、先ほど智鶴にした説明とほとんど同じことを繰り返した。要するに、あなたたは被害者と問題の時間帯に電話をしていたから、容疑者になるのだと。

「そんな……あたしも容疑者なんですか」

　被害者の教え子だったという桑畑が、困惑したように眉根を寄せる。

「残念ながら。勿論、この中のどなたかを特に疑っている、というわけではないのですが。……さてと、では順番に。まず、被害者に三時三十三分に電話をかけた佐竹緑郎さん。携帯電話から被害者に電話していますね。用向きを教えてください」

「私ですね」

　佐竹が、靴音を響かせながら不機嫌そうに言った。

「近松先生に電話したのは……彼に会いたいとおっしゃっている保護者が、学校に電話してきたからです。その旨をお伝えしただけです。個人的な用事ではまったくありませんよ」

　彼は神経質に眼鏡をかけ直して、もういいだろう、というように口を噤《つぐ》む。

「どうしてあなたが？　しかも携帯電話から？」

「電話を取ったのが、たまたま私だったからですよ。近松先生も同じ二年担当ですから、番号が入っていて……。それで携帯を使っただけですよ」

「ちなみに、近松先生との電話を終えた後、あなたは……」

「そのまま帰りましたよ！　いけないんですか？」

「いやいや、いけなくはありません。えーと、いずみ中央中学校から現場までは……」

「マップアプリによれば、車で十五分ですね。電車より全然近い」

ぶつぶつ呟く熱海に答えたのは、スマホを手にした揚羽。佐竹は頬を紅潮させて立ち上がった。

「おい刑事さん、どういう意味だ！　何なんだその女子高生は！」

「まあまあまあ、落ち着いて。あなたを疑っているわけではありません」

熱海は慌てて宥める。でも今の言い方で気分を害さない人はいないでしょ、と智鶴は胸中でツッコミを入れた。

「ところで、その保護者の用件は？」

「私が言えるわけないでしょう」

熱海が尋ねても、佐竹は取りつく島もない。ここでまたも柊が口を挟む。

「どうせあれだろ、いじめの加害生徒の保護者。大変だな、近松先生も」

「柊先生！　警察はまだしも、無関係の高校生の前でそんな」

佐竹が鋭く言ったが、柊は諦め顔でまた肩をすくめる。

「そんなこと言ったって、このご時世、マスコミが見逃すわけないだろ？　遅かれ早かれ人の口にのぼるよ」

佐竹はなおも気を揉んでいるようだったが、智鶴と揚羽を睨みつけて「ＳＮＳに書きこむなよ」と現代ならではの戒めをすると、黙りこんだ。

「さ、さて！　次は、二時四十五分に、同じく携帯から電話した、桑畑奈々子さん」

「はい、私です。柊先生がおっしゃったように、近松先生には中学時代にもお世話になっていました……。ほんと、どうしてこんなことに。残念でしょうがないです」

彼女は心底やるせなさそうに首を振った。

「電話したのは、明日の吹奏楽部のコンクールのことでお願いがあったからです。私は顧問で、近松先生が副顧問。ティンパニの運搬を頼もうと思ったんですよ。先生は立派なワゴン車を持ってらっしゃるんですが、私は自家用車がないので」

「なるほど納得です。……ちなみに近松さんのご返答は？」

「『わかったよ、じゃあ明日ね』と、それだけでした。……私が聞いた、先生の最後の言葉です」

彼女は俯いた。熱海は頬を掻きつつ続ける。

「ちなみに、あなたはそのとき……」

「学校を出てすぐのところの、バス停で待っていました。今日は学校が早く終わって、部活もありませんでしたし」

「なるほど、その後は……」

「四時ごろ自宅に到着し、寛いでおりました」

「アリバイなし、と……」

「なっ、何ですかその言い方！　ひどすぎます！」

桑畑の悲愴な叫びに、熱海は激しく狼狽する。

「あっ、ちょっ、他意はないのですよ他意は。ほんと、あの、すみません」

見ていられないので、智鶴は思いつきで慰める。

「熱海刑事、ドンマイドンマイ。次いってみよう」

「うわー、智鶴、体育会系の掛け声、全然似合わないね！」

「おい、だから何なんだよそこの高校生！」

佐竹が高校生二人の漫才にまとめてツッコむが、やはり柊が「そんなに怒ることないでしょう」と飄々と言うのであった。

「岡目八目。案外、刑事さんより面白いところに気づくかもよ？　いいじゃないですか、高校生探偵。さーてと、じゃあ俺の番だね」

流れるように証言に移る。

「柊亨、英語を担当している。記憶が正しけりゃ、俺が近松先生に電話したのは、三時になる少し前……午後二時五十五分ってとこか。合ってる？　刑事さん」

砕けた話しぶりに気圧されながらも、熱海は首肯した。

「で、近松先生に電話をかけた用向きは？」

「別に大した用事じゃないよ。月曜日の一時間目に、プロジェクターを使っていいか訊きたかっただけでね」

「プロジェクター？」

「そう。あの人、今日の授業では地図を見せるとかで、共用のプロジェクターを独占してたからね。『月曜は使っていいですよね』と言って、牽制しようと思ったんですよ。駄目と断られたらしょうがない、一応彼のほうが先輩だ。でも、断られると、土日の教材研究に響くでしょう？　だから、金曜のうちに電話しとこうと思ってね」

なるほど、本当に大した用事じゃない。熱海はどうでもよさそうにメモを取っていた。

「しかしあなたは随分、被害者を嫌っていたようですね？」

柊は頬をすぼめる。

「心外だな。嫌っちゃいませんよ、好きではなかっただけで」

同じじゃないか、と智鶴は心ひそかにツッコまずにはいられなかった。

「ただ、教育方針の違いみたいなものがありましてね。今回、彼のクラスでいじめ事件があったわけだけど、事なかれ主義って言うんですか、彼の対応に不適切なところがあったので、どうにもついていけなかった。それだけのことですよ。俺なんかより、柳沢先生のほうがあの人と衝突していたし、それに……」

突然、柊はパチンと指を打ち鳴らした。

「そうだ。柳沢先生、電話で近松先生と話すつもりだっておっしゃっていたけどなあ。『一度外に呼び出して話し合わねばなるまい』なんて言って。インドア派の近松先生が、休日に出てきてくれるとは思えなかったけど……。で、柳沢先生はここに呼ばないの?」

「あー、いや、それはその……なんと言いますか」

彼は今、重要参考人として上司が取り調べております、などと熱海が言えるはずもない。

見かねた智鶴が口を挟んだ。

「どれくらいですか?」

「ん、何だって? 高校生探偵くん」

柊は、顎鬚を掻いて、首を傾ける。

「被害者のインドア具合がです。どれくらいでしたか?」

この奇妙な問いかけに、佐竹と桑畑は顔を見合わせる。柊はくっくっと喉の奥で笑い声を立てた。

「こりゃ、素敵な禅問答だ。えーと、そうだな。土日はまずもって家から出ないと言っていたっけね。彼の家は学校から徒歩五分のところだから、日頃の運動量はほぼゼロだったんじゃないかな。なあ、お二人さん?」

佐竹と桑畑も、言いにくそうに肯定した。智鶴は物わかりがよさそうに「ありがとうございます」と言って、刑事に向き直った。

「熱海刑事、ちょっと」

熱海は「え、何」と戸惑いつつも、智鶴に袖を引っ張られていく。

「皆さん、ちょっとお待ち願います」

智鶴が言い置いて、二人と揚羽はパーテーションの外へ出ていく。三人の容疑者はぽかんとして、刑事と高校生を見送った。


「おい、どうしたんだよ智鶴くん！」

智鶴は声をひそめて、「確認してほしいことがあるんです」と端的に言った後、仕切り一枚隔てた向こうにいる容疑者に聞こえぬよう、熱海にそれを耳打ちした。除《の》け者にされた揚羽だが、「男同士の耳打ちっていいよね」などと呑気なことを言っている。

熱海は、智鶴の注文に首をかしげる。

「わからないな、智鶴くん。どうしてそんなことを？」

「犯人の証言の矛盾を突くためですよ。僕の推理が正しければ、あれは、あるべきところにないはずです」

「まるで犯人がわかったような言いかただね」

「わかりましたよ。さっき言ったじゃないですか」

「嘘だろ⁉」

絶叫した熱海に、ロビーにいた警官たちの視線が集中する。彼はこそこそと高校生たちの間に隠れ、今さらながら声をひそめる。

「ど、どこでわかったんだ？」

「ですから、あの人の証言に不自然な点があったからです。……それに、彼らの証言を聞いて、やっと確信が持てました。ダイイングメッセージYの、本当の意味にね」

「な、何を言ってるんだ！　取り調べ中の柳沢久太郎さん以外に、イニシャルがYの人はいないぞ。佐竹緑郎さんはR・Sで、桑畑奈々子さんはN・K！　柊亭さんはT・Hだ。どこにYがある？」

「だから、Yではなかったんですよ。ねえいいですか、熱海刑事。もっと全体を見るべきです」

「全体……？」

「まあ、騙されたと思って、今言った確認作業をしてくださいよ。どうせあそこには、あなたの部下がいるんでしょう？」

熱海は憮然としつつも、「わかったよ」と言って、携帯電話を取り出した。

6

それから五分ほどして、熱海は一人、パーテーションの中へと舞い戻った。

「刑事さん！　いつまで我々を待たせるんです？　いい加減に……」

「大丈夫です」

彼は、深呼吸してから言った。

「確認作業は終了しました。もう、犯人は明らかになりました。犯人以外のかたは帰っていただいて大丈夫ですよ」

「だ、誰が犯人だって言うんだ？」

警戒するように佐竹が言う。熱海は手帳を取り出すと、白いページを千切って、でかでかと『Y』と書きつけた。

――ダイイングメッセージから明かすと効果的ですよ、という智鶴の入れ知恵である。

「……何ですか、これ？」

テーブルの中央に置かれた紙片を見て、桑畑が眉根を寄せた。

「被害者は、現場にあった看板――〈YUMOTO　REALTOR〉の『Y』に、自分の血痕を擦りつけていたんですよ。恐らくは、最期の力を振り絞って……ね」

ひゅう、と口笛を吹く柊。

「こいつは興味深いね。……となるとますます、さっき俺が名前を挙げた柳沢先生の容疑が濃厚になるね。我々の中でイニシャルがYなのは、彼しかいない」

「ええ、そうですね。でも、いいですか、被害者はYと書き残していたわけじゃないんです。Yに――正確に言えばその下部に、血を擦りつけていたんです」

「何が違うのかよくわからないな」

と、佐竹。熱海は、借り物の推理を続ける。

「こう言えばわかりやすいですか？　つまり、被害者はYに線を書き足したのだと。そして完成した記号が、犯人を指しているのだと……」

熱海は、四色ボールペンの赤を出して、Yの縦棒の最下部から、右に向かって線を引く。

「被害者は社会科の教師であり、今日は一日じゅう、プロジェクターで生徒に地図を見せていた……。瀕死の彼の脳裏をよぎったのは、犯人を端的に表す記号だった」

彼は、犯人に向かってその紙を突きつけた。

「桑畑奈々子さん。犯人はあなたですね？」

名指しされた女性教師は表情をなくして、手帳に現れたもの——桑畑《くわばたけ》の地図記号を見つめていた。

「く、桑畑先生が犯人！」

佐竹が目を瞠り、その拍子に眼鏡がずれる。柊も、数秒前までの人を食ったような態度は影をひそめ、真摯に桑畑を見つめている。彼は、熱海に向き直る。

「お若い刑事さん。まさか根拠がそれだけとは言わないよな。このダイイングメッセージだけじゃ、いくらなんでも彼女を犯人にすることは……」

「根拠ならありますよ。彼女の証言には嘘があった」

「な、何よそれ……あたしは、嘘なんて……」

桑畑が震える声で弁明する。既に真実を知った熱海には、その声がひどく痛々しく思えた。

「あなたは被害者に、『明日、車を出してほしい』と頼んで、快諾されたそうですね？」

「そ、そうよ。明日は吹奏楽部のコンクールだもの！　言ったでしょう？　嘘だと思ったら、調べても……」

「それは本当なんでしょうね」

熱海は、少し辛くなりながら、言った。

「でも、被害者がその頼みを快諾することは、有り得ないんですよ。何故なら、近松さんの愛車は、修理に出されていたのですから。今、被害者の家を捜索していた部下に確認させたところです。被害者の車は駐車場にも現場付近にもなかったそうです」

桑畑は絶句した。

「そんな……嘘……」

「これが真実なんです。不運でしたね。当然、車を修理に出していた被害者がイエスと言うはずはなかった。さあ、桑畑奈々子さん。あなたが被害者に電話した、本当の用件を話してください。彼を殺すため呼び出した——それ以外の言い訳を、何か思いつくのなら。それが嫌なら、あなたの周囲を調べて、証拠が出てくるのを待ってもいいですが。……凶器の刃物などの、決定的な証拠がね」

四人の間に沈黙が流れた。ロビーのどこかで電話が鳴る音がしている。遠くの足音も、いやに大きく聞こえた。

桑畑が口を開いたのは、かなりの時が流れてからであった。

「……ツイてないわね」

彼女の声は、どこか寂しさを、それから安らぎを孕《はら》んでいた。

「こんなことになっちゃうなんて。……上手くいかないものなのね。本当に、馬鹿みたいな偶然よ。こんな日に限って」

いや、と彼女は低く言った。

「そもそも、彼と……近松先生と同じ職場になってしまったのが、馬鹿みたいな偶然だったのね。再会しなければ……殺さずにすんだのに」

「一体何があったんだい、桑畑先生」

柊の表情は、心底やるせなさそうであった。

「君らの間に、何があった？」

「事なかれ主義。柊先生はさっき、近松先生のことをそう表現しましたよね。昔からなんですよ、それは……。十年前、私が中学三年生だったときも、そうだった！」

いつしか、彼女の頬を涙が伝っていた。

「私には、幼稚園からの幼馴染みがいました。彼女は、本当に優しくて繊細な子で……そんな子だったからでしょうか、中学校でいじめに遭ってしまったんです。三年生のときで、私は隣のクラス……。毎朝、一緒に登校していたというのに、私はそのことに気づくことすらできなかった。彼女が自宅の風呂場で自殺してしまうまで。……そのとき、彼女の担任だったのが、近松先生だったんです」

彼女は、自分のケープを摑んで、思い切り爪を立てた。

「勿論、悪いのは彼女をいじめた生徒たちよ！　私だって、当時は自分を責めるのに夢中で、あの人をどうこう思ったりはしなかった。テレビの取材で、『全然気づきませんでした』と答えているのを見ても、彼を憎みはしなかった。……でもそうね、それが私を教職の道に進ませたのも事実。助けてって、苦しいよって声なき叫びをあげている生徒がいたら、飛んでいける先生になりたいって」

でも――。そう言う彼女の声に、憎悪が混じり始めた。

「まさか今年、いずみ中央中学に勤め始めてすぐに、その機会が訪れるなんてね。前年度の禍根を引きずって、一人の生徒がいじめの標的にされている。それを柳沢先生に打ち明けられたときは驚いたわ。……でも、さらに驚いたのは、近松先生のあの態度……！　自分のクラスで起きた問題に対して……彼が職員室で言い放った言葉は信じられなかった！」

「『いじめられる側が抵抗すれば、いじめなんてすぐになくなるのに』」

柊が呟いた。

「俺もよく覚えてるよ。思ったものさ。人の痛みがわからない人間って、やっぱり一定数いるもんだな、って無性に寂しくなった。……けど、まさか桑畑先生がそこまでの過去を背負ってたなんてな」

桑畑は、悄然《しょうぜん》と頷く。彼女は少しずつ、全身の力を緩めていく。

「だから、私は彼に刃を向けた……。『二人きりで会えませんか』って言っただけで、ほいほいやってきたわ。まさか、あんな子供騙しの色仕掛けに引っ掛かるとはね。正面に立っても、彼、刺す瞬間まで私の殺意に気づきもしなかったわ！　本当に低俗な男」

なるほど、と熱海は思った。女性だからこそ、相手を油断させられたのか。そして、被害者の正面から、直立の姿勢で刺すことができた……。

「けど、駄目ね」

彼女は、項垂れて、静かに呟いた。

「結局、私は凶器でしか『弱者』の勝ち方を示せなかった。私は結局、誰も救えなかった。……ちゃんと負けずに立ち向かえるお手本を、生徒に示せなかった。……私も相当、弱かったのね。ひょっとしたら、教師という立場に、多くのことを求めすぎていたのかもしれない。自分に対しても、他人に対しても。今も昔も」

熱海は、そっと彼女の肩に手を置いた。

「上のフロアまで来ていただけますか。続きはそこで。——柊先生と、佐竹先生もご協力ありがとうございました。今日のところはお引き取りいただいて結構です」

それから、刑事と被疑者は連れ立ってパーテーションの外へと出ていった。

虚ろのように広がる、夜の警察署のロビー。

そこに、高校生二人の姿はもうなかった。

7

「第二のパターンだったわけだね」

「うん？」

揚羽の唐突な言葉に、智鶴は首をかしげて振り返る。すっかり日の沈んだ帰路を、二人は辿っていた。今はちょうど、歩道橋に差し掛かったところ。

「ほら、ダイイングメッセージ講義。『受け取り手の知識不足』が答えだった、ってことでしょ？　Yから横棒が生えたやつが桑畑の地図記号、だなんて……私、知らなかったよ？」

智鶴は大きく欠伸をしてから、うーんと唸って言う。

「中学のときやったでしょ？　まあ、高校生探偵ならではの推理、ってところかな。自分で言うのも気恥ずかしいけどさ……。大切なのは分析だって言ったでしょ？」

「まあ、確かにね。被害者が社会科の先生だってことが、ミソだったわけだから」

二人は、微妙に距離をとりながら、歩道橋を上りだす。

智鶴が上で、揚羽が下。高校生探偵の背中は、やっぱり猫背気味だ。

「……ま、ダイイングメッセージは別として。よくわかったじゃん、智鶴。被害者の車が修理中だったなんてさ」

「簡単な推理だよ。だって、被害者はいずみ中央中学から徒歩五分の距離に住んでいたんだよ。そして、そのいずみ中央中学から現場までは、電車で行くより車で行くほうが圧倒的に近い。なのに被害者がわざわざ電車を使ったのは、車が手許になかったから、としか思えない」

「えー、それは飛躍じゃないの？　例えば、健康のために歩こうとしていた、とかさ」

揚羽は、自転車用スロープを危なっかしく上りながら言った。

「柊さんによれば、被害者は引きこもり気味だったそうだけど。休日も外出しないレベルの」

「……じゃあ、あれだよ。ガソリン切れで、車が動かせなかった」

「ないない。ガソリン切れであることに被害者が気づくには、一度駐車場に向かう必要がある。でもお隣さんの証言によれば、被害者はまっすぐ駅のほうへ歩いていった……。勿論、元からガソリン切れに気づいていたなら、補給のためになおさら車を使ったはずだ。逆に、ガソリン切れ以上に深刻な状況だったなら、桑畑さんの依頼にＯＫするはずがない。どう転んでも、彼女は嘘をついていたんだ」

極めつけは、と智鶴は人差し指を立てる。

「自動車メーカーからの電話も忘れちゃいけない。多くのメーカーは修理も請け負っているからね。きっと、修理完了の電話だったんだ」

「んじゃ、その電話を受けて被害者はＯＫしたんじゃないの？」

「その電話は、桑畑さんの電話の後だった……以上、証明終了」

智鶴は億劫げに両手を上げてみせる。

二人は、歩道橋から夜の湯本市を見下ろす。車が無数に通る。そこかしこに、残業するオフィスの灯り。闇に覆われても潰えない人の営みは、何となく不気味だな、と智鶴には思えた。

「でもさ、智鶴。今日はどうして……あんなに積極的に踏みこんでいったの？」

「うん？」

揚羽の問いに、智鶴は首をかしげる。

「珍しく熱くなってて、びっくりしたよ」

「そう……だなあ。警察に、もうちょっと頑張ってほしかったから、かな」

「わお、上から目線」

智鶴は歩道橋の欄干に頬杖をついて、じっと薄暗がりに目を凝らす。

「そうだね。そう思う。だけど――」

「だけど？」

だけど、何だろう。智鶴にも、その先が出てこなかった。

彼は首を振る。静かに。何かを振り払うように。

「あー、いいや。今日はもう、疲れすぎたよ。慣れないことは、するもんじゃない」

そう言って、智鶴は静かに笑ってみせた。

そのとき、彼のスマートフォンが震えた。知らない番号だ。出てみると、聞こえてきたのは熱海刑事の声であった。

『智鶴くんかい？』

「あれ、どこで番号を？」

『調書を作成したときに訊いたろう？　それはともかく、何で黙って帰っちゃうんだよ！』

「え、だって犯人当たってたんでしょう？」

『当たってたよ！　当たってたけれども……。ったく、まあいいや。今日は、ありがとな。いやあ、半ばやけになっていたけれども、君に頼って正解だったよ。あっはっは』

全くもって笑いごとではないが。

「……ま、もう会うことはないでしょうが、これからも捜査頑張ってくださいね、熱海刑事。見切り発車はダメですよ」

『むむ、わかったようなことを言うんだな、高校生探偵くん』

「まあね」

智鶴は、見ていた夜景に背を向けて欄干に背を預けた。反対側にも変わり映えのしない景色がある。

「多少、個人的な苦い経験がありましてね。それより、濡れ衣を着せられていた柳沢先生は、ちゃんと釈放されたんでしょうね？」

『お、おう！　勿論だ。間違った人を重要参考人に推してしまったから、ちょっと上司には怒られちゃったけれども。ま、真犯人を落として連れていったからチャラだった。いやあ、よかったよかった』

　柳沢にしてみれば、これっぽっちもよくないが。

「……では、さよなら。僕、疲れたので」

『わー、待て待て智鶴くん！　最後に一つ！』

　熱海の声は必死だった。

『もし。もしだぞ、万が一……、これから、僕や警察には太刀打ちできない厄介な事件が起きたら……君の力を借りられないか？』

　沈黙。

　夜行バスが大きな排気音を立てて通りすぎる。空を仰ぐと、飛行機の赤い瞬きが見える。

「……どうですかね」

　智鶴は、曖昧に答えた。なぜだか、イエスもノーも言えなかった。言いたくなかった。

『何だよそれー、煮え切らないな。……っと、いかん！　もうすぐ桑畑先生への尋問が始まるんだ。今、喫煙所からこっそりかけてるんだけど……じゃ、またな智鶴くん！』

　一方的に電話が切られた。

「またって……」

　智鶴は、思わず苦笑してしまった。傍でずっと聞き耳を立てていたらしい揚羽が、ぽんと彼の肩を叩いた。

「いいんじゃん？　才能の活かしどころが見つかって」

「……どうだか」

智鶴は、欄干から離れて歩き出す。のんびりと、歩道橋を下っていく。

「もうやりたくないよ、あんな面倒なこと」

「またまたー、智鶴はツンデレなんだからー」

訳のわからないことを言いながら、揚羽は追いかけてくる。

「一つだけ確かなことは」

智鶴は、はぐらかすように言った。

「俺は今日、生涯で一番たくさん話したし、他にも色々あったし、疲れたから早く家に帰りたいってこと。それだけわかってれば、十分だよ。今日の謎は今日解かなきゃいけないけど、明日のことは、明日考えればいいんだからさ」

第二章

割に合わない壺のすり替え

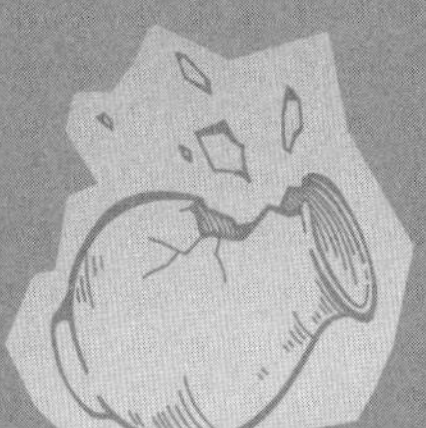

1

「それにしても先週は、智鶴の名推理を久々に堪能できてよかったなあ」

別府揚羽が、しみじみと言った。霧島智鶴は胡麻《ごま》豆腐を食べながら、揚羽の言葉を聞いていた。

県下一の私立校、湯本学院高等部。授業中の張りつめた空気はどこへやら、二年生特進クラスの昼休みは平和である。

「中学生の時以来かなあ。なかなか貴重なものを見られた」

「結構疲れるから、本当はやりたくないいんだけどね」

「またまたあ。結構楽しんでたくせに」

揚羽はからかうように、智鶴を肘でつついてくる。それから、じっと智鶴の手許を見た。

「何で豆腐食べてるの？　それでお腹膨れるの？」

「そこそこ。だけど、あんまり噛まずに食べられるからいいんだ」

「ご老人じゃあるまいし……。まあ、早く食べちゃってね。これから依頼人が来るから」

智鶴はスプーンを動かす手を止めた。

「え、なにそれ」

「あれ、言ってなかったっけ？　智鶴に事件の調査を依頼したい子がいるって」

「……は？」

「いやあ、智鶴が先週、殺人事件を解決したって話したら、食いついてきた子がいてね。だから、今日の昼休み、会いに来るって……」

「えっ、ちょっと」

智鶴は、ゆっくりとした口調のままで精いっぱい焦る。

「聞いてないよ。ていうか、今日の昼休みって——今じゃん！」

智鶴は、それこそ老人のように丸めていた上半身を、素早く起こした。周りのクラスメートたちは、「霧島が叫んだ!?」「霧島が動いた！」と口ぐちに驚きの言葉を漏らす。

「私が中等部、吹奏楽部だったときの後輩でね。いい子だよ」

「いやいや、いい子とかそういう問題じゃなくて……」

智鶴は頭を抱えた。その人物が、特進クラスの教室に入ってきたのは、まさにそのときだった。

「あっ、ゆずちゃん、こっちこっち！」

揚羽は、入室してきた人物にひらひらと手を振った。

ゆずちゃんと呼ばれた生徒は、揚羽を見て微笑み、智鶴たちのほうにとことこと歩み寄ってきた。小柄で、華奢な印象であった。上下ともにジャージを着ていて、その服の裾はやや余り気味。小さい手足と相まって、どこか小動物のような雰囲気がある。肌は抜けるように白く、黒髪と危うげなコントラストを醸し出していた。女の子にしてはやや短めの髪だな、と智鶴はぼんやりと思った。

「揚羽先輩、ごめんなさい！　遅れちゃって」

「平気、平気。あ、これが霧島智鶴ね」

智鶴は、これ呼ばわりされたことにも腹を立てられないほどに困惑していた。依頼者らしきこの人物が着ているジャージは、一年生カラーの青。揚羽との言葉の交わし方といい、この生徒が自分の後輩であることは明らかだ。しかも、あまり女性に興味がない智鶴でも、この後輩に関しては、即座に「美少女である」という脳内判定をしてしまったくらいに、可愛らしい外見をしている。

……頼みごとを、断りにくい。智鶴は、ひどく狼狽してしまった。

「わあ！　はじめまして、智鶴先輩」

揚羽に『ゆずちゃん』と呼ばれたその後輩は、そう言って智鶴に笑いかけた。

なぜいきなりファーストネームで呼ぶのだろう、と戸惑いながらも、嫌な気はしていないことに智鶴は気づいた。

「えっと……何か、悩みごとがあるってことだったよね？」

彼は、恐る恐る言葉を選んでいく。相手を傷つけずに、厄介ごとを回避する方法を考えたがなかなか浮かばず、智鶴は、自分の脳細胞がポンコツになったような気がした。

「そうなんです！」

『ゆずちゃん』は平たい胸の前でぽんと手を合わせる。

「すごく困ってて……。揚羽先輩が、名探偵の友達がいるって言うので、どうしても相談したくて来ちゃいました。いきなりすみません」

その様子に智鶴は焦りながら、「と、とりあえず名前聞いていい？」と訊いた。

「あ、ごめんなさい！　月岡柚季《つきおかゆずき》って言います！　女の子みたいな名前で恥ずかしいですけど。揚羽先輩は、中等部のときの吹奏楽部の先輩です」

「そうなんだ。それで、月岡さんの話って……」

智鶴は、んっ？　と眉をひそめた。

「ちょっと待って。もう一回言って」

「月岡柚季って言います」

「いやいや、その後に言ったやつ」

「揚羽先輩は、中等部のときの吹奏楽部の先輩です」

「その一個前」

「お、女の子みたいな名前で恥ずかしいですけど……もう、智鶴先輩！　何度も言わせないでくださいよ！」

「……女の子みたいな名前って……『みたいな』いらなくない？」

「えっ、あの……」

揚羽が、吹き出すのをこらえるように口許を押さえている。

「ゆずちゃんは、男の子だよ」

智鶴は思わず椅子を蹴って立ち上がった。クラスメートたちに二度目の衝撃が走った。

「あ、あの、智鶴先輩。気にしないでください。女の子に間違われるのはよくあるので」

「……うん。だろうね。でもごめんね」

「いえいえ」

悄然と机に伏せた智鶴を慰めようと、声をかけてくる柚季を、智鶴はちらりと視線を上げて見る。

「えっと、で……何だっけ。柚季さ……くんの相談」

智鶴は、相手が男と知らされた今でも、断りにくい感情が消えなかった。それは多分、性別など超えて可愛らしい柚季のルックスが問題なのだろう。

「最初に言っちゃうと、盗難事件なんです。その犯人を突き止めてほしくて」

柚季は、そう前置きして話し出した。

「家の両親が、どっちも古美術品関係の仕事をしてるから、壺とか掛け軸みたいな美術品が、家の蔵にいっぱいあるんです。で、その中の一つが盗まれた……らしいんです」

「らしい、って？」

智鶴は首をかしげた。

「えっとですね……。そもそもの始まりは半年前、うちの両親が、仕事で海外に行っちゃったことなんです。だから今、僕は十歳上の兄と、新しく来てもらった家政婦さんと三人暮らしです。僕も兄ももう、二人だけで生活できる歳ですけど、『この家の広さじゃ、掃除が大変だから』って親に言われて、来てもらったんです。でも美術品の手入れだけは、昔からお世話になってる専門家の人にずっと任せていて」

柚季はそこで間を置いた。それから、いくらか緊張した声音で話を再開する。

「……事件が起きたのは、一週間前です。月に一回やってくるその専門家の人――職業は美術品修復士って言うらしいですけど――が来て、いつものように手入れをしてくれてたんですけど、そこで、彼が騒ぎ出したんです」

「美術品がなくなったー、って？」

まだ事件の詳細を聞いていなかったらしい揚羽が、柚季に訊いた。

柚季は、んーと唸った。

「ちょっと違って……。本物じゃない、って言ったんです」

「つまり、価値のある美術品が、何者かによって安物の贋作《がんさく》とすり替えられていた。そういうこと？」

智鶴の言葉に、柚季は大きく頷いた。

「そうです、そうです！　えーと、その修復士さん、近藤《こんどう》さんって言うんですけど……近藤さん曰《いわ》く、時価二百万円の壺が、四万円くらいのものに替えられてたってことです」

「に、二百万が四万⁉　やばっ」

「落ち着いて揚羽。それにしても、贋作なんてそう簡単に入手できるものなのかな？」

「えっと、これは近藤さんから聞いた話なんですけど……。すり替えられていた壺は、

〈白魚《しらうお》〉っていう名前の壺で、有名な人が作った逸品なんだそうです。だから贋作も大量に出回っているそうで。素人にでも手に入れられるんじゃないかなあ」

それなら得心がいく。智鶴はちらりと頷いてみせた。

「どれくらいの大きさの壺なの？」

「これっくらいの」

柚季がジェスチャーで示したところによると、どうやら直径十センチくらい、縦にも十センチ程度の小さな品のようだ。それで二百万もするのか。どうでもいいが、小さな手で必死に壺を空中に再現する姿はちょっと可愛い。

「じゃあ、持ち出すのは難しくなさそうだ。……ところで、柚季くんは落ち着いてるね」

「僕と兄は、両親のコレクションについては全然詳しくないので。そのせいで、事件の発覚が二週間も遅れちゃったんですけど」

「……てことは、いつ盗まれたかわかってるんだ？」

「はい。すり替えに気づく一か月前の手入れでは、近藤さんは確かにその壺は本物だったって言ってるんです。そして、壺がしまってある蔵には、ずっと鍵がかけてあって、押し入られた痕跡もないんです。一か月前の手入れ以来、蔵を開けたのは一回だけだから、犯人はそのとき——って、昼休み終わっちゃう。どうしよ、話しきれないや」

「んじゃ、放課後とかでいいんじゃん？」

揚羽が提案した。

「あっ、そうですね！　んー、でも、本当にいいんですか？　智鶴先輩に頼んで」

智鶴は、しばし考えた。様々なものを秤にかけてみる。面倒くささ、盗難事件ということの重さ、後輩の可愛さ。

「……警察には届けたの？」

「知らせたんですけど、贋作とすり替えてあったっていうのが厄介なところで。盗まれたっていう根拠が近藤さんの言葉だけですから、警察もちゃんと動いてくれないんです。一応、保険会社には相談していて、今日うちに来てくれることになってますけど。あの蔵にある美術品、全部保険かかってるから……」

その後、柚季は掌を合わせて、上目遣いに智鶴を見た。

「お願いします、何とかうちに来て、解決してくれませんか……？」

「わ、わかったよ。オーケー、じゃあ放課後ね」

智鶴は反射的に頷いていた。

「やったあ！　ありがとうございます、智鶴先輩！　このお礼は必ずしますから！」

と言って、月岡柚季は満面の笑みを浮かべたのだった。

2

五時間目の予鈴が鳴り、放課後、校門で会う約束をすると、柚季は自分の教室へ戻っていった。智鶴は、隣の席の揚羽を恨みがましい目で見る。

「もう、こんなことしないでよね。俺は好きで探偵をやっているわけじゃないんだから」

揚羽はにやりとする。「でも、今回はちゃんと引き受けたじゃん。報酬も請求せずに」

「あれは断れないでしょ……」

智鶴は、腕を首の後ろで組んで、横目で揚羽を見た。

「……そんなことより揚羽、確認なんだけど」

「うん？」

「あの子って、ほんとに男の子……なんだよね？」

「そうだよ！　ゆずちゃん、可愛いでしょ？」

それは認めざるを得ない。

「ま、智鶴のことは信頼しているみたいだし、頑張って解決してあげてね。あの子の家での盗難事件」

「はいはい」

——しかし、『名探偵』という触れこみのくせに、自分の性別を間違えた者を、柚季は本当に信用してくれたのだろうか。智鶴は少し不安になった。これまで他人からの評価など、気にしたことがなかったのに。

多分、他人と関わること自体が、今まであまりなかったせいだろう。

そんなことを考えていると、眠くなってきた。五時間目開始のチャイムを子守唄に、智鶴は眠りに落ちていった。

「ちーづーる先輩！」

智鶴が揚羽と共に校門のところで待っていると、柚季が駆けてきた。

「お待たせしちゃいましたか？」

汗を流しながらやってきた柚季に、智鶴はちらりと目をやった。

「大丈夫、一分三十秒程度しか待ってないから」

「いや、普通に今来たとこって言いなさいよ……」

揚羽はスマートフォンをいじりつつ、条件反射のようにツッコミを入れた。彼女はストラップがごちゃごちゃとぶらさがっているそれをポケットにしまって、校門へと向かった。

「んじゃ、私はそろそろ行くね」

「あれ、揚羽先輩は来ないんですか？」

「私は予備校で先に自習してる。誰かさんと違って私は平凡な人間だから、予習必須なの。二人の関係が進展するのを見ていたい気持ちもあるけど、私抜きで絆を深めてもらうのも一興だしね。じゃ、ばいばーい」

「はーい、気をつけて」

殊勝な挨拶をする柚季と、おざなりに手を振る智鶴を残し、揚羽は駅のほうへ去った。

揚羽が去ると、智鶴はちらと柚季を見た。ブレザーとズボン。この姿だったら、さすがに初対面でも男子だとわかっただろうな、と智鶴は負け惜しみのように考えた。しかし男子であることが明白だと、その格好は幼い印象を増幅させて、中学校に上がりたての子みたいに見えた。

「じゃ、行きましょうか、智鶴先輩。よろしくお願いします！」

「……うん」

湯本本通りをずっと歩いていく。歩道と車道、自転車用道路が綺麗に分かれているその大通りは、とても幅員が広い。二人は並んで歩く。

もうすぐ五月。このところじわじわと暑くなってきている。陽が延びたため、五時を前にしたこの時間帯も、まだ少し汗をかく。

「今日、ちょっと暑いですね」

柚季は、律儀にはめっぱなしにしていたワイシャツの第一ボタンを外す。うっすらと汗ばんだ白い首筋がのぞいて、智鶴は思わず目を逸らした。

「智鶴先輩、ブレザーの内側、パーカーって……暑くないんですか？」

「ん、そうだね。暑いっちゃ暑いよね。でも、着替えるの面倒くさいし、衣替えで夏物出すのも面倒くさいから、割と一年中パーカーかな」

柚季はぷっと笑って、「なにそれ、先輩面白い」と、心から楽しげに言った。

そんな柚季を見ていると、智鶴はどうしても訊きたくなってしまった。

「あのさ、柚季くん。俺のこと、信じてくれてるの？」

「え？　はい」

「……さっき、女の子と間違えちゃったのに？」

柚季は、ふふっと微笑んだ。

「いつものことですから。それに、紛らわしい見た目してる僕も悪いですし」

「……いやいや。それはさすがに、悪くないでしょ」

「優しいですね、智鶴先輩。……ところで、名前で呼んでくれてますけど、別に『くん』なしでもいいですよ」

唐突な言葉に、智鶴は少し戸惑った。年下の、それも女の子みたいな男子を呼び捨てにするのは、初めて感じるような気恥ずかしさがある。けれど、元来人間と会話することすら面倒くさい智鶴にとっては、「くん」二文字でも省略できるのはありがたかった。

「うん、じゃあ柚季」

柚季は満面の笑みになった。

「はい！　智鶴先輩っ」

……可愛いな、こいつ。男だけど。

智鶴は何とも言えぬむずがゆさを覚えた。最初はやや面倒だったものの、こうも懐かれては、やはり断れない。

――まあ、どうせ事件は一瞬で解決するだろうし、盗難だからそこまで大事にはならないだろうし……。

そう考えながら、智鶴は可愛らしい後輩との会話を楽しんでいた。

「はい、着きました。ここが僕の家です」

「おお……でっかいね」

柚季の家、というか外壁の広さに、智鶴は控えめな驚嘆の声を漏らした。オーバーリアクションは体力を消耗するので控えたが、実際智鶴は面食らっていた。

京都にでもありそうな、漆喰の塀。そんなものが、三メートルはありそうな高さでそびえている。その塀が長々と続いており、敷地は相当広いと思われた。固く閉ざされた木の門は和のデザインだが、恐らく機械仕掛けだろう。

「まあ、これを建てた祖父母も両親と同じ古美術商で、お金持ちだったので」

「いや、でもすごいな。うちの学校って有名私立だから、みんな割と親が金持ちだけど、こんな広い家は初めてだよ」

「すごいのは僕じゃないのに、何か照れます」

柚季は、もともと血色の良い頬をさらに赤らめた。

「でも、智鶴先輩の家もそうなんじゃないですか」

その言葉に智鶴は、微妙な表情を浮かべる。

「全然。湯本学院の特進クラスは授業料免除だし。俺の『保護者』だって、最近は仕事してないし」

「えーっ、そっちの方が逆にすごいじゃないですか！　僕なんか結局は親のお金で学校行ってるわけだし。憧れます。あれ、でも先輩の『保護者』さんって……」

「小説家。いわゆるライトノベルみたいなやつ書いてる。ここ数か月、全く本は出してないみたいだけど」

「お母さんのことですか？　確か、揚羽先輩から、智鶴先輩のお父さんは警察関係者って聞いたんですけど……」

智鶴は、さらに表情を曖昧にして、「まあ、何ていうか……生みの親と『保護者』は別物なの」とだけ言って、柚季を急かすようにちょいちょいと門を指した。

この話題を避けたそうな智鶴の様子に気づいた柚季は、「あっ、そうですね！　時間もあまりないですしね！」と、慌ててインターホンに飛びついた。

柚季がチャイムを鳴らすと、『はい？』と、女性の声。

「柚季です。ただいま」

『お帰りなさい。今開けます』

この声が家政婦なのかな、と考えていると、ひとりでに門が開いた。やはり電動のようだ。

門の中も、京都の観光ガイドにでも載っていそうな景観だった。入って右手に、大きな純和風の屋敷。左手には、広大な日本庭園が広がっている。池があり小川があり、そこに小さな橋までかかっているという凝りようだ。邸宅側は枯山水風に小石が敷き詰められているが、小川の向こうは一面の芝生。そこに、植え込みが点在している。

そして今、その植え込みの一つを剪定している小柄な男がいた。

「庭師の佐々波《さざなみ》さんです。毎週木曜日に通ってもらってて」

柚季に名前を呼ばれたのに気づいたのか、佐々波は二人のほうを見て、ぶっきらぼうに会釈した。頭に巻かれたタオルから覗く髪は金色で、切れ長の目は三白眼だった。

「ちょっと無口で怖い感じですけど、悪い人じゃないですよ」

柚季が、察してフォローを入れた。それから彼は、庭の奥の方を指した。

「ほら、あれ見てください」

そこには、やはり漆喰で仕上げられた建物があった。あれが問題の蔵なのだろう。渡り廊下で本棟と繋がっているようだ。渡り廊下には屋根はついているが、壁はない。床も本棟の縁側と繋がっているようで、床下には隙間が空いている。

なるほど、本棟に入らなくても、庭にさえ入れれば蔵には近づけるのか——と、智鶴は頭の隅に置いておくことにした。

智鶴は柚季の後から、玄関に入る。奥から、四十路《よそじ》と思われる女性が出てきた。髪を一つ縛りにしてエプロンをつけた姿は、柚季の母親と言われても違和感がないが、この人が家政婦なのだろう。

「お帰りなさい、柚季さん。——そちらは、お友達ですか」

「ただいま。うーん、友達っていうか、学校の先輩」

「あら、そうなんですか。じゃあ、冷たいお茶でもお出ししますか」

「お願いします。ありがと、若松《わかまつ》さん」

若松と呼ばれた家政婦は、返事代わりに微笑んで、扉の一つに入っていった。

内装も和風で、入って右手の壁にはお座敷らしい襖が並んでいるが、左には機能的な洋式ドアばかり。若松が入っていったのはそちらだ。

「じゃ、とりあえずリビングへ」

柚季に促され、智鶴は洋風のフローリング張りの部屋へ通された。こちらはいたって庶民的なリビングで、システムキッチンの向こうで若松が作業しているのが見えた。

「あ、座ってください」

若松はダイニングテーブルを指し、お茶を出すと「お洗濯ものを取りこんできます」と言って部屋を辞した。

彼女が去るのを見届けた柚季は、「えっと」と口を開きかけたが、それは中断させられた。

「おお、柚季！　おかえり！」

若松と入れ違いに若い男が入って来て、声をかけてきた。

長身で屈強な肉体、ランニングシャツからのぞく筋肉隆々の腕、日焼けした顔に光る白い歯。誰だろう、と智鶴が訝っていると、柚季が衝撃的な呼び方をした。

「ただいま、兄ちゃん！」

兄ちゃん!?

危うく智鶴は麦茶を噴き出しそうになったが、辛うじてこらえた。柚季の兄が、このような雄々しいスポーツマンタイプだとは、思ってもみなかった。柚季が少し面長になったような、中性的な男性を想像していたのだ。

「おや、そっちの少年は？」

「うん、名探偵の霧島智鶴先輩！」

「ほう。では弟の依頼を受けてくれたわけか。これはありがたい。俺は柚季の兄の月岡柑《かん》介《すけ》だ。よろしく頼むよ、智鶴くん」

「あ、はい……」

柑介の声は大きく通りやすく、どことなく体育教師のようであった。智鶴がわりと苦手とするタイプだ。それにしても——。

「柚季、お兄さんにも俺のこと話してたんだ」

「はい。あっ、嫌でしたか？　だったらごめんなさいっ」

「いやいや、嫌じゃないけど」

無邪気な高校生の柚季ならともかく、社会人らしきこの兄に、犯罪を捜査する高校生など笑われないだろうか。だが、当の柑介を見ると、期待の眼差しを智鶴に注ぎながら、うんうんと頷いていた。——どうやらこの兄は、柚季以上に能天気な性質らしい。

そのとき、柑介が突然ぽんと手を叩いた。

「ああ、そうそう。今、近藤さんが蔵のほうにいらしてるんだが……」

近藤というと、昼に柚季が話していた美術品修復士のことか。

「近藤さん？　あれ、一週間前に来てもらったばかりだよね？」

「うん、そうなんだが、一週間前はほら、壺のすり替えが発覚しただろう。だから慌ただしくて、まだ手入れし切れていない品があったらしいんだな。それで彼のほうからわざわざ来てくれたのさ。そんなわけだから、智鶴くんに蔵を見てもらうのは、もうちょっと後にして……ひとまず、事件の話を聞いてもらっていたほうがいいんじゃないか」

「うん、そうだね。兄ちゃんはどうするの？」

「五時丁度に――だからもうすぐだな――、保険会社の人が来てくれることになってるから、そっちの対応をしておくよ。そうだ柚季、六時に牛島《うしじま》さんも来るって言っていたから、もしそのときに保険会社の人の話が終わってなかったら、彼女の対応を頼んでいいか？」

「ああ、壺を返しにくるんだよね。いいよ」

「ありがとう。じゃあ頼んだぞ、柚季」

そう言って、柑介は出て行った。

「牛島さんって？　壺とか言ってたけど」

「あ、まだ言ってませんでしたね。湯本現代美術館の学芸員さんです。彼女、というか美術館に、うちの壺を一つ貸してたんですよね。……それがこの事件にも、ちょっと関係してるんですけど。その話、始めていいですか？」

「っと、その前に……俺、トイレ行きたいんだけど」

智鶴は、柚季に場所を教えてもらい、リビングを出た。玄関から一直線に行った突き当たり。歩きながら、これまでに出てきた人物を頭の中でカウントする。月岡柚季、その兄の柑介、家政婦の若松、庭師の佐々波。まだ会っていない人物で言うと、美術品修復士の近藤、学芸員の牛島。あとは保険の調査員が来るとも言っていた。そこに自分を足せば、八人がこの家に集まるということだ。

さて、容疑者は何人なのか。早く柚季から話を聞いて、犯人を当てて帰ろう……。

トイレからの帰り、廊下を歩いていると、三人の人物が玄関で話しこんでいた。一人は、さっき会ったばかりの月岡柑介。あとの二人は見たことのない男女。男も女も眼鏡をかけてスーツ姿だったが、髪をぴっちりと撫でつけた不機嫌そうな男と、ふわふわしたショートボブで慌てた様子の女の印象は、全く異なっていた。

近藤氏は今、蔵で作業中とのことだから、消去法でその二人は、保険の調査員と牛島女史ということになる。

「えっ！　約束、六時でしたか？　ごめんなさい！　私、五時だって勘違いしてました！」

口許を押さえて、慌てた様子の牛島は、柑介ともう一人に頭を下げる。

保険の調査員は不機嫌そうに眉を寄せながら、銀縁眼鏡のブリッジを押し上げる。

「アポイントメントの時間を一時間間違えるというのは、ビジネスパーソンにあるまじきことだよ、きみ」

「ご、ごめんなさい……」

柑介が「まあまあ」と割って入る。

「倉賀野《くらがの》さんもその辺で。えっと、じゃあ牛島さんも、せっかく来てもらったわけだから、資料室でも見ててください。蔵ほど高価なものは置いてませんが、父たちのコレクションが結構ある。倉賀野さんとの話し合いが終わったら、呼びに行きます」

「ごめんなさい、月岡さん」

牛島はしょげた様子だ。柑介が、「さあさあ」と二人を促し、玄関から上がってもらう。

智鶴はここまでの流れを、廊下を渡りきる間に見ていた。そんな智鶴に、牛島と倉賀野が視線を送る。

牛島とすれ違うときに目が合い、二人は会釈しあった。倉賀野は智鶴を無視した。そして、柑介に導かれるまま、倉賀野は扉の一つに入って行った。リビングの隣のそこは、ちらりと見えたソファアセットからして、応接間なのだろう。倉賀野をひとまずそこに通した柑介は、さらに家の奥へと牛島を案内しているようだった。彼女が提げている重たそうなジュラルミンケースに、『この前借りた壺』が入っているのだろう。

そんな様子をちらりと見てから、智鶴はリビングに戻った。

「お待たせ、柚季」

「おかえりなさい。――えっと、じゃあ早速、話し始めていいですか」

「お願い」

「先週、近藤さんが美術品の手入れ中に、蔵にあった〈白魚〉という壺が、偽物とすり替えられていたことに気づいた——ここまで話しましたよね」

「うん」

「その一か月前の鑑定では、壺は確かに本物だったと近藤さんは言ってます。だから壺は、前の鑑定から、犯行が発覚した鑑定までの一か月間に、すり替えられたことになります。今は両親が海外赴任中で、一本しかない蔵の鍵は兄が持っています。両親に固く念を押されて、肌身離さず。だから、本来壺をすり替えられるのは——あんまりこういうこと言いたくないですけど——鍵を持っている兄か、近藤さんの自作自演か、どちらかってことになります。合ってますよね？」

「何も間違ってないよ」

「でも、僕にはどうしても、二人のどちらかが犯人とは考えられないんです。兄にとって壺は家のものだから、盗む理由もないし。近藤さんだって三十年近くこの家の美術品を見てきた人で、そんなひどいことをするとも思えないし、何より壺が盗まれたってことは、彼が言わなきゃわからなかったんだから、彼が犯人だなんて変ですし」

柚季はすごく言いづらそうだった。それから彼はきっと顔を上げた。

「でも考えてみたら、その一か月間で、二人以外にもチャンスがあったんです。壺をすり替えるチャンスが、一度だけ。そして、それができた人は——三人います」

柚季はそして、事件の全容を話しだした。

3

「壺をすり替えるチャンスは、牛島さんが家に来た日、です」

　語りだした柚季は緊張しているようで、冷房が効いているにもかかわらず、白い頬に汗をかいていた。彼は、ぱたぱたとワイシャツを引っ張って肌に風を送りこむ。智鶴は、そんな柚季の胸元から目を逸らした。

「牛島さんから最初に電話がかかってきたのは一か月と一週間前です」

「正確だね」

「丁度、近藤さんが美術品の手入れに来ていた日なので。電話の用件は、『美術品の貸し出しをしてほしい』ってお願いでした。何でも、もう海外の両親には話を通してあったらしくて。確か、湯本現代美術館での、何とかって陶芸家の展示会のために借りたかったとか。あ、ちなみに、すり替えられた〈白魚〉とは別物ですよ」

「なるほど。――近藤さんの手入れの日ってことはつまり、それが、最後に壺が異常なしと確認された日でもあった、ってことだね」

「そうなりますね。で、その三週間後――今から二週間前ですね――に、牛島さんがやってきました。時間は夕方です、平日でしたし。蔵の鍵を兄が開けたのは、牛島さんが来る二十分くらい前。換気したんです。あの日は曇りで風もなくて、扉を開けても美術品に悪影響もなさそうでしたから」

「なるほど。その二十分間、蔵は……」

「無人でした。僕と兄以外には、そのとき、若松さんが家にいました。だから彼女なら、その二十分間で犯行が可能です」

「だね。で、牛島さんが来たわけだ」

「はい。彼女が到着してすぐ、彼女が『この蔵には珍しいものがいっぱいしまってあると聞いたから、是非見たい』と言ったから、庭を通って蔵に案内しました。あそこ、屋外から行けちゃうので。で、彼女は一人で十分くらい見ていました。僕と兄は、彼女にゆっくり見てもらおうと、外にいました」

「つまりそのときが、牛島さんのチャンスというわけか。それから？」

「それから、牛島さんと僕らは玄関から本棟に入って、リビングで、若松さんにお茶を出してもらって。佐々波さんが来たのはそんなときです。彼は鍵を持ってないから、インターホンを鳴らしてもらうんですけど、リビングに一瞬だけ顔を出して挨拶すると、庭の刈りこみの作業に行っちゃいました。佐々波さんマイペースだから。まあ、彼がやって来たとき牛島さんが熱心に、蔵にあった美術品がいかに素晴らしいかを熱弁しまくっていて、口を挟む暇もないって感じだったんですけど」

「そのときも、蔵は……」

「鍵は開けっ放しでした。あ、でも外部犯の可能性はないですね。警備装置に反応はありませんでしたし、その後の調べでも外部から潜入した形跡はありませんでした」

「蔵の鍵は、いつ閉めたの？」

「えっと、牛島さんとリビングで、書類の契約などを終えた後です。その後、僕と兄と彼女で蔵に行って、壺を彼女に明け渡して――再三言いますけど、すり替えられた壺とは別物です――それを持って、牛島さんは帰りました。このときは僕らもずっと見ていたし、ものの三分で全作業終わりましたから、ここですり替えるのは無理だと思います。ちなみに、牛島さんが蔵を見た後は、若松さんはずっとリビングで一緒だったので、それ以降のすり替えは無理です」

　智鶴は、頭の中で、これまでに手に入った情報を全て整理してみた。

「……つまり、すり替え可能なタイミングと人物は、牛島さんが来る前の若松さん。蔵を見て回ったときの牛島さん。その後で来た佐々波さん。この三パターンってわけだね」

「そうです！」

「ところで、壺を贋作とすり替えるためには、蔵の中に何が保管されているかを知っている必要があると思うんだけど、それを知ってるのは？」

　訊いてみると、柚季は残念そうな顔をした。

「あー、それは全員知ってますね。うちには蔵の貯蔵品リストがあって、牛島さんもあらかじめ両親からそれをもらっていました。それから、身内は全員蔵の中を一度は見学しています。盗まれた〈白魚〉は有名なものですから、贋作は誰にでも用意できちゃうかも。

……ううっ、役に立たなくてごめんなさい」

しょげ返る柚季に、智鶴は微笑んでみせる。

「大丈夫。犯人を見つけるのに支障はないよ……じゃあ、六つ質問するね」

智鶴は、右手を開き、そこに左手の人差し指を叩きつける。柚季は、女の子みたいな顔を緊張させた。

「はいっ」

「一つ目。牛島さんは蔵に入ったとき、どんな鞄を持ってた？　つまり、それに壺は隠せそうだった？」

「はい。元々彼女は別の壺を借り出すために来たわけで、運搬用のジュラルミンケースを持っていました。借り出していった壺だけでなく、もう一つくらい壺が入る余地があったように思います。最後、彼女が目的の壺を借りて行くときはそこにいましたけど、ケースの中は見てないですし」

「なるほど。じゃ、二つ目の質問。蔵の中の壺は、一つ一つが鍵のかかる展示ケースに入ったりしてるの？」

「いいえ、全部むき出しです。じゃないと、誰にもすり替えられないですよね」

ごもっとも。智鶴は頷く。

「三つ目の質問。牛島さんは、近藤さんが毎月美術品の手入れに来るってことを知ってるの？」

柚季は「えっ？」と不思議そうな顔をしつつも、首肯する。

「最初に彼女が電話をくれたとき、その場にいた近藤さんに許可を求めたくらいですから。『定期的に壺を手入れする専門家がいる』って情報は、牛島さんも知っていたはずです」

「じゃあ四つ目の質問ね。柚季のご両親が次に海外から帰国する日は？」

「え、えーと……とりあえず向こう一年は、一度も帰れないみたいなことを言ってました。正式に赴任が終わるには三年かかるとも」

見えてきた。智鶴は詰めに入る。

「問い五。そのことを知ってるのは？」

「僕と兄は勿論、若松さんと佐々波さん、近藤さんも知ってますよ」

「……OK。じゃあ、最後の質問。ひどい質問だけど、これで全部わかるから許してほしい。ぶっちゃけ君のお兄さんの月岡柑介さんが、犯人の可能性ってあると思う？」

柚季は、女性的な眉を困ったようにひそめた。

「……んー、さすがにないと思います。兄ちゃ……兄には動機もないですし。お金に困っている様子も全くなくて、両親と揉めてたとかも、全然」

「なるほど」

長い問答を終えた智鶴は、ぽん、と手を合わせた。

「ありがとう。犯人はわかったよ」

「あ、そうですか——え？」

柚季はぱっちりした目をさらに大きく見開いて、智鶴の顔を凝視した。

「えっ？　えっ？　は、犯人わかったって……本当ですか？」

「うん。一瞬で解けるって言ったでしょ。現場を見るまでもなかったね」

「えっ、だって……どうして僕の話だけでっ？　犯人は一体誰なんですか？」

「それは――」

智鶴が答えを告げかけたとき、リビングの扉が開き、一人の人物が入ってきた。

初めて見る顔だ。薄い白髪と丸眼鏡が学者を思わせる、小柄な老人。今日は暑いにもかかわらず深緑のセーターを着ている。年格好から見て、美術修復士の近藤氏だろう。

「おや、柚季坊ちゃん。そっちの人はお友達ですか」

いかにも人のよさそうな穏やかな声で、老人は問うた。

「学校の先輩です。智鶴先輩、この人が近藤さんです。――お疲れ様です、近藤さん。蔵の手入れは終わったんですか」

「つい今しがた。それで、柑介さんを探しているんだが、いないかい？」

「あー、応接間で保険会社の人と話してるはずです。何か用が？」

「いやね、蔵の鍵ですよ。今、開きっぱなしなんだ。この前みたいなことがないように、施錠しておかなくてはね。しかしその鍵を柑介さんが持ちっぱなしなもんだから……」

「あー、兄ちゃんそういうところ抜けてるから……。じゃあ、呼びに行きます？」

「うむ。まあ、鍵を取りに行くだけなら、その保険会社の人の迷惑にもならんでしょうな」

柚季と近藤に続いて、智鶴も部屋を出た。リビングの隣の応接間を、柚季がノックする。しかし反応はない。

「開けるよ、兄ちゃん――あれ？」

室内のソファセットには、月岡柑介の姿も、保険調査員の倉賀野の姿もなかった。

「どこ行ったんだろう」

という柚季の呟きに重なるようにして――。

「うわあああああああっ!!」

叫び声が響いた。

三人は顔を見合わせる。

「い、今の叫びは……？」

近藤老人は、怯えたように縮こまり、きょろきょろした。

「男の人の声みたいだったけど……まさか、兄ちゃん!?　ね、智鶴先輩、どうしようっ」

柚季は智鶴のブレザーの袖を焦るようにくいくい引っ張る。智鶴も突然のことに動揺してしまう。

「声が反響していた……あの蔵じゃないかな」

「行きましょう!!」

柚季は、智鶴の袖をさらに強く引っ張った。

二人が駆けだす後ろから、老齢の近藤があたふたとついてくる気配がした。本音を言えば、智鶴もダッシュなどしたくないのだが、場合が場合だ。

柚季に続いて、玄関からまっすぐ伸びた廊下を走っていく。突き当たりに、さっき智鶴も使ったトイレ。そこを左に折れ、またひた走る。後ろのほうで、扉が開けられる音がした。他にも誰かが騒ぎに気付いたのだろう。

ひたすら走ると、屋外に出る引き戸があった。そこを開けると、智鶴も先ほど見た、蔵へと続く渡り廊下。三十メートルほどの距離を、どたどたと二人で駆けていく。

例の漆喰でできた蔵は、結構古びていて、近くで見るとかなり大きかった。

閉ざされた蔵の扉を開け放つ。鍵はかかっていなかった。

「――ああっ！」

床に広がる、血だまり。粉々に砕け散った壺の欠片。

その中央に倒れ伏す小柄な身体は、庭師の佐々波のものであった。

「さ、佐々波さん！」

柚季が叫び、駆け寄る。智鶴も佐々波の傍《かたわ》らに跪《ひざまず》き、彼の脈を取った。

「脈はある。――頭を打ってるみたいだね。救急車を呼ぼう。携帯、ある？」

「は、は、はいっ」

柚季は可哀想なくらい狼狽《うろた》えて、目に涙を浮かべている。彼は震える手で懐からスマートフォンを取り出して、操作しだす。だが、焦っているせいか、それを血だまりに取り落としてしまう。

「大丈夫。俺がやる」

血だまりから柚季のスマホを拾い上げ、緊急用キーパッドを起動させると、智鶴は119をタップした。

「……はい。救急のほうです。場所は、湯本市の――」

涙目で震えながら見守っている柚季を尻目に、智鶴は救急隊員の指示通り、佐々波に可能な限りの処置を施していく。

智鶴が通話を終えたころに、渡り廊下から近藤と若松、それから柑介が駆けてきた。

「誰の叫び声だったんですか？」

「何かあったんですか」

「柚季！　智鶴くん！　一体何事だ!?」

三人が口ぐちに問う。智鶴は普段よりも――あくまで普段よりも――口早に応える。

「庭師の佐々波さんが頭から血を流して倒れています。応急処置はしましたから、あとは様子を見ていればいいでしょう。あと、若松さん。佐々波さんが嘔吐するかもしれないので、ビニール袋か何かいただけますか」

ぽかんとしていた家政婦は名指しされると、急に身を強張らせ駆けだした。

「あのー、何の騒ぎですか？」

若松と入れ違いに、学芸員の牛島が渡り廊下から蔵まで歩いてきた。今度は柑介が事情を説明する。

「……そんな！　この蔵で？」

「ああっ！　つ、壺が割れてる!?　確かこれは、一九五五年に作られた……」

蔵の中を覗きこんだ近藤が叫ぶと、牛島も目を見開く。

「ええっ、嘘！」

「近藤さん、牛島さん！　今は壺なんかより佐々波さんの容態でしょ！　とにかく見ててあげないと」

柚季がきっとなって、二人を諫めた。その彼の肩を柑介が摑む。

「――柚季、智鶴くん。二人とも制服が血だらけだぞ。着替えてきなさい」

「――あ」

柚季と智鶴は、互いの姿を見合わせた。跪いて佐々波を介抱したり、そのままスマホをいじったりするうちに、全身に彼の血がついていた。

「さあ、ここは俺らに任せて。智鶴くんは俺の服を着るといい。場所は柚季がわかる」

柑介に背を押されて、二人は風呂場に向かった。風呂場へ行くには、渡り廊下からそのまま縁側を歩いて行けばいいという。本棟の屋内に戻ることなく、引き戸の左手の縁側を行けば、確かに風呂場に辿り着いた。智鶴は風呂場の手前まで来ると、ちらりと蔵の方向を顧みた。だが、そこから蔵は見えなかった。

二人は、ガラス戸から屋内に入る。

脱衣所に二人きりになると、柚季は智鶴にぺこりと頭を下げた。

「ありがとうございました。僕があたふたしてたらフォローしてくれて」

智鶴は、何でもないように手を振ってみせたが、実は彼とて、柚季が傍にいなかったらあれほど落ち着いていられたかどうかわからなかった。

「あー、それにしても怖かった。まだ心臓どきどき言ってます。あ、智鶴先輩。服はその引き出しに入ってます」

脱衣所の隅の箪笥を指すと、柚季は恐怖心を振り払うように、血の付いたブレザーを脱いだ。智鶴は目のやり場に困りつつ、自分も血まみれのブレザーを脱ぎだす。何で焦るんだ。柚季は男、柚季は男、と心の中で言い聞かせながら。

……この場に、揚羽がいなくて良かった。色んな意味で。

心からそう思いながら、智鶴はブレザーを脱ぎ捨てた。

4

湯本署からの連絡を受けて、県警の刑事二人は月岡家を訪れた。熱海至《いたる》警部補は、颯爽と先を歩く女性上司——指宿《いぶすき》警部にもたもたと付いていきながら、必死に事件の概要を説明していた。二人は、広壮な庭を横目に、長い廊下を歩いていく。

現場となった蔵に入るとき、唐突に指宿が口を開いた。

「被害者の容態は？」

熱海は慌てて警察手帳を繰《く》る。

「意識不明ということです。何しろ、頭部に酷い裂傷がありますから」

「だな……おい、熱海！」

「は、はいっ！」

「足！　壺の欠片踏んでるぞ」

「うわ！　ホントだ、すみません」

指宿は彫刻のように整った顔を歪《ゆが》め、「ったく、お前は何度やらかすんだ……」と小言を垂れた。彼女は、ベリーショートの髪を掻きながら蔵の中を見回す。

二人は現場に踏み入って、まず床に散らばった壺の欠片に戸惑い、それから蔵全体を眺め、大量の古美術品で埋め尽くされていることに面食らった。門を開けてくれた家人の月岡柑介が、家主である彼の両親は古美術品関係の仕事をしているのだ、と言っていたが、予想外の数だ。

「指宿さん、もうこの壺の欠片、拾い集めちゃっていいですか？　写真は撮り終えたので」

髪をおさげにした鑑識課員――白浜弥生《しらはまやよい》が指宿に声をかけた。指宿はちらりと頷く。

「ええ、そうですね。その方が我々も動きやすいし。お願いします。……じゃあ我々は先に、容疑者たちの聴取をすることにします」

と、指宿はさっさと身を翻す。熱海がもたついていると、叱責が飛ぶ。

「――おい、ぼさっとしてるな熱海。行くぞ」

「は、はいっ」

熱海はまろぶようにして指宿についていく。白いパンツスーツを着こなし、切れ長の目で射すくめるように人を見る指宿。若い女性でありながらも、下手をしたらその辺のおじさん上司よりも数倍怖い。いや、既に十分怖いぞと、熱海は胸中でため息を吐いた。

刑事たちは、鑑識課員らを残して、蔵を出た。だが、渡り廊下を通って、縁側に出て屋内に戻ろうとする指宿と熱海を、呼び止める声があった。

「——渡り廊下は調べないんですか？」

二人は硬直した。熱海が聞き覚えのある声に振り返ると、そこには見知った顔があった。右目が少し隠れるくらいに長い前髪、そこからのぞく眠たげな二重瞼。刑事二人を見つめるその瞳は、霧島智鶴のものだった。

「ち、智鶴くん!?」

熱海は裏返りそうな声で叫んだ。そして、ふらふらと後ずさり、指宿に衝突した。指宿はそんな熱海をうっとうしげに脇へ退すと、縁側に立ち、柱に身を預けた智鶴の許へ歩み寄る。指宿のほうが上背があり、智鶴を見下ろす形となった。

オーバーサイズのパーカーの胸元をだらしなく開けた彼は、指宿に微かに笑いかけた。

指宿は、そんな智鶴を見て、眉間に皺を寄せた。

「君は何者だ。関係者は全員リビングで待機するよう、所轄の人間から言われているはずだが？」

そして彼女は智鶴の返答を待たず、熱海を振り返る。

「で、お前はこいつの知り合いなのか？」

「ひっ！　あー、いや、その、えーと、知り合いと言いますか何と言いますか。こないだの、教師殺害事件の第一発見者が彼で、事情聴取したので」

「何だと？　先週のあの事件の……」

「どうも。霧島智鶴と申します」

狼狽えまくる熱海の言葉を遮って、しれっと智鶴は言った。指宿は、軽く眉根を寄せた。少し考えてから、あっと声を漏らす。

「霧島、智鶴……霧島刑事部長の息子か」

「……そうですが。よくご存知ですね」

「私は、三年前のあの事件の捜査員だったんでね」

指宿は、苦々しげな表情を浮かべた。

「……ふん。まあ、いいさ。だが、刑事部長の息子だからと言って、特別扱いするわけにはいかんからな。さあ、早くリビングへ」

「わかりました。でもこの渡り廊下を調べなくていいんですか？　大切な手がかりを見過ごしてしまうかもしれないのに」

指宿は眉根を寄せて、首を振る。

「言われなくったって、後で調べるさ」

彼女は、苛立ったように一人で屋内に戻り、どすどすと足音を立てて去っていく。

「――智鶴くん、あんまり指宿さんを怒らせないでくれよ。こっちにも皺寄せが来るんだから」

熱海が疲れたように髪を掻きながら言った。

「どんなかたなんですか、あの人」

「指宿晶《あきら》警部。県警でも指折りの有能な刑事だ。先週話した上司だよ。僕と五つも違わないのに、貫録あるだろ？」

「そうですね。熱海刑事と足して二で割れば丁度いいくらいなのに」

そう言いながら智鶴は、くあぁ、と間の抜けた欠伸をした。

「そんなことより、早く戻りませんか」

「とんでもなく失礼な奴だな……。とにかく智鶴くん。余計なことはしないでくれよ」

「しませんって。それにもうする意味もないですしね。犯人はわかってるんですから」

屋内に戻りかけた熱海は、ずるっとずっこけて縁側から転げ落ちる。

「……大丈夫ですか？」

「いてて、いや大丈夫だけど……。そんなことより！　早いだろ智鶴くん！　それはさすがに早すぎるだろ！」

「まあ、僕は佐々波さん襲撃事件より前から、ここで盗難事件の捜査をしていましたからね。アドヴァンテージは当然ありますよ」

智鶴は、さらりと言って、ろくに説明もせずに身を翻す。熱海も尻をはたきながら、慌てて立ち上がる。縁側の下は石畳と大粒の砂利で、服が汚れないぶん落ちると激痛が走る。

少年探偵は、独り言のように続けた。

「――ただ、犯人がわかっているとは言っても、まだ決定打がないんですよね。犯人の言い訳を封じる、絶対的な証拠が。そのためには、やはりみなさんの話を伺うしかありませんね」

熱海は、彼のほうへ歩きながら言ってやる。

「それは、僕ら警察の領分だ」

5

指宿警部は、まず応接間に月岡柑介を呼び、彼から窃盗事件の流れを聞いた。そうやって予備知識を仕入れたうえで、リビングへと入った。そこには、すでに事件関係者が勢ぞろいしている。全員がダイニングテーブルを囲み、辛気臭い顔をしていた。

熱海刑事と霧島智鶴を除いた五人は、全員が初対面だ。柑介の話と全員の年格好を照合すれば、大体誰が誰かはわかる。

エプロンをつけた四十路の女性は、家政婦の若松めぐみ。

深緑色のセーターを纏った老人は、美術品修復士の近藤文二《ぶんじ》。

丸っこい眼鏡をかけたふわふわの髪の若い女は、湯本現代美術館で学芸員をしている牛島美保《みほ》。

そして、銀縁眼鏡で神経質そうな中年男が、保険調査員の倉賀野遼《りょう》だろう。

指宿は着席しつつ、「あれっ」と思わず眉をひそめた。

「月岡柚季くんはどこへ？　あと、君は？」

白いパーカーに七分丈のズボンという出で立ちの柚季を見て、指宿は言った。彼は控えめに手を挙げる。

「僕が柚季ですが……」

「えっ？　月岡柚季さんは、柑介氏の弟さんだと聞いていたが……」

君は女の子じゃないか、と指宿が指摘しかけたとき、柑介が後ろから言った。

「その子が柚季ですよ、指宿警部。正真正銘、俺の弟です。可愛いから、間違えるのも無理ないでしょうがね！」

指宿は仰天して、柚季と柑介の顔を見比べる。柚季は面映ゆそうに頷いた。これが高校一年の男の子、なのか。そしてなぜ柑介が嬉しそうなんだ。

「君が男だって？　本当かね？　大人をからかうもんじゃないよ」

倉賀野が眼鏡をくいっと押しあげ、柚季を上から下まで見る。柚季は「本当なんですけど……」と気弱そうに主張する。

「とりあえず、話を進めませんか」

性別をめぐる茶番を遮ったのは、テーブルに頬杖をついた霧島智鶴であった。

「早く終わらせて、早く帰りましょう。ワーク・ライフ・バランスは大事です」

「……言われなくても、わかっている」

指宿は、思わずむっとなった。

「あのう、刑事さん」

と、次に指宿に声をかけたのは、近藤だった。年老いた小さな身体をさらに縮こまらせて、気を揉むように服の裾をいじっている。

「佐々波さんの容態は？」

「何とも言えませんね。ただ、相当に危険な状態ではあるようです。――ですが、とにかく今は我々にできることをしましょう。つまり、この事件を解決に導くためできることを、です」

彼女はそして、テーブルの上で手を組み直した。

「まず事件の概要を整理しましょう。そもそもの始まりは、この家で起きた壺のすり替え事件。犯人は、あなたがた関係者の中にいるとしか思えない状況だ」

「それは少し厳密さに書けるね」

と、倉賀野が駁《ばく》す。

「私はね、蔵から壺が盗まれたことで初めて動いたわけだから。今日ここへ来たのも、一調査員《オプ》としてだ。だからこの私は除外《オミット》されるのではないかね？」

気取った言い方をしやがって、と指宿は苛立ちつつ、話を続ける。

「まあ、とにかく聞いてください。で、犯人はあなたがたの中にいる――ということで、話を進めるとして。今回、庭師の佐々波栄太郎《えいたろう》氏が襲われた件は、明らかに壺のすり替え事件と関係があります。根拠は二つ――蔵の床で割れていた壺。それから、蔵の机に、本来の陳列場所から離れて置かれていたもう一つの壺……です」

「どういうことでしょうか」

と、牛島が訊いた。

「つまり重要なのは、現場に散らばっていた壺の欠片を、専門家であるあなたがた二人が見たかどうか――とうことです」

「質問の意図がわからないね。一体、何をサジェスチョンしたい？」

倉賀野がしびれを切らしたように言った。

「結論から申し上げて、現場で壊れていた壺、もしくは陳列棚から動かされていた壺のどちらかは、贋作と思われるのです。――つまり、壺のすり替えが行われようとしていたということです」

リビングにいた全員がどよめく。正確に言うと智鶴だけは、そんなことは知っているというように頷いているが。

「す、すり替え？」

「そうです、牛島さん。この家では二週間前にも、〈白魚〉とかいう高価な壺が何者かにより、安物の贋作とすり替えられる事件があったとか」

「二週間前って、私が来たときですか⁉　私、犯人じゃないですよっ」

「一旦落ち着いて。――とにかく、今日もまた、壺のすり替えが行われようとしていたと、そういうことです。つまり――」

「つまり、君が言いたいのは」

倉賀野が言葉を横取りする。

「賊が再び現れて、蔵に忍びこんだ。そして、壺のすり替えを行おうとした。だがそれを、ガーデナーの佐々波氏に見咎められ、賊は彼の口を封じようとした――こういうことかな」

「そういうことです。恐らくは。――それで、近藤さんと牛島さんのお二人は、美術鑑定士と学芸員という立場上、ある程度は壺についてお詳しいと思ったんです。そのお二人ならば、壺を見れば、どちらが本物かわかると思ったのです」

熟練の鑑定士である近藤は、指宿の言葉に口惜しそうに薄い白髪を掻いた。

「いやあ、現場をちらりと覗きこんで、割れている壺のほうは見たんですが……薄暗かったし遠目だったたし、何しろ壊れていましたからねえ。壺と言うのはですね、一点一点に注目しなければ、識別はしづらいもんです」

牛島は、近藤の言葉に同意するように頷いた。

「――なるほど。では、鑑識課員に壺と欠片を持ってきてもらうので、どちらが本物かを見極めていただきましょう」

熱海を走らせて、指宿は、鑑識課員の白浜を連れてこさせた。

「すみませんね、白浜さん。まだ調べが残ってるのに」

「いえ、あと少しで終わりそうですし」

近藤が、白浜が携えている壺を見て「あっ！」と叫ぶ。

「そ、その壺！　ちょっとテーブルに置いて、よく見せてください」

「は、はい」

近藤と牛島が、テーブルに身を乗り出して、じっくりと壺を見た。黒光りしているが、光の加減によってところどころ藍色のラインが浮かび上がる不思議な作品である。

「……本物だ。これは、月岡家のコレクションの中でも五本の指に入る品、〈海月《くらげ》〉！」

「ですね。素敵だわ」

専門家の二人は頷き合う。指宿は白浜に顎をしゃくって、ビニール袋にかき集められた壺の欠片もテーブルの上に置かせた。

「……これは」

しばらく見た後で、近藤が口火を切った。牛島も、近藤と目を見交わした。

「……贋作、ですよね。〈海月〉の」

「――よし、これでこの件は解決だ」

指宿は、ぱんと手を合わせた。

「壊れていたほうが贋作で、真作は無事だった――と」

「でも、この壺で殴られたにしては、あんまり血が付いてないですね」

柚季が、壺の欠片を不思議そうに見つめる。

「いや、これで殴られたんじゃなくて、被害者の佐々波さんは、陳列棚の角に強く頭をぶつけたようなんだ。そこに血痕が付いていたから。きっと犯人と揉み合いになったんだろうな。ちょっと付着してるこの血は、佐々波さんが倒れた後で流れた血が付いたんだよ」

そう注釈を入れた熱海に続いて、指宿が「……とにかく！」と宣言する。

「この家は警備会社と契約して設備を導入しており、外部からの侵入の可能性は低い。だから、犯人はこの部屋の中にいるということです」

「……そ、そんな」

牛島は、泣きそうな顔になった。だが構わず指宿は続ける。

「恐らく、事件の流れとしてはこうでしょう。中庭で植え込みの剪定をしていた佐々波さんは、蔵に不審な人物が現れるのを目撃した。幸か不幸か、佐々波さんのほうは、植え込みに隠れるなりしていて、犯人からは見えなかったんでしょうね。そして不審に思い近づいてみたら、犯人が壺をすり替えるところを見てしまい揉み合いになった……と」

このとき、智鶴が唇の端に笑みを滲ませるのを指宿は見逃さなかった。敢えて指摘はしなかったが、心に引っかかる。彼女はそれを振り払うように言葉を続けた。

「月岡柑介氏によると、事件が発生して悲鳴が聞こえたとき、ほんの数名を除き大抵は単独行動をしていたという……。ですから、事件当時の全員の行動を明らかにする必要がある。なので、事情聴取にご協力をお願いします。この場で、皆さんまとめて伺うのがよさそうですね」

　その場にいる全員に、異論はないようであった。指宿は白浜を退室させると、軽く笑んで話し始める。

「事件の流れを整理しましょう」

　彼女は、手始めとばかりに柑介の目を見据えて言った。彼は緊張しているのか、筋肉質な身体に汗をかいていた。向かい合った指宿と熱海に、交互に警戒するような視線を送る。

「庭師の佐々波さんが何者かに襲われ、悲鳴をあげた。そしてそれを聞きつけたあなたの弟の柚季くんと、その学校の先輩である霧島智鶴が、重体の佐々波さんを発見した。そうですね」

「……ええ。そうでした」

「では聞きましょう。佐々波さんの悲鳴が聞こえたとき、あなたはどこにいましたか？」

「はい、あのときは……保険調査員の倉賀野さんがトイレに行っていたんですよ。だから自分も一人でしたね」

「でも、兄ちゃんも応接間にいなかったよね？」

　不安げに柚季が訊く。マッチョな兄は目を細める。

「牛島さんのところへ行っていただけさ。倉賀野さんとの面談が長引きそうだから、今しばらく待ってもらいたいって伝えに」

「彼女には会えましたか？」

「いや、資料室に入ったんですけど、会えなくて……。資料室は古美術品以外にも本棚とかがあって、結構中は広いんです。——で、探し回っているときに悲鳴が。廊下へ出たら、丁度智鶴くんと柚季が走って行って……あと、近藤さんがその後を追いかけてましたね」

「どこに行っていたんですか？」

指宿の視線は、次は怯えた様子の学芸員に移った。牛島は、丸っこい眼鏡の位置を不安げに直した。

「トイレです」

「トイレ？　そこは、保険調査員の倉賀野さんが使っていたはずでは」

「男性用と女性用に分かれていたんです」

その会話を聞いていた智鶴は、思わず柚季に訊ねた。

「トイレって男女別だったの？」

「はい。あれ、智鶴先輩もトイレ使いましたよね」

「使ったけど……柚季に言われた通りに行っただけだったから」

「ああ、そうでしたね。女性用トイレは、もっと渡り廊下のほうに近いところにあります」

「なるほど」

「こら、そこの高校生！　雑談禁止」

指宿がすかさず指を突きつけると、智鶴は肩をすくめて柚季は肩をすぼめる。

「はい、本題に戻りますね。牛島さん、ずばりあなたの、本日の訪問の目的は？」

「壺を返しに来たんです。二週間前から、展示会のためにお借りしていた壺です――あ、今回の事件で問題となった〈白魚〉や〈海月〉とは別物ですよ」

「なるほどね。その壺は、今どこに？」

「資料室に置いてあります。悲鳴が聞こえて蔵に駆けつけたときから、そのままに。資料室、凄かったなあ！　月岡さんの珍しいコレクションがいっぱいあって。とても有意義な時間でした」

きらきらと目を輝かせる学芸員は、さながら少女のようであった。これには指宿も思わず唇を緩めてしまうが、んんっ、と咳払いして、今度は矛先を倉賀野へ向けた。

「倉賀野遼さん、あなたが今日この家を訪れた理由は？」

「ビジネスですよ。すり替えられた壺についての調査です。保険金が下りるか否か――それを判断する必要があるのでね」

銀縁眼鏡をかけた神経質そうな保険調査員は、テーブルを指でこつこつと叩きながら言った。

「だから、オーナーである月岡氏の息子、柑介氏の話を聞いていたわけです。最初は悪質な保険金詐欺かとも思ったんだが、今日のアクシデントを鑑みたら、どうやら賊は本当にいたようだ」

詐欺師呼ばわりされた柑介は少し唇を曲げたが、倉賀野が意に介す様子はない。

「そのようですね。——さて、トイレにいたというあなたですが、悲鳴が聞こえてから、どうしました？」

「尾籠《びろう》な話を許してほしいが、あの声が聞こえたときは丁度用を足していてね。だが、窓から蔵は見えたぞ。そこの霧島とかいう少年と、柚季っていう少女が渡り廊下を走っていたっけね。……おっと、失礼。君も少年だったな。いやはや、あまりにもルックスがフェミニンなものだから」

息をするようにカタカナ語を使いつつ、倉賀野は詫びた。柚季もリアクションに疲れてきたようで、適当な感嘆詞を返した。

「柚季ちゃ……くんはこの家の人間ですよね。あなたは月岡家と契約している保険会社の人なのに、この家のこと、あまりご存じないのですか」

指宿の質問に、倉賀野は渋面で頷く。

「私はこの家に来たのは初めてだからね。それにこれはビジネスなわけで、クライアントのプライバシーまで聞き出す必要はない」

指宿は納得したように頷いてみせて、倉賀野の隣の美術品修復士に移る。

「さて近藤さん。あなたは蔵で、一週間前にやりそこねた美術品の手入れをしていた——そうでしたね？」

「ええ、そうです」

近藤文二は、年老いた顔に疲れた表情を浮かべていた。彼は怯えるように、上目遣いに指宿を見る。

「手入れが終わった後は、蔵の鍵をかけるために柑介さんを探していたんですが――まさかその一瞬の隙をついて、賊に忍び入られるとはね」

「悲鳴が聞こえたとき、あなたはどちらに？」

「リビングで柚季坊ちゃんと、その智鶴くんって子と会って、それから応接間に柑介さんを呼びに行きました。まあ、いなかったわけですが」

「なるほど。つまり悲鳴が聞こえたとき、あなたは高校生二人と一緒だったと？」

「そうですよ。だから私は事件とは関係ない！」

「……それは、こちらが判断することですので」

指宿はにべもなく言って、最後の関係者――家政婦の若松めぐみを見据えた。

「若松さん。あなたは、悲鳴が聞こえたときどちらに？」

問われた若松は、あまり表情を変えずに指宿に答える。

「はあ。そのときは洗濯物を取りこみ終えて、それを畳んでいるところでしたね。和室で」

「和室？　それはどこですか」

「渡り廊下に通じる扉がある廊下の一角です。悲鳴が聞こえて、何事かと戸惑っていたら、どたどたと皆さんが駆けつける音がしましたので、私も追いかけたんです。そしたら、離れの蔵で佐々波さんがあんなことに……」

最後に指宿は、智鶴と柚季にちらりと目を向けたが、特に話を聞くこともないとばかりに首を振った。

「そういえば、そのパーカー姿の少年は、なぜこの家に？」

胡散臭そうに智鶴を見ながら、倉賀野が言った。

「それはですね――」

瞳を輝かせて柚季が語ろうとするが、指宿が遮る。

「経緯は私のほうが柑介氏より伺っておりますので、その少年については触れなくて結構です」

当の智鶴は指宿の様子に何も反応せず、ただ退屈そうにしているだけだ。指宿に苛立ちとも戸惑いとも違う思いがよぎったとき、声がかかった。

「指宿さん、作業すべて終わりましたー」

少々グロッキーな様子で、白浜弥生が現れた。指宿は彼女にご苦労様、と伝えて、報告を求める。

「えーっと、一つだけ言うべきこととしては、現場となった蔵の脇にあった、佐々波さんのリュックサックでしょうか」

「ほう？　それが何か？」

「いえ、縁側にもたせかけてあったんですけど……。犯人が蹴っ飛ばしたのか、中身が散乱していたんですね。タオルとかスマートフォンが。まあこれは、犯人がよほど慌てていた証拠と見てとれるかもしれませんが、気になるのはどうしてリュックサックが開いていたのか、です」

「犯人が、何か佐々波さんのリュックから取り出すべきものがあったんでしょうか」

熱海は指宿に言ってみる。だが、彼女は首を捻り、納得がいかなそうな表情だ。

「はてな、その証拠が何を意味するのかはわからんが……、とにかく報告、ありがとうございます。白浜さん」

はーい、と疲れ気味の声で言って、若き鑑識課員は去っていった。

関係者が一堂に会したリビングは、これで再び水を打ったように静かになる。

「で？　我々はいつ解放されるんだね？」

倉賀野が卓上に指を打ちつけながら言った。

「そろそろ、お夕食の準備、始めてよろしいかしら？」

若松が控えめに述べる。

指宿は渋い顔をして、「今しばらくお待ちを――」と言いかけた。

だがそのとき「もう、十分でしょう」と告げる声があった。

霧島智鶴のものだった。

「どういう意味だ」

「言葉通りの意味ですよ、指宿警部。捜査はもう終了したということです。犯人は特定され、僕らは晴れて家に帰れる、ということです」

「えっ！　智鶴先輩、犯人がもうわかっちゃったんですか？」

「うん。実は、真相がわかったのは——柚季のお蔭なんだけどね」

6

「ほ、本当ですか？」

牛島が目を丸くして呟いた。智鶴相手にも敬語である。柑介も呆けたような表情をしていたが、すぐに手を叩いた。

「さすが、柚季が見込んだ高校生探偵くんだ！　うん。さっそく君の推理を聞かせてくれ」

「勝手に話を進めないでください！」

指宿はぴしゃりと言って、智鶴を睨みつける。

「おい、霧島智鶴。いい加減なことを言うんじゃないぞ。一体、今の流れのどこに、犯人を特定できる要素があった？　まさかお前、特別な証拠品を隠匿しているんじゃないだろうな」

「しませんって、そんなこと。——今、得たデータだけですべては完璧にわかりますよ。単純な消去法でね」

彼はミスティックに微笑んだ。指宿は彼を黙らせる方法を考えているようだったが、熱海がつい、といったふうに進言する。

「あの、指宿警部。彼の話、聞いてみても損はないのではないでしょうか。さっき、蔵の傍でも言いましたが、僕は彼と先週の事件で会っていて……。そのとき、実は彼が優れた推理を披露しまして」

　指宿はさらに表情を険しくする。だが、急にふうと吐息した。

「そんなことだろうと思った。熱海、お前にしては犯人の検挙が早すぎたからな。裏があるだろうとは思っていた」

「ぐはっ！」

　熱海は精神的ダメージでテーブルに顔を打ちつけたが、指宿は無視して智鶴に向き直る。

「いいだろう、霧島智鶴。それなら話してみろ。……その代わり、中途半端な推理で関係者の名誉を傷つけるようなことがあったら……覚悟しろよ？」

「勿論ですよ」

「お、教えてくれ、霧島君。一体、誰が壺をすり替えたんだいっ」

　近藤が智鶴に詰め寄る。それから彼は失言したというように、「いや勿論、佐々波さんを襲った犯人もだが」と付け足す。

「ま、順を追って説明しますよ。『焦らず、ゆっくり、確実に』が僕のモットーなんです。さて。今から一週間前、定期的に行っている壺の手入れの際、近藤さんが壺のすり替えに気づきました。つまり、蔵に所蔵されていた貴重な壺――〈白魚〉でしたっけね――が、安物の贋作と取り換えられていたんですね」

「ああ、その通りだ」と近藤が嗄れた声で言った。

「あれも、今日すり替えられそうになった〈海月〉も、非常に有名な壺で、贋作は大量に出回っておりますからね」

「ご説明ありがとうございます。——では、壺はいつすり替えられたのか？　そのさらに一か月前の鑑定では、〈白魚〉は確かに本物だった。となると、壺をすり替えるチャンスがあるのはまず二人。蔵の鍵を常に持ち歩いている月岡柑介さんか、壺がすり替えられていると言い出した当の本人、近藤さん。そしてさらに、三人の容疑者が加わります。蔵に壺を借りに訪れた牛島さんと、その日に蔵に忍びこむタイミングのあった、若松さんと佐々波さんです」

指宿が苛立ちを隠しきれずに、「お前、どうしてそんなに詳しい」と智鶴を質す。

彼は「柚季から全部聞いたんですよ」とこともなげに答える。

そんな智鶴の言葉を、倉賀野が咳払いして遮った。保険調査員は神経質にテーブルを指で叩きながら言った。

「イントロダクションが長すぎはしないかい？　つまり、五人の容疑者がいると、君はそう言いたいわけだろう？」

「そうです」

「それはもう皆、知っていることだろう。いいから推理を話せ」

指宿が言葉で尻を叩く。智鶴は、『さっきまでは話すなと言ってたくせに』と言わんばかりに肩をすくめてみせる。

「お、教えてください。智鶴先輩。どうやって犯人を突き止めたんですか？」

恐れと期待が入り混じった目で、柚季は高校生探偵を見つめる。

「俺が注目したのは、『壺のすり替えが気付かれるリスク』なんだよね」

この言葉に柚季はきょとんとなる。

「それって、どういうことですか？」

「〈白魚〉のすり替えは、近藤さんによって気づかれた。一か月ごとの定期的な手入れの際にね。普通に考えれば、そこで容疑者は二人。けれど、二週間前の牛島さんの訪問があったために、容疑者は五人にまで膨れ上がった」

「そうでしたね」

と、柚季は智鶴に答えてから、考えるように唇に指を当てる。

「柚季も柑介さんも、古美術品に関しては門外漢。持ち主の両親は今、国外にいる。さて、そうなると壺のすり替えに気づけるのは、近藤さんだけだ。何しろ、贋作かどうかなんて、素人には判然としないから」

「ええ」

「——けれど、ここにもう一人専門家が登場する。湯本現代美術館で学芸員をしている、牛島美保さんだね」

智鶴は当の学芸員にちらりと視線をやる。

「例えば、壺をすり替えた犯人が近藤さんだったとする。そして、そのすり替えがひと月前の手入れの時点で、既に行われていたとしたら……？」

「あっ、その後で来た牛島さんが偽物と気づきますね。専門家なんですから」

「そう。近藤さんは事前に牛島さんが来ることを知っていたから、バレる危険があるそんな状況で、壺をすり替えたりしないだろう」

二人の専門家は互いに顔を見合わせる。

「――牛島さんがこの家を訪れた後、つまり近藤さんが『壺が偽物だ』と言い出したその日に、近藤さん自身がすり替えたとしたら？　あ、別に疑っているわけじゃないよ近藤さん。可能性として」

慌てて手を振る柚季を面白そうに見つめて、智鶴は言葉を継ぐ。

「……実はそれって、よく考えるとおかしいんだよね。だって、その時点では〈白魚〉のすり替えに気づける人間は彼しかいないんだから。柚季たちの両親は、向こう一年は戻れないってことだし。盗んだ壺は、きっと売却すると思うけど、でもそれだとしたら、とにかく盗まれてから時間が経ってほしいよね。入手経路から自分を特定されるリスクを抑えるために。だから、近藤さんが自作自演をするのに、今を選ぶ理由は何もない」

「たまたま家を訪れていた牛島さんに罪を着せるため、とか？」

「彼は牛島さんが訪ねて来た日はこの家にいなかった。近藤さんには、彼女に〈白魚〉をすり替える機会があったかどうか知ることができないんだ。問題となった日、蔵の鍵を柑介さんがもっと厳重に管理していて、他の人にチャンスがなかったとしたら、容疑者は結局、近藤さんと柑介さんだけになってしまう」

「そっか。じゃあ、近藤さんは犯人じゃないですね」

「そう、同じ理由で牛島さんも犯人じゃないね」

「何でですか？」

柚季はきょとんとする。当の牛島自身も似たような表情になった。

「彼女は、近藤さんという専門家が定期的に美術品を手入れをすることを知っていたよね」

「そ、そうですね。彼女が電話してきたときに伝えましたから」

「ってことは、彼女にはどうしても〈白魚〉のすり替えはできなかったはずだよね。だって、彼女にはいつ近藤さんがやって来て、すり替えに気づくかどうかわからないんだから」

「う、うーん確かに……。でも、すり替えに気づかれても容疑者が牛島さんだけになるとは限りませんよ」

「そうだね。けれど、他にすり替えが行えそうな人物と言えば、どうしたって月岡家の関係者に限定される。若松さんにしたって佐々波さんにしたって、柚季の家に勤めて日は浅いけど、一応は内部の人だしね。そんな中、壺に詳しい部外者である自分に容疑の矛先が向くのは、避けられない。そして、すり替えにいつ気づかれるかもわからないんだ。そんなハイリスクの中で窃盗を行うような豪胆な人間がいるだろうか」

「随分、都合のいい解釈だな。決定打とは言えん」

指宿はまだ納得しきれていない様子だ。智鶴は、ふむと少し考えてから、付け加えた。

「じゃあ、もう一つ根拠を提示しましょう。この事件では、壺は持ち去られたのではなくすり替えられた。つまり犯人は、偽の壺をあらかじめ用意していなくてはならない。家の中の状況を把握できていない牛島さんが、そこまでの計画性を持って贋作を持ちこんでいたなんて、あまりにも現実味がない」

「そうか、そうですよね……。じゃあ、やっぱり牛島さんも違う、と」

「うん。さて、次に柚季のお兄さんの、月岡柑介さんについて考えよう。蔵の鍵を持っているんだから、彼なら壺はすり替え放題だ。——でも、彼を犯人と仮定すると、犯行の動機自体が消滅してしまうんだよね。それは柑介さんが、被害にあった家の住人だから。持ち主の両親との関係も良好だったということだし。倉賀野さんは、保険金詐欺とおっしゃっていたけど、はっきり言って有り得ない」

「ど、どうしてですか。兄のことは信じてますけど、否定する明確な根拠もないように思えますけど」

「お、おい柚季！　兄ちゃんを信用できないのか！」

溺愛する弟から不信の眼差しを向けられた柑介は、あからさまに狼狽する。いや、そうじゃないけど、と柚季はいくぶんうっとうしそうに宥めた。だが智鶴は苦笑して言う。

「保険金詐欺が目的なら、わざわざ贋作の壺を置いたりしないでしょ。普通に、強盗の仕業にでも見せかければいい。第一、あの贋作の壺のせいで、保険調査員まで来て、『盗難は本当にあったのか』なんてことが問題になったんでしょ」

「あ、確かに。単純に、強盗に押し入られたように見せかければいいだけですもんね」

「まあそんなところ。それからそもそもの話、保険金が下りるのは柑介さんじゃなくて、柚季たちの両親だしね」

「あはは、確かに。――あれ、でも待って」

柚季は、にわかに表情を硬くした。

「近藤さんじゃない。牛島さんでもない。そして、兄も除外された――ってことは」

柚季は、目を見開いた。熱海もあっと叫んで、その人物に顔を振り向けた。

「君が、壺をすり替えた盗賊だったのか⁉」

倉賀野が叫び、隣に座っていた若松めぐみを指した。今まで一言も発していなかった彼女は、突然自分に向けられた視線に戸惑っている。

「ち、違います。私は壺をすり替えたりしていません」

「嘘をつくな。霧島少年により他の容疑者が全員オミットされた今、犯人は君しか有り得んだろ！」

倉賀野は若松を指さしたまま、逆の手で銀縁眼鏡のブリッジを押し上げる。

指宿も同調して、問いかける。

「換気のため扉が開け放たれていた蔵に、牛島さんが訪れる前の二十分間で忍びこみ、犯行に至った……。それなら十分に考えられるな。若松さん、どうなんです？」

「違いますっ」

若松は頑なに繰り返した。

「そう、彼女じゃありません」

智鶴が告げた。途端に全員が、彼に視線を戻した。

「いいですか。『すり替えに気づかれるリスク』を基準にして、これまで容疑者たちをふるいにかけてきました。そこへ行くと、若松さんも容疑者から除外されるんです。まず彼女は、牛島さんが家を訪れることを知っていました」

「それが、何か？」

牛島が不思議そうに問う。

「これから、専門家が家を訪れて、蔵から美術品を借りだす。その直前に壺をすり替えますか？　ばれたら、容疑は確実に自分に向く。そのとき家にいたのは、彼女以外には柑介さんと柚季だけだったんですから」

「……なるほど」

指宿が頷いた。彼女も今では、智鶴が話す推理に引きこまれていた。

「牛島さんが壺のすり替えに気づく、というリスクを恐れるならば、彼女が蔵に入った後ですり替えを行わなくてはならない。……しかし、若松さんは、牛島さんが家に来た後は、すり替えのチャンスを持たない。つまり犯人ではない。だが、そうなると誰が犯人だ？」

「そうだよ」

最初に除外された近藤は、落ち着いた様子で智鶴を問い詰める。

「もう容疑者がいないじゃないか」

「――皆さん、忘れてませんか。牛島さんが家を訪れて、蔵を見た後で月岡家にやってきた人物のことを。そして、その人物がリビングに入ったときには、牛島さんは蔵に置かれていた美術品がいかにすごいかを熱弁していた。つまり彼はそこで、牛島さんがもう蔵を見終わったのだと思ったはずです。――彼は牛島さんが来訪して、蔵の鍵が開けられることを知っていた。そして立場上、蔵の近くの庭をうろついていても怪しまれず、人がいなくなるのを見計らって容易に蔵に近づくこともできた」

「そ、それはまさか」

柑介が、半ば立ち上がりながら智鶴を見た。

「そうです。蔵から壺を盗み出した犯人は、この家の庭師である佐々波栄太郎さんです」

7

「さ、佐々波さんが壺をすり替えた犯人!?」

柚季は、大きな瞳を限界まで見開いた。

「そんな、だって彼は今日襲われているんですよ？　壺をすり替えようとした犯人に」

「いや、実は今日も、壺をすり替えようとしたのは佐々波さんなんだ」

智鶴は、そんな柚季の目を見ながら話を続ける。

「決定打になったのは、さっきの鑑識さんの報告だよ。佐々波さんのリュックが犯人によって蹴倒されていたってことだったけど……中身が散らばっていたとも言っていた」

「……それが何か？」

指宿が、用心深げに訊ねた。

「つまり俺が問題にしてるのは、どうして佐々波さんはリュックを開けていたのだろう？ってことです」

柚季が「あっ！」と叫ぶ。

「……確かにそうですね。リュックの中身が散らばるには、ジッパーでも何でも、口を開けていなくてはならない」

「さらに、何故彼はリュックを背負っていたのではなく、縁側にもたせかけていたのかってこと。ここから導き出される結論は、佐々波さんはリュックを置いて、何かの荷物を出すか入れるかしたってこと」

「……ですね。つまり、〈海月〉を贋作と入れ替えようとしていたんだ」

「その通り。しかしそこを、蔵に入って来た第三者に見咎められた。焦った佐々波さんは、口を封じようとその人物に襲いかかった。それとも逃げようとして止められたのかな。とにかく二人は揉み合いになり、結局競り負けたのは佐々波さんのほうだった。そして運悪く彼は、テーブルの角に頭をぶつけてしまったんだ」

「……つまり、あれは事故だったと？」

「そうなるね」

リビングは静まりかえった。居合わせた者はみな、ここまでの智鶴の推理を吟味するように、深刻な表情を浮かべていた。

「私には、まだ疑問があるのだが？」

倉賀野は半信半疑の面持ちで、智鶴に向かって指を振った。

「そもそも、ガーデナーの佐々波氏が犯人というのは確かなのか？」

「どういうことでしょう」

智鶴は、じっと倉賀野を見返す。

「確かに佐々波氏は、牛島女史が蔵にある美術品を見て回った後で壺をすり替えることができた、唯一の人物かもしれない。だがその後で、牛島女史が再び蔵に行って、目的の壺を借りだしたのを忘れちゃいけない。そのとき彼女は気づかなかったのか？」

「あっ、そう言えばそうですね」

当の牛島が言った。

「――では牛島さん。蔵に戻ってから、他の美術品をじっくりと見ましたか？」

「いいえ、それはしませんでした。二度目に蔵に行ったときは、壺を借りるのが目的でしたから」

「そうなんです」

智鶴は一人一人と視線を合わせながら、流れるように推理を口にする。

「壺というのは、一点一点に注目しなければ、識別しづらいものだ――と、さっき近藤さんがおっしゃっていました」

「う、うむ」

近藤はしきりにうなずく。

「そのものを見ようと思って見なければ、真贋は判然とせん。元をただせば、一見して本物だと思わせるのが贋作というものの存在意義ですからな」

「そりゃそうかもしれないが」

倉賀野はなおも食い下がる。

「牛島女史が実際に気づくかどうかはともかく、ここで問題になっているのは、佐々波氏が、『牛島女史に気づかれるリスクがある』と考えるだろう――という、主観の話だ。現に、その点でこれまで容疑者を除外してきた」

「主観の問題、という観点からすれば、まさに佐々波さんは怪しいんです」

智鶴は、逆説的な言い方をした。

「彼がその日リビングに入って来たとき、牛島さんは蔵の品についての感想を言っていました。彼女が蔵での用事を達成したと勘違いしても、おかしくはない」

「そうだが……けれど、牛島女史が蔵での用を終えたと彼が考えたなら、蔵の鍵は閉まっている、と考えて、犯行を断念するのではないかね？」

「彼は、半年前から虎視眈々と犯行の機会を狙っていたんです。そんな彼なら、蔵の鍵が開けっ放しである可能性にかけて、蔵に近づいてみてもおかしくはない。もともと柑介さんは、鍵のかけ忘れなどが多い人だということですし」

「そうでしたな」

答えたのは、柑介自身ではなく近藤だった。

「今日も、私が蔵で美術品の手入れをしていたとき、柑介くんが鍵を持っていたから、蔵の鍵が開けっ放しになった時間ができてしまったわけだ」

「面目ない。確かに、そうかもしれません」

柑介は短髪を掻いた。

「――ところで、倉賀野さん」

智鶴は倉賀野に向けた目を細めた。

「どうして、佐々波さんを犯人にしたくないんですか？」

「……は？」

「佐々波さんが壺を盗んだ犯人となると、彼を襲った人物＝窃盗犯という等式が成り立たなくなる。そうなると、窃盗犯になり得なかったために容疑者から外れていた自分にも、佐々波さんを怪我させた容疑がかかる――そう思ったわけですか？」

「な、何を言っているんだ霧島少年！　おい、失礼だぞ！　まるで私が犯人みたいな言い方じゃないか」

「そうです。蔵で壺のすり替えを行っていた佐々波さんを見つけ、揉み合ううちに怪我を負わせてしまった犯人——それは倉賀野遼さん、あなたですよね？」

その場にいた全員がざわめいた。

柑介が「馬鹿な!?」と叫び、指宿が「はあっ？」と高い声をあげ、倉賀野の隣に座っていた若松が身を引いた。

「お、おいふざけるな！」

倉賀野が、椅子を蹴って立ち上がった。

「ふざけていません。あなたは、柑介さんとの面談中、トイレに立った。ある根拠から、多分あなたは本当にトイレに行ったんだと思いますが、けれどその後で、蔵に向かったんだ。初めて来る家であっても、あの蔵は敷地に入るとすぐ見えるから、大体の方向はわかったと思います。あなたが蔵に向かった目的はずばり、簡易な調査でしょう？　あなたは先ほど、保険金詐欺を疑っていたと漏らしましたし」

「想像だ！」

「そしてあなたは、蔵に入るとすぐ、壺をすり替えようとしている佐々波さんを見つけ、揉み合いになった。そして彼を突き飛ばしたとき、彼はテーブルの角に頭部を強打した。その拍子に壺を落として割った。——ひょっとしたら、現場から上がった叫び声は、佐々波さんではなくあなたのものだったのかもしれませんね」

「言いがかりはよせ。全部推測じゃないか！　佐々波氏をすり替えの犯人と推理したのはまあわかる。しかし傷害の件については、私じゃなくても全員が容疑者だろうが。ええ？

根拠もなく人を犯人扱いするんじゃないっ」

「そうだぞ、霧島智鶴。何か確たる証拠でもあるのか？」

指宿も眉をひそめた。

「ええ、あります。僕と柚季が、すぐに現場に駆け付けたことです」

「……それの、何が」

倉賀野は、智鶴を睨みつける。

「あの渡り廊下から本棟まで、三十メートル。屋内に入ってからも直線の廊下が続く……。犯人は悲鳴が聞こえてから、どこへ逃げたんでしょう？　とにかく、まっすぐ引き返すことはできない。つまり、どこかの物陰に身を潜めたはずだ」

「それと私がどう結びつく？」

「あなたは、蔵に皆が集まった後、現場に顔を出さなかった唯一の人物でしょう？」

最初に蔵に駆け付けた、智鶴と柚季。後から駆けつけた、柑介、近藤、若松。そして若松が処置に必要な道具を取りに行く入れ違いに、牛島が本棟から姿を見せた……。

「確かに、倉賀野さんだけいなかった」

柑介が大きく頷いた。

「ふざけるな。私はトイレにいたと言っただろう。そして渡り廊下を、君と柚季少年が走って行くところを見ていた、そう言ったはずだ」

「そうですね、まあ、トイレから渡り廊下が見えることを知っていたのだから、あなたがトイレに行ったのは本当だと思われます。でも、それは佐々波さんを怪我させる前だ」

「都合のいいように物事を解釈するんじゃない！」

「いや、これは事実なんです。だってあなたは、僕と柚季が蔵まで駆けていくところを見ていなかったんですから」

「馬鹿を言うな。見ていなかったら、どうしてそれを言い当てられる？」

「——佐々波さんを怪我させてしまった後、あなたは俺たちが駆けつける足音を聞いた。追い詰められたあなたが隠れた場所は、渡り廊下の下だったんだ」

「……下？」

指宿が鸚鵡返しした。

「下、です。敷地に入ったときにお気づきになりませんでしたか。あの渡り廊下は、縁側と一続きになっていて、下にスペースがあるんです。だから倉賀野さんは、僕と柚季が駆けつけてくる足音と声を聞いたんです。その音声情報をもとに、『二人が最初に蔵に駆け付けた』ということを言い当てられた」

「相変わらず酷い言いがかりだが、渡り廊下の下とやらに隠れた私は、その後どうしたんだ？」

「渡り廊下は本棟の縁側と一つながりになっている。ずっと下を這っていって、渡り廊下にいる人たちからは見えない浴場の前あたりで、縁側に上がった。そして皆に交じったんですね」

「なるほど、筋は通っているな――で、根拠は？」

「あなたはさっき、指宿警部がリビングに入ってきたとき……柚季を女の子だと勘違いしていた」

「それが何の根拠になる！　君だって、この少年のルックスが極めてフェミニンで紛らわしいことくらい、客観的に見てわかるだろう？　誤解は彼には申し訳ないが、だからって犯人ということにはならん」

柚季は頬を膨らませて抗議の表情を浮かべる。

「そうですね。実のところ、僕も初対面で、彼の性別を間違えました。でもそれは、彼がジャージ姿だったからです。あと、指宿警部も彼の性別を間違えました。でもそれは、彼がパーカーにジーンズという姿だったからだ」

「……言っている意味がわからんな」

柑介が「あっ！」と大きな声を出した。

「そうだ、その通りだ。倉賀野さんが、渡り廊下を走る柚季を見たのなら、絶対に性別を間違えたはずがない！」

「……え？」

と、倉賀野が顔をひきつらせた。

「た、確かに！」

「そうですね」

「ああ……そう言えば」

近藤、牛島、若松も、柑介に同意を示した。倉賀野は、きょろきょろと顔を動かした。

「みんな、何を言っているんだ？」

柑介は、きっと倉賀野の顔を睨みつけた。

「あんたは嘘をついている。なぜなら、あのとき柚季は学校の制服を着ていたからブレザーにズボン姿だった。しかも、同じ制服を着た——一目で男子とわかる——智鶴くんと一緒にいたんだ。だからあんたはそのとき、柚季を見ていないってことになる。やはり、音だけ聞いていたんだな」

「し、しかし今の彼はパーカー姿で……」

「それは、佐々波さんを介抱したときに血が付いたから、智鶴くんと一緒に着替えるように言ったんだ」

柑介の説明を受けて、智鶴が補足する。

「——勿論、倉賀野さんが柚季の性別を誤認していたなら、僕と一緒に風呂に向かうのを不自然に思ったことでしょう。男女の高校生が一緒に風呂場へ向かうのは妙ですから。けれど、その時点ではまだ縁側の下に隠れていたのだとしたら、この家のどこに何があるかを把握しきれていないあなたが、違和感を覚えなかったのも無理はない」

「…………」

皆の視線を一身に浴びた倉賀野は、よろよろと後ずさりして、壁にぶつかった。そして、がっくりと膝をついて、両手を顔で覆った。

「……あんな怪我、負わせるつもりはなかったんだ……。ただ、彼がこちらに飛びかかってきたから、とっさに……。うちの保険会社が保険金を支払うんだと思うと悔しくて、加減が利かなくなっていたのもあるかもしれない……」

指宿は、言い訳を垂れる倉賀野の腕を、容赦なく引き上げた。

「正当防衛か、過剰防衛か、傷害か……罪状はわからんが、まずは警察で話を聞かなくちゃですね。手錠はかけません。来てください」

指宿は智鶴を見て、それからばつが悪そうに目を逸らした。ぼけっと見物していた熱海は、指宿に睨まれて倉賀野の傍まで駆け寄った。そのとき、彼の携帯電話が鳴りだした。

「はい、熱海。はい——はい。そうですか。ありがとうございます」

電話から耳を話した熱海は、倉賀野と指宿に向けて言う。

「佐々波さん、命に別状はないそうです」

「そうか。怪我したばかりで気の毒だが、彼にも警官をつけなきゃな。指示しといてくれ」

「はいっ」

そうして通話を終えた熱海は、指宿と共に倉賀野を支えて出て行った。

8

「その後、ちょっとは落ち着いた？」

一週間後の木曜日、智鶴は柚季に訊いた。昼休み、二年生特進クラスに自らやってきた柚季は、満面の笑みを浮かべる。

「すっかり平和が戻りました！　ありがとうございます、智鶴先輩」

「いや、いいんだよ柚季」

「ほうほう」

隣の席の揚羽が、興味深げに二人を眺めている。

「だいぶ仲が深まったみたいだね。知らぬ間に呼び捨てになってるし」

智鶴はきっぱりと揚羽の発言をスルーする。

「で、佐々波さんは白状したの？」

「はい。どうやら彼、ギャンブルで相当借金を作っていたようで……。魔が差して〈白魚〉をすり替えたら、誰も気づいた様子がなかったので——実際はバレてましたけど——二度目の犯行に及んでしまったそうです」

「ふうん。魔が差して、か。贋作まで用意しておいて白々しい気もするけど」

「ともかく、ありがとうございました！　智鶴先輩。またお会いしましょう！」

と、柚季は小鳥のように軽やかに去っていった。

「にしても、珍しいじゃん、智鶴？」

やがて、揚羽が言った。

「随分、積極的に事件解決したらしいじゃん？　ゆずちゃんから電話で聞いたよ？　推理ショーしたそうじゃない。……やっぱりまだ、探偵活動に未練があるんじゃないの？」

「まさか」

智鶴は、机に顔を伏せて、入眠体勢に入った。

「早く家に帰りたかっただけだよ。探偵なんか……もうやることないって」

＊

「あのう、三年前の事件って何ですか？」

県警の、捜査一課のフロア。

熱海はその昼下がり、書類を処理している指宿警部に尋ねてみた。彼女は、不機嫌そうに顔をあげた。

「何のことだ」

「ほら、先週の月岡家の事件でおっしゃっていたじゃないですか。智鶴くんがどうこうって」

「ああ、あれか」

指宿は目を細めて、ふんと顔を逸らす。

「ある弁護士の墜死事件だ。当時、自殺という見解が強かったが、後の捜査で次第に他殺の線が濃くなってきてな。実は私はもう少しで犯人を検挙できるところだったんだが……それを台無しにしたのが、あの霧島智鶴だったんだよ。と言っても、向こうは私のことを知らんがな」

「えっ！　ど、どういうことですか？」

あの智鶴が、犯人逮捕を妨害したという意味か？

だが熱海がさらに詳しく尋ねる前に、指宿は「喋りすぎたな」とばかりに顔をしかめる。

「……いいか、熱海。そのことはもう忘れろ。間違っても、三年前の事件について県警内で喋るんじゃないぞ。あと、お前はどうやらあの少年と繋がっているみたいだが……本人にも言わんほうがいいだろうな」

熱海は、思わず訊かざるを得なかった。

「なぜ、ですか」

「なぜか？　それは……」

指宿の声は、鋭く冷たかった。

「その事件の被害者が、霧島実鳥——あいつの母親だからだよ」

第三章

限りなく無意味に近い誘拐

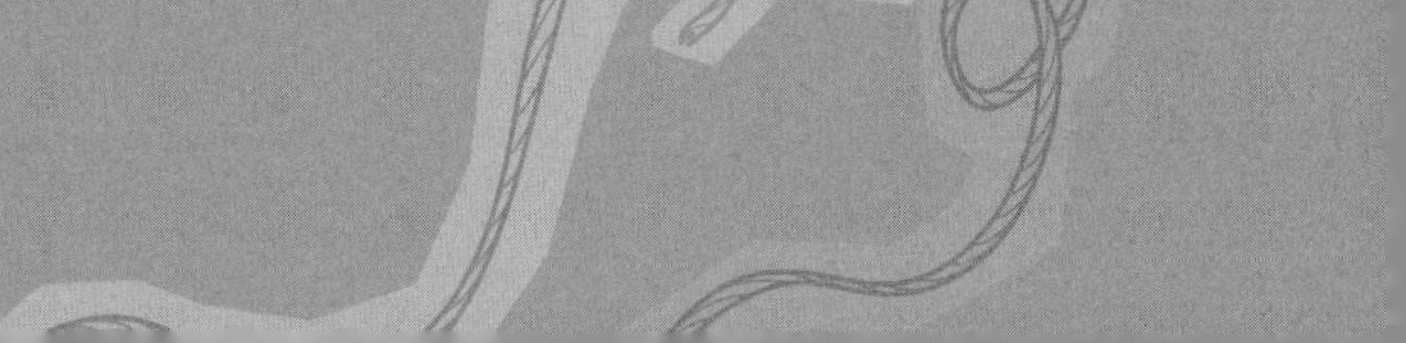

1

自分のベッドで目覚めた霧島智鶴は、枕元の電波時計を見た。時刻は丁度正午。

びゅうびゅうと獣のような唸りを上げる風が、窓をガタガタ揺らしている。

「お目覚め？」

音もなく開けられたドアの框《かまち》に、智鶴の『保護者』が立っていた。母の妹で、智鶴にとっては叔母にあたる、鳴門《なると》ひばりだ。彼女は肩の露出したニットにジーンズというカジュアルな出で立ちで、ドアの片側に手をついている。廊下からの逆光のせいで、どこか神々しく見える。智鶴が半身を起こすと、彼女は室内に踏みこんできた。そうすると、肩口まで垂れ下がった栗色の髪や、薄い縁なし眼鏡まではっきり捉えられる。

「えーと……おはようございます」

とりあえず挨拶するが、ひばりは智鶴をねめつけ、「早くないけどおはよう」と、皮肉を言った。

「どうしたの、ひばりさん。ご機嫌斜め？」

「正午に起き出すような怠け者が同じ屋根の下にいたら、そりゃ機嫌も悪くなるわ」

「えー……俺は寝てただけで、ひばりさんに迷惑かけてないよね？」

「寝てただけなのが問題なの！」

　彼女は憤慨して、智鶴のベッドに乗ってカーテンを無理矢理引き開けた。

「……眩しいよ」

　智鶴は前髪を目許に掻き寄せるが、そんな様子を見てひばりはますます呆れ果てる。

「前髪長すぎるわよ、目に悪いでしょうに……切ってくれば？」

「いいよ、面倒臭い」

「言うと思った」

「大体、ひばりさん。今日はゴールデンウィークの中日だよ。五月四日だよ。みどりの日だよ。記念すべき日だ。こんな日に誰が出かけるの？」

「何かもう、色々とすっ飛ばした理屈ね、探偵のくせに」

「探偵じゃないって」

　智鶴はまた寝そべって、壁側を向く。

「でも、こないだも事件を解決したって、揚羽ちゃんから聞いたわよ。何だっけ、湯本市内で起きた、壺がどうこうっていう事件」

「あー、うん……。そんなこともあったね」

「さすがに、実鳥姉さんと官九郎《かんくろう》さんの息子だけはある」

　ひばりは智鶴のベッドの縁に腰かけた。

「……官九郎さんには、伝えたの？　つまり、事件を解決したってことをさ」

「言わないよ。言う義理もないし」

「……はあ。いい加減さ、お父さんとちゃんと話し合いなさいよ。もう姉さんの死から三年経つのに」

「嫌です、おやすみなさい」

智鶴は布団を引っ張り上げて、頭まで被る。途端にひばりは、彼の布団を引き剝がしにかかる。

「あー、もう！　とっとと起きなさいよ！」

布団は完全に取り去られた。智鶴は呻いて、胎児のように丸まる。

「うう、寒い。あと五分寝かせてよ」

「絶対五分じゃすまないお約束の台詞はやめなさいよ」

「ふ、布団……返して……ください」

「駄目よ。これは干しとくから」

「こ、この風で？」

「じきにやむわよ」

親切なのか無情なのか、実鳥は布団を運び出しにかかる。智鶴がさらなる説得にかかろうとしたとき、唐突に彼のスマートフォンが鳴った。

ほとんど使っていない智鶴の勉強机に積み上がった本の上で、それは振動する。

「ひばりさん、取ってー」

「自分で歩きなさいよ」

ぼやきつつも、ひばりはスマートフォンを智鶴に放る。智鶴はもたもたとキャッチして、画面を見る。知らない番号からの着信である。

智鶴は電話を受けると、スピーカーモードにして枕元に置く。そして寝そべる。「その通話方法はどうなの……」と呆れながらひばりが出ていこうとした、そのとき。

『智鶴くん、助けてくれ！』

電話口から聞こえてきたのは、県警捜査一課の若き刑事、熱海の緊迫した声であった。

「熱海刑事、どうしたんですか？」

智鶴は電話に顔を向けた。

『誘拐事件が発生したんだ。僕の従妹が誘拐された、このままじゃ殺されてしまう！』

智鶴は虚を衝かれて言葉に窮した。ひばりもぎょっとなって布団を取り落とす。

「俺の布団……」

『ん、何だって？』

「や、別に」

『とにかく頼む、早く来てほしいんだ……。誘拐されたのは、僕の従妹で、名前は空知《そらち》葵《あおい》。場所は、いずみ市の……』

「待ってください。……従妹さんが誘拐されて、生命の危機なのですね。それは大変ですね、実に。でもどうして僕に電話を？」

『そ、それは……』

彼は口ごもったが、意を決したように続けた。

『よくわからん、僕にも。何となくだ。でもとにかく、葵は誘拐されて、どこにいるかわからなくて、このままじゃ殺されてしまう。だから君に居場所を推理してほしいんだ。わかってくれたか!?』

「三割くらいは。でもそれなら、ご同僚に助けを求めればよいのでは」

『それじゃ駄目なんだ！　実は僕のミスで犯人を刺激してしまって……そのせいで警察が動けない状態にあるんだ。だからもう、君の推理に頼るしかないんだ！　頼む！』

智鶴が逡巡していると、横からぬっと手が伸びてきた。ひばりがスマートフォンを取り上げて、こう言った。

「今すぐに向かわせます。場所を教えてください」

『えっ？　あ、はい、どうも』

熱海は突然の女性の声に戸惑いつつも、住所と駅からの道順を教えた。彼は『頼んだよ智鶴くん！』と最後に叫ぶと、電話を切った。

智鶴はため息をついて、「勝手に引き受けないでよ……」とぼやいた。

だがひばりは泰然自若とした様子で言った。

「何言ってんの。誰だか知らないけど、人の命がかかってるみたいじゃない！　しかも、刑事さんから直々の依頼なんでしょ？　あなたみたいな怠け者は、知的労働をして少しは人の役に立ちなさい」

「わかったよ……」

智鶴は唸りながら起き上がった。

2

智鶴は朝食も摂らぬうちに、ひばりに押し出されるように家を出た。そのころには、先刻までひどく吹き付けていた風は凪いでいた。

熱海は、湯本駅から三駅のいずみ新都心駅に来るよう頼んできた。がら空きの電車内で智鶴は、あれこれ考える。

誘拐事件。営利目的だろうか。それとも、何か他の理由が？　正直、与えられた情報はゼロに等しく、ここからは何一つ推理が出てこない。やはり、話を聞くしかないだろう。

智鶴は、電車を待つ一分の間に買った朝食を齧る。穀物がどうとかいう、栄養機能食品である。

「硬っ……」

本当は栄養補給ゼリーみたいなものを求めていたのだが、売っていなかったのだ。

しかしそれにしても、と智鶴は思考を巡らせる。

誘拐事件というものは、やはり動機や目的が何であれ、酷く醜悪な響きを伴ったものである。他者に対する支配。智鶴がもっとも憎む罪の形だ。彼は、その理由もわかっている。

三年前のあの事件のとき、自分は権力による支配に屈したのだ……。

彼は栄養機能食品を噛み砕いた。

次はいずみ新都心、いずみ新都心、とアナウンスが流れる。智鶴は席を立った。

熱海に教わった通りに、駅を出て、小綺麗な住宅街を歩いていく。十分と経たずに目的地に辿り着いた。二階建てで異国風な作りの、ありきたりと言えばありきたりな邸宅。前庭には、色とりどりの草花が植わっていた。智鶴はポーチまで上がり、チャイムを鳴らした。表札に『空知』と出ているのを確かめながら。

出てきたのは熱海だった。

彼はほっとしたような表情を顔に広げてから、事の重大さを思い出したように慌てて、智鶴を玄関まで引っ張りこんだ。そして玄関の鍵を閉める。

「落ち着いてください熱海さん。別に犯人は監視していないと思いますよ」

「そんなことわからないだろ！　根拠でもあるのか？」

「多少は」

智鶴は何気なく返しながら、家の中を見回す。どこにでもある一戸建てだなという感想しか出てこない。熱海は「とにかく」と言いつつ、玄関の脇の部屋へ智鶴を引っ張りこむ。リビングルームのようだった。

そこには、三人の先客がいた。彼らは対面式のソファに座っている。

くたびれたポロシャツを着た、白髪交じりの中年男性。その隣は泣きはらした目の、ボブカットの中年女性。誘拐された熱海の従妹の両親だろう。

後の一人――空知夫妻と向き合って座っている、スーツ姿でひっつめ髪の、整った顔立ちをした女性だけが、智鶴には謎の存在だった。空知夫人よりもいくらか若く見える。

「あなたが……犯罪解決のプロの方？」

空知夫人が、恐る恐るといったふうに、智鶴の顔をまじまじと見る。

「お若いかただとは聞いていたけれども……想像以上だわ」

「高校生です」

智鶴は言った。嘘をついても仕方がない。関係者たちは途端に不審げな表情になる。

「でも、事件の解決歴だけは確かなんです。それに、こんな見た目だからこそ彼を呼んだんです。大人だったら、見張っているかもしれない犯人に見咎められるでしょう」

熱海は目で、智鶴に喋るよう促す。

「霧島智鶴です。いずみ中央中学校の教師が殺された事件と、湯本市の屋敷で起きた窃盗および傷害事件を解決しました」

ここは、実績を並べたほうが話が早いだろうと思ったのだ。とはいえ二つだけなのでいくぶん心許なかったが、熱海が「間違いない」と言うと、多少は三人の表情が和らぐ。

「そうですか、ではよろしくお願いします……。申し遅れましたが、誘拐された葵の父、空知喜助《きすけ》です」

渋く深みのある声音で、男性が言った。

「こうしている間にも、葵と犯罪者が一緒にいると考えると……どうかしてしまいそうだ」

「お気持ち、お察しします」

智鶴はそう言うと、女性二人の顔を交互に見やる。

「こちらは誘拐された葵のお母さん——灯《あかり》さんだ」

熱海が進み出て紹介すると、ボブカットの女性が頭を下げた。彼女はかなり混乱してい
る様子で、「よろしくお願いします」と言う声は、聞いていられないほどに震えていた。

「彼女は、百田亜衣《ももたあい》さん」

熱海はスーツ姿の女性に手を振った。

「犯人から、最初の電話があった後に、この家にいらっしゃったんだ。そっちの灯さんの
妹さんで、つまり葵から見たら叔母にあたる」

「百田です。葵が通っている湯本ミュージックカレッジで講師もしているの。それで、さっ
き偶然この家に来て、葵の事件を聞き及んだの」

「黙っているわけにもいかなくてね」

喜助が補足説明をする。

「亜衣さんは、葵とも昨日会っていたようだから、少しでも手がかりが欲しいと思って、
引き留めたんだ。そして、事件のことを話したわけだ」

「なるほど。じゃあ、手短に事件の情報をお聞かせ願いましょう……。どうやら、あまり
時間もないようですしね」

智鶴は、いつもよりも急いだ口調でそう言った。

「わかった。順を追って説明しよう。まず、今朝の九時ごろ、喜助さんからうちに電話がかかってきた」

と、熱海は切り出した。空知葵の身内三人が見守る中、彼は口早に、智鶴に事件の内容を説明する。

「誘拐、と聞いたときには驚いたよ。葵とは結構親しくしていたし――いい意味で言うのだけれど――この空知家はとても普通の家だから。そんな物騒な話が降りかかってくるなんて、僕もまだ信じられない」

「ちなみに、その空知葵さんの年齢は……」

「二十一歳だ」

智鶴は意外に思った。誘拐、というくらいだから、もっと幼い少女が攫《さら》われたのかと思ったのだ。

「いつも通り通学した彼女は、昨晩帰ってこなかった。学生だから帰りが遅いこともあるだろう、と思った喜助さんと灯さんは、彼女の帰りを待たずに寝てしまった――そしたら朝、驚くべきことに、葵が帰ってきていなかったという。ポストを覗いたら、手紙が来ていたそうだ」

「これです」

喜助が手紙を差し出してくる。智鶴はちらりとそれを見た。

『空知葵は預かった。返して欲しければ、現金で一千万円を用意しろ。そして身代金の受け渡しは、空知喜助の甥に頼め。警察に知らせたら、空知葵の命はない。正午に電話する』

智鶴はおやっと思った。

「これはどういうことでしょうか？　『空知喜助の甥』というのは、熱海さんのことですよね。なのに熱海さんに頼めと書いた直後に、警察を呼ぶなというのは……」

「それなんだが……理由があってさ」

熱海は渋面をつくった。言葉を継ぐようにして、喜助が言う。

「私には、この至くんの他に、もう一人の甥がいるんだ」

どうでもいいが、熱海のファーストネームを智鶴は初めて知った。

「空知拓郎《たくろう》くんといって、証券会社に勤務していてね。恐らく犯人の意図としては、拓郎くんのほうに身代金を持ってきて欲しかったんだろう。ただしその彼が今、折悪しく海外旅行中なんだ。だから、私は悩んだ末に至くんに来てもらったんだ」

「事情を把握しつつも僕は、叔父さんに頼まれて、仲間の刑事を呼ぶことができなかった」

熱海が説明を引き継ぐ。

「犯人を刺激するわけにはいかないからね。そして、喜助叔父さんは一千万円のお金を、正午までに無事に集め終わった。僕たちは、祈るようにして犯人からの電話を待った。そして、まさしく正午に、電話がかかってきた。電話には、喜助叔父さんが出た。逆探知の機材もないから、せめて録音だけでもと思って、電話をスピーカーにして、僕はスマートフォンで録音した。叔父さんと犯人が二言三言話した後、奴は葵の声を聞かせてくれた。正午時点で葵が無事だったのは間違いない」

　そこで、熱海の表情は曇った。

「けれどその後犯人は『空知喜助の甥である身代金受け渡し人』に電話を替われと言ったんだ。当然、その時点では僕が出るしかなかった。僕が電話に出ると、犯人は突然怒り出した。お前は誰だ、と。だから僕は、『喜助の甥の熱海至です』と正直に申し述べたわけだ。そうしたら犯人は、『ふざけるな、熱海は刑事だろう。ちゃんと調べているんだ』と言って、電話を叩き切った」

　智鶴は、思わず眉をひそめた。

「だいぶ短気ですね」

「うん。まあ、誘拐なんて大それたことをするんだから、まともな奴じゃないだろう。とにかく、そんな状況だ。早く葵の居場所を突き止めないと、逆上した犯人が彼女に何をするか……」

「だったら、なぜ警察を呼ばないんですか？」

「うっ……もっともな意見だけれど。灯さんが……」

　熱海はちらりと、空知灯に視線をやる。彼女は祈るように手を組み合わせて、

「ええ、私がやめてと言ったんです……。わかってるの、本当は警察に知らせなきゃいけないって。でも、もしも、そのことが向こうにわかってしまったら、葵は……」

百田亜衣が、労わるように姉の肩を叩く。灯は、大きく息を吐いて両手に顔を埋めた。

現在時刻は十二時五十五分。

「まずいな……誘拐犯の電話から、もうすぐ一時間が経つ」

「そう。だから皆さんから話を聞かなくては」

智鶴は、関係者たちの顔を見回す。

「まず、空知葵さんの所在が最後に確認されたのは、いつ、どこでですか？」

「それについては、私がわかるわ」

亜衣が手を挙げた。

「彼女を最後に見たのは、多分私。あれは昨夜の八時頃、大学でのことよ。——さっきも言ったけど、私、湯本ミュージックカレッジで講師をしているから」

亜衣はソファの肘掛けを指で叩きながら、思い出すようにして話す。

「彼女は声楽専攻だから、器楽担当の私は教えていないんだけど、親戚だし仲もいいから。廊下で偶然会ったとき、彼女はもう帰るって言ってたの。それが午後八時」

なるほど、と智鶴は軽く頷いた。

「夜の八時に湯本ミュージックカレッジを出た。あそこは、湯本駅まで徒歩十分。そして、湯本駅からここ、いずみ新都心まで三駅。駅からこの家まで歩くのは五分から十分ってところでしょうか。彼女が寄り道をしなかったのなら、大学から湯本駅までの間か、いずみ新都心駅からこの自宅までの間、二地点のどちらかで攫われたことになります」

「それが、葵の居場所を特定する手がかりになるかしら」

一秒たりとも落ち着いていられないというふうに、手を揉みあわせながら空知灯が言う。

「だってそうでしょう。車で連れ去られたとしたら、相手がどこにいるかわからないわ」

「いや、そうとも言えません。どんな情報が役に立つかは――」

智鶴も普段より焦りながら、思索を巡らす。

だが、そんな彼の努力は、一本の電話で無に帰した。

唐突に、コール音が鳴り響く。一同は動きを止めて電話機を見つめた。熱海と喜助が目を見交わし、熱海が頷くと喜助が受話器に手を伸ばした。

「もしもし」

震える手で受話器を持ちつつも、喜助は相変わらず渋く落ち着いた声を出す。

『ヤア。ソノ声ハ、空知喜助サン、カナ？』

ボイスチェンジャーを使っているのだろう、高く裏返ったようなおぞましい声が聞こえる。――言うまでもなく、電話は誘拐犯のものからと知れた。

「そうだ」

『空知葵ハ死ンダ』

あまりにも突然すぎるその言葉に、全員が絶句した。

時が止まったように思える一瞬。

「なっ……んだと」

　喜助がようやく声を出すが、犯人は冷徹な口調のまま続けた。

『警官デアル熱海ヲ呼ンデ、僕ヲ愚弄シタ罰ダ。彼女ノ遺体ハ、湯本ミュージックカレッジ裏ニアル、雑木林ノ中ダ。ジャアナ』

「なっ……おい！　待て！　おい！」

　電話は切られた。ツーツーという断続的な音が響き始めると、灯が顔を覆った。

「嘘！　嘘よっ――葵ぃぃっ!!」

「姉さん、落ち着いて！」

　取り乱して暴れ出した灯を、百田亜衣が押さえる。

「お義兄さん！」

　亜衣に呼ばれ、硬直していた喜助も、灯を押さえるのに力を貸す。

「そ、そんな……葵が？」

　熱海は狼狽し、口元を押さえて目を見開いた。

「まさか、そんな。僕のせいで……」

「熱海さん、落ち着いて」

　智鶴は、刑事の肩に冷静に手を置いた。

「こうなってしまった今では、応援を呼ぶのが一番でしょう。――指宿警部の連絡先は？」

　それから二十分後。

　県警の指示で派遣された湯本署員が、湯本ミュージックカレッジの裏手の雑木林を捜索した。ぽつんと佇んだプレハブ小屋の中から、意識を失った空知葵が発見された。

3

救急処置室の扉の上に、『手術中』のランプが赤く灯っている。

湯本総合病院に集まった面々は、いずれも沈んだ表情をしていた。

先刻まで取り乱していた灯は、今では静かにすすり泣いている。廊下のソファに並んで座っている喜助は彼女の背を撫でつつも、心ここにあらずと言った風情で壁を見つめている。そして亜衣は、二人が座る一つ隣のソファで、祈るように手を擦り合わせていた。

医師によれば、葵は多量の睡眠薬を飲まされていたそうだ。発見が早かったこと、彼女が無意識に嘔吐したらしいことが重なり、どうやら命に別状はない、とのことである。

熱海は三人から離れた場所に座っていた。親族と顔を合わせるのが辛く、煙草はやらないのに喫煙室に逃げこんだのだ。仕切りがついているから、彼らを見ずに済む。

「――熱海刑事」

俯いて座っている熱海の頭上に、智鶴の声が降ってきた。右目を半ば覆うくらい髪が伸びた彼は、全体的に表情が読みづらい。両手は無造作にパーカーへ突っこまれている。

「……なんだい」

正直なところ熱海は、今は誰とも話したくない気分だった。刑事である自分が身代金受け渡し人としてしゃしゃり出たことが、誘拐犯の逆鱗に触れたのだから。

「少し話しましょう。ここなら人目もないし」

彼は、熱海の隣に腰を下ろして、返事も待たずに喋りだした。

「今、警察の捜査はどうなってますか？」

「進行中。ただ、僕は元々非番だった上に、関係者だから捜査から外されているんだけどね。しかも、もっと早い段階で警察と連絡を取らなかったせいで、指宿さんから睨まれている。……いや、そんなことより」

熱海は組んだ自分の両手に、爪を食いこませる。

「葵には本当に申し訳ないことをした。僕は何て馬鹿だったんだろう。犯人からの手紙には、『警察は呼ぶな』と書いてあったんだ。それなのに、刑事の僕が電話に出てしまった。他にもっと、やりようがあったろうに……ああ、僕のせいで葵は」

「そのことなんですが、いいですか。もう一度よく考えてみてください」

智鶴は上半身を熱海のほうに向け、目を覗きこむ。黒い瞳に吸いこまれるような錯覚が、熱海を襲う。

「なぜ犯人は、身代金受け渡し人として『空知喜助の甥』を指名したんでしょう？　熱海さんは刑事だと、犯人は知っていたわけですよね」

「だから……喜助叔父さんにはもう一人、甥がいるんだよ。言ったろう？」

「だったら、『空知拓郎』を名指しで指名すれば良かった。二人の甥がいて、片方は刑事。

そのことを知りながら、あんな曖昧な指示を出しますか？」

「……警察は呼ぶなと書いてあったんだから、僕を呼ぶはずない。そう高をくっていたのでは？」

「でも、わざわざ指示を曖昧にする理由にはならない。第一、そこまで空知家の事情を知悉《ちしつ》していた人間が、どうして空知拓郎の名前や、彼が海外にいることを知らないのでしょう？」

智鶴は気だるげだった語調をここで初めて強めた。

「そ、それは……何でなんだろうな」

「不自然な点はまだあります。それ以前になぜ犯人は、身代金受け渡し人として外部の者を指定したのか、ということです。ことを内密に済ませたい誘拐犯としては、関わる人間は減らしたほうがローリスクだ」

「――若い男にしかできないことを、受け渡し人にさせる気だったんじゃないか。よく映画とかであるだろう。警察を撒くためとか言って、誘拐犯が無茶な要求を出してくる展開」

「そうですね。犯人が案外、主人公たちの身近にいるなんてのもよくある」

熱海は、思わず目を見開いた。

「何が言いたい？」

智鶴はそっぽを向いて、勝手に喋る。

「現金で一千万円をすぐ用意できたのはすごい。通常、一日に一つの預金口座からお金を引き出すには、限度額がある。また、今はゴールデンウィークで、銀行の窓口はやっていない。そんな状況で半日足らずで、よくそれほどの大金が用意できましたね？」

「叔父さんは小工場の経営者だからな。お金だって、複数の口座に分散して預けていた」

「いくら犯人が周到でも、そこまで調べられますかね？」

智鶴は、苦笑いした。

「さらに気になる点がもう一つ。何故犯人は昨夜、彼女のスマホを使って、空知夫妻にメールをしなかったんですかね？」

「犯人がメール？　そんなことをする必要があるのかい？」

「だって、たまたま空知夫妻が娘の帰宅を待たずに寝たからいいものの、もし待っていたら？　いつまでも戻らない娘を心配して、警察に届けてしまうかもしれない。葵さんのふりをして、帰りが遅くなる旨のメールでも入れて、そのリスクを回避すべきだった」

「スマホにロックがかかってて開けられなかったんだろ」

「なるほど、それも一説ですね。他に可能性と言えば——もともと犯人は、空知夫妻が娘を待たずに就寝する習慣を知っていた、とかですかね？　部外者にはそうそう知りえないことですが」

熱海は、智鶴に腹が立ってきて思わず立ち上がった。

「なあ、キミは何が言いたいんだ？　まさか、身内に犯人がいるとでも？」

智鶴はまっすぐに熱海の目を見返して、首肯した。

「大体この事件の犯人には、金を奪う意思が感じられないんですよ。熱海さんが電話に出たら一瞬で逆上して電話を切り、それから四十五分も待って電話をかけてきて、わざわざ葵さんの居場所を伝えた。ちょっと尋常じゃない」

「まともな人間は、そもそも誘拐なんかしないさ。僕は刑事だからわかる」

「今のあなたもまともじゃない。動揺はわかりますが。でもいいですか、冷静に考えてください。身代金受け渡し人の奇妙な指示も、不可抗力で警察官を呼び出させて、そこにつけこんで交渉決裂させるための巧みな誘導だったとしたら」

「そ、それは……」

「最初から目的は、空知葵さんの殺害だったんです。幸い、未遂に終わったようですが」

「それこそ有り得ないっ！」

熱海は思わず叫んでしまってから、ここが病院だったことを思い出して声をひそめる。

「……葵は両親からも、叔母の亜衣さんからも大切にされていた。彼らが葵を殺すなんて」

「有り得ないですか？　保険金殺人だとかは、べつだん珍しい話でもないでしょう」

熱海はかっとなって、智鶴のパーカーの胸元を摑み、怒りを抑えた声で言った。

「おい、ふざけるなよ。金目当てに、大学生の娘を殺す親がどこにいる？」

「まだ、空知夫妻が犯人とは言ってなっ……熱海さん、絞まる絞まる」

「その通りです」

「──なっ！」

「大体、そこまでして空知夫妻が金を手に入れたいなんて……動機……」

熱海は、はっとして手を放した。

咳きこみつつもはだけた胸元をきゅっと引き締めた智鶴は、「あるんですね」とこともなげに返した。

「――喜助叔父さんの工場は、三か月前、製品への異物混入が発覚したんだ。クレームをSNSで拡散されて、大ごとになった。混入は新人のミスだったらしいんだが、世間は容赦ないからね。損害賠償の支払いに加えて、大手メーカーからの発注はゼロに等しくなり、商品の売れ行きもガタ落ちだ。泣く泣く昔からの仲間をリストラして、借金もしたらしい。学費の高い専門学校に葵を通わせ続けるのも、正直厳しかったようだ。だが……」

熱海の言葉は、そこで途切れた。言葉を重ねれば重ねるほど、智鶴の正しさが証明されていくようで、怖かったのだ。熱海は智鶴に背を向ける。

「僕は、犯人は関係ない外部の奴だと思っている」

「そうですか」

智鶴は、まるで熱海の意見などどうでもいいと言うように返した。

「でも……この事件に、何か裏があるのは確かだと思う。それに、犯人だってまだ捕まっていないし……何より、この事件に君を引きずりこんでしまったのは僕だからな。気の済むまで調べたらいいさ」

「いや、調べませんよ何言ってるんですか。面倒臭いですよ」

熱海はずっこけて、壁に頭を打ちつけた。

「何だよ！　興味ないなら思わせぶりなことを言うんじゃゃないよ！」

「いやいや、あくまでも冷静に事実を指摘しただけですよ。あなたを見てるとどうも不安でね。真実まで導いて差し上げようかと」

「お、おのれ……。どこまでも大人を馬鹿にしやがって」

熱海はわなわなと拳を震わせたが、不思議と智鶴への嫌悪は感じなかった。

「ったく、わかったよ……。君が言ったことも念頭に置いておくよ」

そのとき、熱海が懐に入れたスマートフォンが振動した。すぐにそれを取りだすと、「ここ病院」と智鶴が諌める。彼は、そこのテラスで通話できますよ、と付け加えた。

テラスまで出た熱海は、すぐに電話に出る。上司の指宿刑事からだった。

「あ、熱海です」

『出るのが遅い！』

指宿の、女性ながらも低く芯のある声が熱海の耳を貫く。

『ったく。ちゃんと病院で待機しているんだろうな？』

「勿論ですっ」

『そうか。……自分のやったこと、いややらなかったことの責任の重さは理解しているんだろうな』

「勿論であります。ちゃんと自分が、誘拐を知った時点で、警察とちゃんと連絡を取っていれば……」

『その通りだよ、まったく。死人が出ずに済んだかもしれないのに』

「……何ですって？」

『まあいい。お前も現場に来い。たった今、空知葵が発見された雑木林の中から、若い男の遺体が発見された。――どうやら、空知葵を誘拐した犯人みたいだな』

熱海はスマートフォンを取り落とした。

4

熱海は、智鶴を車に乗せて現場へと急いだ。

「家はちょうど湯本市内にありますから。現場に行くときに降ろしてくれればいいです」

というのが智鶴の言い分だった。智鶴を現場に連れて行くわけにもいかなかったから、熱海に異論はなかった。とにかく、智鶴を事件に関わらせたことだけは伏せておかなくてはと考えてる。叔父の空知喜助にも、飛び入りの高校生探偵の存在は警察に言わぬよう、釘を刺した。

「――なあ、智鶴くん。これでもまだ、君は空知家の人々を疑っているのかい」

車中、熱海は智鶴に話しかけた。彼の車に移動するとき、指宿からの電話の内容は伝えていた。

「ええ」

「諦めが悪いね。自殺している犯人が見つかったんだよ」

「まだ、犯人とは断定はできません」

熱海はため息を吐いた。

「さっきから考えてみたんだが、葵の家族の中に犯人がいるというのは、考えられない。君は、誘拐は葵を殺すためのものだと言うが、それは不可能だよ。物理的にね」

「どういうことです？」

「だって、そうだろう。空知夫妻は、誘拐犯から電話があったとき、二度とも僕のそばにいたんだ。二度目のときは、智鶴くん、君もいた。彼らが犯人のはずはない」

「二度目の電話のときは、確かに俺も聞いていました。でも、犯人はとても一方的に喋って電話を切った。ポケットの中とかで携帯から電話をかけつつ、録音した音声を流す――なんて手段は、刑事ドラマでおなじみですが」

「お話にならないな」

湯本本通りに入ったところで、赤信号が立ちはだかる。熱海はゆっくりブレーキを踏む。

「一度目の電話のときは、誘拐犯は、葵が生きていることを我々に証明するため、彼女を電話口で喋らせている。それに、多少は会話らしいことをしていた」

「――聞いてみていいですか。録音したデータがあるんでしょう」

「いいだろう」

熱海はスマートフォンを智鶴に渡す。ボイスメモのアプリを起動させて、例のデータを呼び出す。まず最初に、喜助が電話に出る声から始まる。

『もしもし』

『――ヤア。空知喜助サン、ダネ？　空知葵ヲ誘拐シタノハ、コノ僕ダ』

蛙が鳴くような声。智鶴が二度目の電話で耳にしたのと同じもの。

『あ、あんたが……。葵を返してくれ！』空知喜助の重厚な声は、怒りに震えている。

『慌テナイ、慌テナイ。ソレヨリ、チャント貴様ノ甥ハ呼ビダシタンダロウナ？』

『あ、ああ……。だが、ちょっと待ってくれ。葵の声を聞かせてくれ、頼む！』

『……ヤレヤレ。仕方ノナイ親ダ。イイダロウ』

ざざっ、とノイズが交じり、それからしばらくして、若い女性の声が漏れる。

『お、父さん……？』

しんと静まり返ったところに、そのか細い声だけが流れてきた。

『葵！』

『お父さんだよね……お父さん、ごめん。私……』

『謝らなくていいんだ、葵！　それより、怪我はないか？　すぐにお金は持っていく』

『ごめんなさ――』

ががっ、ざざっ、とまたノイズ。空知葵の声は遮られ、再び蛙が喋り出す。

『モウイイダロウ。トニカク、金ダ。身代金受ケ渡シノ指示ヲスルカラ、貴様ノ甥ヲ出セ！』

『う、うむ……』

電話口に、今度は熱海の声が。

『も、もしもし。空知喜助の甥の熱海です』

『……アタミ？』

蛙の声は途端に不機嫌になった。そして激しく吼える。

『冗談ジャナイ！　熱海至ハ刑事ダロウガ。フザケルナヨ。チャント調べハツイテイルンダ！　ソッチノ甥ジャナイ！　馬鹿ニスルニモホドガアル！』

そして、ぷつりと通話が終わった。

タイミングを図ったように信号が青になり、熱海は車を発進させる。

「――という次第だ」

「よくわかりました。なるほど、実に興味深い」

智鶴は思案気に、窓の外に目をやった。

「喜助叔父さんのみならず、ここでは僕も犯人と会話をしている。録音などでは絶対にない。それとも、僕を共犯に仕立て上げるか？」

「悪くないですね」

冗談とも本気ともつかぬ口調で智鶴は言った。

「まあ、わざわざそんなことを考えなくても、空知夫妻以外に犯人がいるとすれば、楽なのですが」

「まさか君は、百田亜衣さんを疑っているのかな？」

「どうしてそう思うんですか？」

「他に、この事件に関係している人と言えば彼女だけだからね。でも彼女もシロだ。確かに彼女は一度目の電話のときはまだ空知家にいなかったが……二度目にはちゃんといた。何より彼女には動機がない。家人ではないのだから、姉である灯さんに保険金が転がり込んだところで、彼女には関係のない話だ」

「まあ、動機が保険金とは限りませんが――。それより熱海さん。現場はプレハブ小屋だったんですよね？　湯本ミュージックカレッジ裏の」

「え、そうだけど……。何かそれが、大事なことなのかい」

だが智鶴は答えずに、前方に現れたマンションを指さした。

「あ、そこです、そこ」

智鶴は、路肩に寄るように命じた。熱海は車を停めて、智鶴が指さしたマンションをぽかんとしたように見つめた。

「――何ですか」

車を降りながら智鶴は、熱海をじとりと見る。

「い、いや……刑事部長も割と、庶民的なところにお住まいなんだな、と」

「おっしゃっている意味がわかりませんが」

「だって智鶴くん、君は県警本部長の霧島官九郎氏の息子じゃないか」

「そうですけど、同居しているとは一言も言ってませんよ。あの人とは、三年前に絶縁したので」

「は？　それってどういう――」

「送っていただき、ありがとうございました」

助手席のドアを、智鶴は気だるげに閉じた。半ドアだった。

「遅いぞ、熱海」

「す、すみません！　林のこんなに奥だとは思わなくて」

上司の指宿にねめつけられ、熱海は頭を掻く。恐ろしすぎて目を逸らす。だが、指宿は舌打ちでこちらを見ろ、と命じた。

「説教は後にとっておく。それより今は遺体を見てもらおうか」

湯本ミュージックカレッジ裏手の雑木林。葵が発見されたというプレハブ小屋からさらに奥に入ったところに、青い軽自動車が停めてあった。正面からこの林に入ると、車はここまで辿りつけない。軽自動車の持ち主は裏手から乗り入れてきたのだろう。

そんなことを考えながら熱海は、車中を覗きこむ。

まだ二十歳前後に見える若い男の遺体が、運転席に静かに座っていた。

茶色く染めた髪と、派手なピアス。はだけた黒いジャケットに、クラッシュデニムというのだろうか、破れたズボンを穿いている。放埒な生活を送っていたと思われる若者――

熱海には見覚えのない顔だ。

助手席に目を転じる。七輪の中で練炭が燃え尽きていた。そういえば、この軽自動車の中はまだ煙たい。運転席のドリンクホルダーには、ミネラルウォーターのペットボトルがあり、足許には睡眠薬らしき錠剤が瓶から零れて散らばっている。

「おい」

指宿が、熱海のジャケットの襟首を摑んで、車から引きずり出す。

「被害者の顔さえ見ればいいんだよ、顔さえ見れば。で、見覚えあるか？」

「い、いえ……さっぱりです」

「そうか。まあ、そうだろうと思ったさ。実はお前を電話で呼んだ後に、トランクの荷物からこの男の財布が見つかってな——白浜さん」

「はいっ」

指宿に呼ばれ、鑑識課員の白浜弥生がおさげの髪を揺らしながら駆け寄ってくる。

彼女は、指宿に指示されて財布を取りだす。若者が持つには高価すぎる、牛革のブランド物だ。弥生はそれを探って、一枚のカードを取りだした。

「これは……湯本ミュージックカレッジの学生証⁉」

「そういうわけだ。つまり、この誘拐犯——村崎錦一郎《むらさききんいちろう》とか言うらしいが——は、空知葵と同期の学生だったわけさ。そして……」

指宿が顎をしゃくると、弥生がすかさず財布の内ポケットをめくって、熱海に見せる。

「こ、これは……」

財布から出てきたのは空知葵の写った、複数枚の写真だった。カフェテラスらしき場所で飲み物を啜る葵。キャンパスを歩く葵。駅のホームでスマートフォンをいじる葵……。

「被写体の写り方からして、盗撮だ」

「じゃ、じゃあこいつは葵をストーカーしていた？」

指宿は、軽蔑の色も露わにそれを見やる。

「だと見て間違いないだろうな。悪質なストーカーだとしたら相手の家庭状況や行動範囲を調べあげて、卑劣な計画を立てていたとしてもおかしくはない。彼の犯行を示す証拠も、いくつか出てきたしな」

「証拠？」

熱海が反復すると、指宿は無造作に頷いて解説する。

「まず、この村崎の車から、携帯電話が見つかって、その発着信履歴を見たところ、問題の時刻に空知家への発信があった。加えて、後部座席からはボイスチェンジャーが見つかった。決定的だろう」

「なるほど……誘拐犯のマストアイテムですね」

熱海が得心して頷くと、指宿はさて、とスーツの膝を叩いて立ち上がる。

「熱海、行くぞ」

「えっ、現場を調べるのは？」

「もうあらかた調べ終わったし、残りの捜査員が何か重大な発見をすれば、私にも連絡が来る。とりあえずそうだな、湯本総合病院まで行って、被害者の容態を確認しつつ、関係者の話も聞こうか。さあ、早く行くぞ。私の車でだ。こっちにある」

僕も車で来たのですが……と反論したい気持ちもあったが、今の熱海は、指宿に逆らえる状態ではない。誘拐事件に際し仲間への連絡を怠ったことで、県警内での熱海の立場は最悪になっていた。智鶴のことも発覚しようものなら、一般人を事件に介入させたことや情報漏洩で懲戒免職ものである。

指宿は車の助手席に乗りこむ。熱海は運転席に座らされた。捜査から外れているが、運転はしなければいけないらしい。

ため息を堪えつつ、熱海は自分の車を雑木林に残したまま、指宿の車を発進させた。

5

湯本総合病院へ向かうということは、ついさっき来た道を逆戻りしていることになる熱海は、別に自分が現場に行かなくても良かったんじゃないか、と思い始めていた。だが、助手席で腕を組んであからさまに不機嫌になっている上司の指宿を見ると、とてもそんなことは口にできなかった。

ゴールデンウィークの中日であることも手伝ってか、湯本本通りはいつになく混雑している。車の列が進むのを待ちながら、沈黙に耐えかねて熱海が開口した。

「自殺、ですかね？　彼」

「現場の状況から見て、間違いないだろうな」

「しかし、あの犯人——村崎錦一郎、でしたっけ。彼はどうして自殺したんでしょう」

「火を見るより明らかだろう。誘拐に加えて殺人という罪を犯してしまったことへの、罪悪感だ。もっとも、空知葵は死んではいなかったが、当の本人は勘違いして罪の意識に駆られたのだろう」

「そうですね。にしても、彼の犯行には色々と奇妙な点が——」

指宿は運転席へ顔を振り向けて、部下を睥睨《へいげい》した。

「お前、いい加減にしろよ。散々、勝手な行動をしておいて、我々の捜査に口を出すな。自分がこの事件から外されているということを自覚しろ」

確かに指宿の言う通りなので、熱海は反論の余地なく黙りこむ。そう、自分が病院へ随行するのも、捜査官としてではなく、あくまで事件関係者として、なのだから。

湯本総合病院の四階——処置室のあるフロアに刑事二人が着くと、それに気づいた百田亜衣が駆け寄ってきた。

「ああ、至くん！　来て。葵の胃の洗浄、終わったみたいなの」

亜衣は熱海をファーストネームで呼び、手を引いた。指宿と熱海は目を見交わして、駆け出す。

処置室の前では、嬉し泣きをしている灯の背中を喜助が撫でていた。そんな喜助も、少し目を赤くして、傍らに立つ医師にしきりに感謝の言葉を述べている。

「警察の指宿です。――あなたが担当医ですか」

警察手帳を示しながら、指宿はきびきびと言った。葵が事件被害者であることを知っている医師は顔を引き締める。

「もう大丈夫です。じきに話せる状態になるとは思いますが、まだ意識が混濁していますから、面会の可否は様子を見てからお伝えします」

「お願いします。――まあ、精神的にも動揺しているでしょうからね。急がなくていい」

指宿の言葉に医師は大きく頷くと、一礼して去っていった。

「――さて、では彼女の回復を待つ間に……あなたがたにお話を伺いたい」

指宿は、空知夫妻と亜衣を見る。彼らは、それぞれに表情を引き締めて首肯した。

病院の会議室を使わせてもらい、五人で机を囲む。

熱海から大雑把な流れを説明してもらっただけの指宿は、関係者たちからより詳細な事件の流れを聞く。

「つまり、百田亜衣さん。あなたが空知家を訪れたのは偶然――ということですね」

亜衣は「はい」と言って続ける。

「昨日、葵ちゃんと約束をしたの。貸していたCDを返してもらいに、明日、お宅に伺わって……。まさか、こんなことになるなんて、思いもしませんでした」

「なるほどね。……ところで、喜助さんが経営なさっている工場で、異物混入事件があったとおっしゃってましたが……失礼ながら、そこまで大変な状況だったのに、身代金は用意できたのですか？」

「ええ、なんとか。あの一千万円は、私の工場で起きた異物混入事件での賠償金を支払うためのものだったのですが……言うまでもなく娘の命のほうが大切ですからね」

　喜助は憔悴した様子で答える。

　熱海には、喜助の言葉が嘘だとは思えなかった。やはり、この中に犯人がいるなんて、アリバイのことを抜きにしても信じがたい。

「――さて、じゃあここからが本題です」

　指宿は、パンと手を叩いた。

「村崎錦一郎という青年をご存じですか？」

　熱海を除く関係者たちが、はっと表情をこわばらせる。

「なぜ、彼のことを知っているんですか？」

　空知喜助が逆に訊いた。すかさず指宿は、「ご存じなんですね？」と鋭く反問した。

　喜助は、慌てて「知っています」と答える。

「あなたがた三人とも、彼を知っていると思ってよいですね？」

　喜助、灯、亜衣は顔を見合わせつつ頷く。

「では、どのような経緯で彼のことを知ったのかお聞かせください」

「ひと月くらい前に、葵に相談されたんですよ。その男につきまとわれて困っているって」

　灯が、吐き出すように言った。

「ストーカーというわけですか？」

「……っていうのかしらね。元々、娘のほうから、告白してきた彼をフったみたいなんですよ。そうしたら、大学の中でしょっちゅう話しかけてきたり、しつこく電話してきたりといった行為が始まったそうです。葵は、本当に迷惑していて、拒んでも彼は聞いてくれないらしくて。それで、私に初めて相談してきたんです」

「そして私は、妻からそのことを聞かされました」

と、喜助。今度は亜衣がその後を引き継いだ。

「私も、姉さんからそのことについて相談を受けたの。講師として、何とかできないものかって。でも正直、彼とは接点がなくて。器楽が専門なのは同じなんだけど、私の専門はフルート、彼は弦楽器。――そんなわけだから、私にできることは少なかった。というか」

　亜衣は、眉間に皺を寄せて、苦々しげに言った。

「それ以上に、あの村崎錦一郎に、私はどうこう口出しできる立場じゃないのよ」

「村崎は、学内で権力を持っていたんですか？」

　指宿の質問に、亜衣は薄い唇を引き締めて頷く。

「村崎理事長の息子なのよ。彼は、『ヴァイオレット・ミュージック・ジャパン』の会長でもあるわね――日本有数のレコード会社の。で、錦一郎はとんでもないドラ息子でね、裏口入学じゃないのかとまことしやかに囁かれているわ。……葵も気の毒なこと。あんな奴につきまとわれて」

講師という立場の亜衣にここまで毒づかせるとは、相当に村崎は悪名高かったのだろう。

熱海は一つ疑問が浮かんだ。

「確か、葵は声楽専攻じゃあ？」

「ああ、彼とはサークルが同じだったそうよ。演劇サークル。ただ、彼があまりにもしつこいものだから、葵は今から三週間くらい前に辞めちゃったんだけどね」

「——なるほど。とにかく彼は、葵さんにアンビバレントな感情を抱いていた、と」

指宿は、納得した印に机上で指を打ち鳴らす。

亜衣が困惑気味に眉を寄せて、「あの」と切り出す。

「どういうことなの？　なぜ、彼のことが問題になるのかしら。ねえ、まさか——」

「そのまさかです。恐らく、彼こそが、葵さんを誘拐した犯人だったと思われるのです」

「えぇっ!?」

灯が叫ぶ。その隣で、喜助も瞠目した。

「驚かれましたか？　しかしですね、犯人はあなたがた空知家の事情について妙に詳しかった。相手はストーカーだったわけですから。それとも、あなた方の親しい方の中に、誘拐を企てるような人間が他にいますか？」

「やめてくださいよ、そんな人いません」

灯が悲痛に訴えた。指宿は、そうでしょう?と目で同意を求める。

一座が微妙な空気になったとき、亜衣が、「そうかも……」と言い出した。

「確かに、村崎なら……恨みに任せてこんな酷いことをしてしまったかもしれない」

「よくわからないんですけど、警察がその——村崎くんを疑っているということは、根拠がおありなんでしょう?」

喜助が慎重に言う。指宿は、察しのいい彼に大きく頷いた。

「彼は、葵さんが発見された現場近くの林の中で、遺体となって発見されたのです」

言い寄っていた喜助の顔が驚きに染まる。

「車を密閉しての練炭自殺と見られます。そして、車中からは携帯電話とボイスチェンジャーが見つかりました。携帯には、空知家への発信履歴がありました。誘拐犯がかけてきた、問題の時刻に——ね」

室内の者たちは顔を見合わせた。

「なんてことだ。じゃあ、彼が犯人で間違いないじゃないか」

喜助がいつもよりも重々しい声を出す。

「けれど、死んであの世に逃げるだなんて……卑劣だわ」

灯は憤慨していた。

「まあ何にせよ、犯人はもういなくなったのね。色々と思うところはあるけれど、とにかく後は葵の回復を願うばかりね」

亜衣がほっとしたように息を吐いて、そんなふうに言ったとき、タイミングを図ったかのようにノックの音がした。葵を担当した医師が入ってくる。

「葵さんは十分ほど前に意識を取り戻しました。いま検査中ですが、すぐに話せる状態になりそうです。あと一時間ほどで面会できるようになるでしょう」

医師の言葉に、葵の関係者たちは喜びの声をあげた。

熱海も心底ほっとしつつ、けれど目の前の人々の様子を観察することが止められなかった。智鶴に言われた『内部犯説』の考えが、頭にこびりついて離れなかったからだ。

彼らのアリバイは完璧なのに。

彼らにとって、葵は大切な存在であるはずなのに。

熱海は我慢がならなくなって立ち上がった。通話可能なテラスに出て、熱海は智鶴に経過報告をする。

勿論そんな義務もないのだが、ここまで出てきた情報は大抵、村崎錦一郎の有罪の証明に働くものだし、『内部犯説』を智鶴自身の口から「諦めた」と否定する言葉が欲しかった。また、今回は自分のほうから巻きこんでしまったのだから、情報を得られない立場にいる彼のストレスを減らす義務くらいはあるだろう、と勝手に判断した。

「――というわけで、犯人は十中八九、村崎錦一郎だよ」

一方的に話し終えて、熱海はどうだ、というように沈黙を作った。

電話越しに智鶴は、ふっと笑ったような気配があった。

『なるほど、そういうことですか。大体、読めてきましたよ』

熱海は、思わず叫びそうになる。

「ちょ、ちょっと待て！　犯人は別にいるって言いたいのか？」

『そうです。一応、目星はつきました。でも根拠がないんですよね。葵さんの話を聞けばきっと、根拠が出てくるでしょう』

「信じられない。でも、彼女は犯人を見ているだろうから、仮に村崎が無実だとしても、君が推理を働かせる余地はないよ」

皮肉るように言うと、智鶴はふふっとおかしそうな息を漏らした。

「おい、何だよ？」

『いいえ、まあとにかく葵さんの話を聞いてみてくださいよ。多分、犯人はわかりません。葵さんは、犯人の顔を一度も見ていないはずですから』

だから何でわかるんだ、と言いたかったが、智鶴は『じゃ、また連絡くださいね』と勝手に言って、一方的に電話を切った。

「くそ、何でだよ……」

熱海は訳がわからなくなって、その場に座り込んだ。

昼ごろから凪いでいた風が、また吹き始めた。

6

熱海は、テラスから病院内に戻ると、会議室へ向かう前にトイレに入った。その間もずっと事件の真相に思いを巡らしていたが、これといった答えは思いつかない。

「やっぱり、全員アリバイがあるからなあ……」

そう、空知夫妻と百田亜衣以外に、それらしい容疑者もいない上、その彼らのアリバイが完璧であることが問題なのだ。もはや疑う余地がない。

「でも、智鶴くんが間違ったことなんてないしな……」

熱海は懊悩《おうのう》した。どれかを立てれば、どれかが上手くいかなくなる。難解なパズルに挑んでいるような心地だった。

唸りながらトイレを出ると、テラスから指宿が戻ってくるところだった。彼女は、熱海と入れ違いにテラスに出て、電話をしていたようだ。

「あ……お疲れ様です」

上司と目が合い、間の抜けた挨拶をしてしまう。指宿は無言のままじっと熱海を見返してくる。気まずくなり会議室のほうへ向かいかけた熱海を、「待て」と指宿が引き止める。

「お前、村崎錦一郎が犯人だと思うか？」

突然の質問に、熱海は戸惑う。そして、指宿ら捜査陣が村崎犯人説に傾いているのを知っていた熱海は、「そのようですね」とおもねった。

「嘘をつけ。この病院に来る途中のお前の口ぶりからすると、事件に裏があると勘繰っていたようだったぞ」

「うっ……」

さすがに気づかれたか。まあ実のところ勘繰っているのは熱海ではなく智鶴なのだが、素直にそう言うわけにもいかず、熱海は黙りこむ。

「勿論私も、この事件の奇妙な点には気がついたさ」

指宿は腰に手を当て、長い脚を強調するような立ち姿で喋る。

「犯人の言動が理不尽だったことや、空知葵の居場所をわざわざ知らせてきたこと。その他もろもろだ」

「そうです！　奇妙なんです」

自分自身では疑うこともしなかった熱海は、智鶴の受け売りで同意する。

「だがしかし、この事件の犯人は村崎に間違いないよ」

指宿はぴしゃりと言った。

「な、何故です？」

「たった今、捜査状況の続報が入った。まず、村崎の死亡推定時刻。これは、十二時半から午後一時――つまり、葵を殺害したという電話を入れたすぐ後に、村崎は死んだということになる。このとき、事件の関係者は全員、空知家に揃っていた。葵に睡眠薬を飲ませたり、村崎を殺したりする時間はない」

「な、何故関係者を疑っていると思うんです？」

熱海は驚いて訊いた。だが指宿は冷めた目で熱海を見、「そんなの、お前の態度でわかる。さっき会議室で、ずっと皆を観察していた」と言った。

さすがに、彼女の目はごまかせないか。

「第二に、空知家に届いた犯人からの手紙を鑑定してみた。村崎と関係のありそうな場所を手当たり次第に調べたところ、あれはあるプリンターで印刷されたものだとわかった」

「それは……どこのプリンターです？」

「湯本ミュージックカレッジの、研究室だ。部外者でも忍びこめないことはないだろうが、わざわざ侵入するにはリスクが高すぎる。学校関係者が犯人と見て間違いない——言うまでもなく、学生である村崎は関係者だ」

熱海は少し考えてから、「しかし」と反論する。

「村崎が犯人だとしたら、犯人の要求などに説明がつかない」

「こう考えたらどうだ。つまり村崎の目的は、身代金じゃなくて、最初から空知葵の殺害だったんだ」

指宿は長い指を振りながら解説した。

「ええっ!?」

「そんなに意外か？　だがな、村崎は空知葵に袖にされて、付きまとい続けていたんだ。

彼の屈折した愛情が、今回の犯行を引き起こさせたのだとしたら、そもそも彼の目的は金などではなかった可能性が高い」

つまり、と指宿はまとめに入る。

「村崎錦一郎は最初から、目的を達成したら死ぬつもりだったんだ。空知葵を殺すという目的を、な——つまりこれは、無理心中だったんだよ」

「な、何ですって！」

「あり得なくはないだろう。まあ、わざわざ誘拐事件の体裁を装った理由は謎だが……葵の家族をいたぶる、という嗜虐《しぎゃく》的な意味合いが込められていたのかもしれない。それに、彼が最初から死を覚悟していたとしたら、葵の居場所を教えてきたことの説明がつく」

「——というと？」

「葵の居場所が知れれば、当然警察は付近の捜索をする。そうすれば当然、自分も見つけてもらえる——。葵の監禁場所を黙っていたら、その近くで死んでいる自分も見つけてもらえない。村崎はそれを避けたくてそんな電話をしたのだろう。自分の遺体が腐敗する姿など、あまり他人に晒したくはないだろう？」

指宿の説明を聞いて、熱海はかなりの説得力があるように思えた。やや無理があるように思えたところもあったが、これまでの疑問点には大抵アンサーが用意されている。

「なるほど……」

熱海が思わず賛嘆したところへ、医師が駆けてきた。

「刑事さん、こんなところにいたんですか。良かった。空知葵さんと、数分でしたら、お話ししても大丈夫ですよ」

ベッドに横たわった空知葵は、睫毛《まつげ》の長い目をうっすらと開いて、二人の刑事のほうを見た。ベッドの近くに腰かけた二人のうち、葵は最初に熱海を見た。

「——至くん」

「葵、大丈夫か」

従兄妹同士である熱海と葵は、互いの名を呼び交わした。

「怖かっただろう。だけど、もう平気だからな。とにかく、心配することは何もない」

葵は、熱海の力強い言葉に戸惑ったように頷きつつ、「うん。でも、何が……」と言った。

指宿は、パンと手を叩く。状況を整理したり、注意を引いたりするときの彼女の癖だ。

「熱海の上司の指宿です。とにかく、ざっと状況を説明しましょう」

空知家に脅迫状が届いたところに始まり、誘拐犯からの電話、葵の発見、村崎の遺体発見、彼が犯人らしいこと——などを、指宿はざっくりと話した。

時計を見ていた熱海は感嘆のため息をついた。これだけの情報量を、指宿は九十秒ほどで話し切ってしまったのだ。しかも的確に、筋がよくわかるように。

指宿の話を聞き終えた葵は、静かに瞑目した。その両目から、涙が零れ落ちる。

「そうですか……村崎くんが犯人……。そして、死んでしまったのね」

「ショックか？」

熱海の問いに、葵はふるふるとベッドの上で首を振る。

「わかんない。わかんないよ。彼のことは何も、わからない」

「無理もない」

指宿は、労《いたわ》るような口調で言ったが、熱海は彼女の拳が、膝の上で握ったり開かれたりするのを見ていた。それは、彼女がやきもきしているときのサインだ。

「そ、それじゃあ……葵に、何があったのか教えてほしいな」

熱海が助け舟を出す。葵は、涙の膜が張った目を数度瞬かせた。

「――今日は、五月四日？」

「そうだよ」

「そっか、じゃあ昨日のことか――。学校からの帰り……夜の八時ごろのことだった。叔母の亜衣さんと少し話した後、大学を出て、湯本駅のほうへ向かおうとしたの。でも、夜で暗くて……人気のない駐車場を通ったとき、いきなり後ろから口に布きれを押し当てられて……意識を失ったみたい」

「薬を嗅がされたわけか。――それから？」

熱海が促す。葵は目を細めて、

「それから……次に気がついたとき、目隠しされていたの。昼か夜かもわからなくて、怖かった。両手と両足も縛られていて、埃《ほこり》っぽいコンクリートの床に寝転がっていたのはわかった。口もガムテープか何かで塞がれていた。でも、それ以外のことは何もわからなくて……」

葵は、とうとう目を閉じた。苦しそうに、目を閉じながら喋る。

「どれくらいそうしていたか、あるとき、物音が聞こえて……またしばらくすると声がした。誰か男の人が、電話で話しているようだった。貴様の甥はちゃんと呼び出したのか？とかって言ってた。で……私、スマホを押し付けられたみたい。『話せ、お前の親父だ』って小声で言われて、口のテープを剝がされた。目隠しされていたから、わけがわからなかった」

葵は、すっと、一呼吸挟む。呼吸が苦しいのかもしれない。

彼女は十秒ほどおいて、目を開くと話を再開する。

「で、私、夢中で何か言って……それで、スマホは取り上げられて、また私、口を塞がれた。そうして、犯人の怒ったような叫びが聞こえて……それからまた、静かになった。私、ずっとびくびくして震えていたんだけど……十分か二十分か、とにかく長い時間が経った後、突然、また口のテープを剝がされて……。何かを水と一緒に無理矢理飲まされて、床に叩きつけられたような……。そして、気づいたら今だった」

葵は話し終えると、少し咳きこんで、顔をしかめた。

「つまりあなたは、終始目を塞がれ身動きが取れず、喋ったのも電話のときだけ、と」

「そうです」

「お辛かったでしょう……。犯人は、見ていないんですか？」

「見ていません。一度も……」

指宿は、髪を掻いた。

「そうですか……。声は村崎錦一郎のものでしたか？」

「えっと……怖かったのでよく憶えていないのですが、確かに似ていたかもしれません。あの、村崎くんが犯人って、本当なんですか？　間違いないんですか？」

「どうも、そのようです」

感情のこもらない指宿の声を聞いて、葵は大きく吐息した。

「そう、ですか……。何だか、まだ信じきれない」

「そうでしょうね、大変な目に遭われたばかりなんだから」

指宿が次の質問を繰り出しかけたとき、医師が入室してきて、時間だと告げた。指宿は口惜しそうに唇を噛んだが、仕方ない、とばかりに肩をすくめて立ち上がる。

「手術から間もないのに、色々と喋らせてしまい申し訳ありませんでした。また、落ち着いてから詳しいお話を伺わせていただきます」

「ええ。ありがとうございました——至くんも、非番だったのにごめんなさい。巻きこんだようで」

「いや、僕のことは気にしないで。それより、非番だって言ったっけ」

「この前、お茶したときに聞いたでしょ。私と至くんと、お父さんと三人で」

「ああ、そうだったね」

　ほらお前も行くぞ、とばかりの視線を、指宿が熱海に送る。熱海はまだ言いたいことが色々あったような気がしたが、どれも上手く言葉にならなかった。

7

　面会を終えて病室を出てから、熱海はどうしても気になって、指宿に質問をぶつけた。

「あの、指宿さん。一つだけ気になったことが」

「……今度はなんだ」

「葵は口と目を塞がれて、手足も縛られていたってことでしたよね。でも発見時、葵はいずれもされていなかったと聞きましたが、どういうことでしょう」

　何だそんなことか、というように指宿は唇を曲げた。

「彼女を拘束するのに用いられた道具は、全て見つかったぞ。彼女が刺されたプレハブの隅にまとめられていたよ。ええと、詳しく言うと。彼女の目を塞いでいたらしい――葵の睫毛が検出された――布きれ、丸められた使用済みのガムテープが三つ。これはそれぞれ、口、手首、足に使われたものだろう」

「つまり犯人は、葵に睡眠薬を無理矢理飲ませ、彼女が意識を失ってから、それらを取り去ったわけですね――なぜでしょう？」

「さあな。そんな無様な死に姿をさらすのは気の毒だということで、取り去ったんじゃないか？」

そういう配慮を葵のストーカーだった村崎がするだろうか――。熱海は、思わずそう考えてしまった。

「とにかく、いたずらに事件を引っ搔き回すような真似はやめろ。――私はこれから捜査本部に戻るが、お前は大人しく帰れよ」

指宿は突き放すように背を向けた。

「はい」

熱海が答えると、指宿は去ってしまった。

空知家の人々への挨拶もそこそこに、熱海も駐車場に戻った。彼はスマートフォンを取りだして、少し躊躇う。電話帳を開いては閉じ、を繰り返して、三分ほど葛藤してから、半ば投げ遣りに智鶴を呼びだした。

数回のコールの後、智鶴は電話に出た。

『熱海さん。どうでしたか、首尾は？』

「全く、君の言う通りだったよ。葵が犯人を見ていないってことも」

熱海は智鶴に、仕入れたばかりの葵の証言を話して聞かせた。電話の向こうの高校生探偵は、さもありなんですね、と小憎らしく答える。

「なあ、もう降参だよ。この事件は一体どうなってるんだ？　僕にはもう、何が何だか」

智鶴は少し黙ってから、『そうですね現場を見れば、犯人の特定に繋がると思うんですが』と言った。

「現場？　何かあるのかい？」

『もしかしたら、という仮定の話ですが。大きな証拠が見つかるかもしれません。絶対に犯人が言い逃れできなくなる、決定的な証拠が』

「――そうか。いいだろう」

熱海は、やけくそみたいにして言った。もう、どうにでもなれ。

「じゃあ今から迎えに行くから、待ってろよ」

「嫌です。動きたくありませんし、写真を送っていただけるだけで事足ります。現場に行くのも、熱海さん一人のほうが楽でしょ」

横着な高校生探偵の傲慢さに嘆息しつつも、熱海には断る理由もなかった。

「わかったよ。じゃあ、写真を待ってろ」

熱海はタクシーを拾って、湯本ミュージックカレッジ裏の雑木林まで舞い戻った。

もう鑑識たちもあらかた現場は調べ終わったようで、捜査班は引き上げたらしい。見張りの巡査が一人残されていたが、熱海は県警の刑事であるという身分を告げて警察手帳を示し、中へ入れてもらう。

プレハブ小屋に足を踏み入れる。埃っぽくて雑然としていた。この建物は大学の持ち物だそうだが、ここ数年、全く使われていなかったようである。ビニールシートや椅子などが、めちゃくちゃに置かれている。葵は発見時、小屋の中央に横たわっていたという。睡眠薬を飲まされたせいで嘔吐していたそうだから、発見時のことは想像したくない。

また強くなった風のために、古ぼけたプレハブ小屋は全体がガタガタと鳴っていた。外れかけた雨戸の一つが、強風が吹くたびにバタン、バタンと壁を叩く。

「風だけで壊れてしまいそうだな」

熱海は不安そうに周囲を見回し、独りごちた。それから、スマートフォンを取り出して、アングルを変えて何枚か写真を撮った。撮影音は、風の音にかき消される。それを智鶴に送信して、しばらく現場を見ていると、携帯に着信があった。熱海は慌てて応答する。

「もしもし。もう何かわかったのかい、智鶴くん」

『…………』

「え、何だい？　よく聞こえないな。風の音がうるさくて聞こえない」

『何も喋っていませんよ。僕のほうでも、熱海さんの声は聞き取りにくいです。……思った通り、ね。……ありがとうございます。何か、というか犯人が確定できましたよ』

「本当か！」

熱海は思わず大声を出してしまう。

『ええ、わかりましたとも』

智鶴が事もなげに言うが、熱海はまだ信じられなかった。

「本当に本当なのか？　そしてそれは、村崎ではないんだな？」

『その通りです。彼は実際、スケープゴート……要するに犯人の身代わりとして利用されただけです。つまりは、彼は殺害された』

「そして君は、彼を殺し、葵を殺しかけた犯人がわかったと、そう言うのか？」

智鶴は一瞬黙して、それから『そうなりますね』と返答する。

「誰だ」

『ここで議論していても始まらない』

智鶴はすげなく言った。

「湯本総合病院に戻りましょう……。途中で僕も拾ってください。最後に一度、葵さんの話を聞かなければなりません」

熱海は頷くと、雑木林の外へ停めてある自分の車へと向かった。

8

湯本総合病院のベッドの上に、空知葵は横たわっていた。

窓の外の空は、すでに暮色に染まっている。彼女は一つ、ため息をついた。

そこへ、ノックの音。

「――どうぞ」

葵が応じると、引き戸を開けて二人の人物が入室してきた。

一人は、葵の従兄である熱海至刑事。もう一人は、葵が初めて見る顔だった。

高校生くらいの男の子だ。白いパーカーにジーンズというラフな出で立ち。長い前髪が顔を少し隠していて、表情が読みにくい。

「――えっと、至くん。そっちの子は……？」

「や、彼はちょっとした――犯罪の専門家というか」

熱海が言い訳がましく発した言葉に、葵は身を強張らせる。犯罪の専門家――というと、今の葵にはひどく物騒な相手に思われた。

「へ、へえ……？　お若いんですね」

「霧島智鶴と言います」

「彼は、事件について調べていて、犯人がわかったっていうんだ」

葵は目を見開いた。

「は、犯人？　それって、村崎くんだって言ってたよね？」

「違います。村崎錦一郎さんは、犯人に利用されただけです。真犯人は別にいる」

智鶴は撥ねつけるように言った。

「で、智鶴くんは、その犯人を特定する証言を得るために、葵に質問をしたいらしいんだ」

「わ、私に……？　でも私、犯人なんか見てませんよ」

「でしょうね」

智鶴は、ベッドの傍らまで歩み寄った。

そして、彼は葵を見下ろした。悪寒が背筋を這《は》い上るように、葵には思われた。そして、彼は指を葵に突きつけた。

「村崎錦一郎さんを殺害したのは、空知葵さん――あなたですね？」

＊

熱海は面食らった。

智鶴からは、「最後に一度、葵の話を聞かなければならない」としか聞いていない。だから、面会の許可を再び得て、わざわざ葵に会いに来たのに……。こんな展開は全く予期していなかった。

葵が犯人？　そんなはずはない。

「な……何言ってるの？」

葵は、点滴の管に繋がれたまま、ベッドの上で顔をしかめた。

「私、殺されかかったのに……その私が犯人？　言っている意味が全然わからない」

「そうだぞ智鶴くん！　こんなの聞いてない」

「言ってませんでしたからね」

智鶴はそっけなく答えた。

「ところで葵さん。ずっと拘束され目隠しされていたあなたが、どうして村崎さんが犯人だと言えるんですか？」

「そ、それは……さっき至くんと連れの刑事さんから聞いたからで――。ねえ、至くん！　どうなってるの？　この人なんなの？」

「いや、僕にも正直何が何だか……。おい、智鶴くん！」

熱海はきっと智鶴を睨みつけた。

「何わけのわからないこと言っているんだ？　彼女は被害者で――」

「演技ですよ」

智鶴は平然と言った。

「誘拐犯のふりをして電話をかけた後で、睡眠薬を自分で飲んで、自分で吐いた。難しいことではありません。――ですよね？　葵さん」

「違うわ」

葵の声音は硬かった。しかし、智鶴は無視して続ける。

「あなたは最初から、誘拐なんかされていなかった。自作自演だったんだ」

「自作自演の誘拐なんか起こして……私に何の得があるの？」

「得は大いにあったでしょう。少なくともあなたはそう考えていた。――大きく言って、あなたには二つの目的があった。一つは、村崎錦一郎さんの殺害。もう一つは、自分が被害者のふりをすることで、容疑者枠から外れること」

「馬鹿な！」

熱海は憤慨して、智鶴の肩を摑んで引きつける。

「いい加減なことを言うなよ。自作自演の誘拐なんて、無意味すぎる。村崎に恨みがあるなら、被害者のふりなんかせずに、通り魔的に殺せばいいじゃないか。わざわざ自分の家族を巻きこんで、不必要なリスクを背負うなんて馬鹿げている」

「じゃあ、熱海さん」

智鶴は悠然と熱海の手を払いのけた。

「もしも、ある日突然、村崎が殺されたとして――その容疑が真っ先に向かうのは誰でしょう？」

熱海は、あっと叫びそうになった。けれど辛うじて堪えた。それをしてしまったら、葵の有罪を認めるようで、怖かったのだ。

「そう、空知葵さんです。彼女は、村崎からストーカー被害を受けていた。もしも村崎が単純に殺害されたならば……」

智鶴は、怯えた顔の葵に容赦なく指を突きつける。

「容疑の矛先はあなたに向く。また、村崎を単なる自殺に偽装するのも難しかった。彼には自殺する素振りなどなかったのですから。おまけに、もしも他殺だとばれたら一巻の終わりです。そこであなたは妙策を思いついた。自分を容疑の圏外に置きつつ、村崎の『自殺』に説得力を持たせる方法を。村崎の歪んだ愛の暴走――と見せかけた自作自演の誘拐。

上手い手でしたね」

「憶測でものを言わないで！」

叫ぶと葵は、ごほごほと咳きこんだ。

智鶴は、彼女に憐れむような視線を投げた。

「一応病人なんですから、興奮しないほうがいい。反論はまとめて聞きますから、まずは僕の推理に耳を傾けてください」

葵も熱海も、気味悪そうに、けれど魅せられたように、智鶴から目が離せなかった。

「今回の事件を計画したあなたは、それを昨夜決行した。学校を出たあなたは拉致されたことになっていましたが、それは逆でした。あなたは、村崎さんを呼びだして、どこか適当な場所——あなたが言っていた、学校の駐車場でしょうか——で、薬を嗅がせて彼を気絶させた。——そしてその足で、脅迫状を自宅のポストに放りこんだ」

智鶴の語りだした内容に、熱海の表情がこわばる。

「そうそう、あの手紙は湯本ミュージックカレッジの研究室で印刷されたらしいですね。この事件とあの学校、両方の関係者は三人います。村崎がそうですし、百田亜衣さんも講師です。勿論葵さん、あなたもその一人だ」

葵は顔を逸らした。智鶴は気にも留めず話し続ける。

「あなたは夜の間中、村崎さんを気絶させておいたはずです。彼は『練炭自殺』する予定だったのだから、睡眠薬が体内から検出されても誰も疑問に思わない」

「た、確かに現場の車には、睡眠薬が散らばっていたが……」

熱海が唸った。智鶴は軽く頷く。

「でしょう？　そして葵さんは、今日、五月四日の正午まで待ち続けた――。そしていよいよ、電話をかけるときです。あなたは、村崎さんの車の中から自宅にかけた。プレハブからではなく車からかけたのは必然です。起きてしまう可能性のある彼から離れる時間を少しでも減らしたいというのは、当然の心理ですしね――。さて、電話をかけた葵さんは、声を変えて喜助さんと会話して、それから自分の声を彼に聞かせて、誘拐犯と自分が別々に存在していることを強調した」

「憶測はやめてって言ってるでしょ！」

「そうだぞ、智鶴くん。ここまでの君の話には何一つ――」

智鶴は、億劫げに首を振った。

「その通りです、熱海刑事。決定的な証拠は他にある」

「何？」

「――それは置いといて。事件のあらすじに戻りましょう。とにかく一度目の電話を終えた葵さんは、運転席で眠らせておいた村崎さんの格好を整えて、助手席に置いた七輪で、練炭を燃やし始めた。車から降りて彼が死を待つ間、葵さんは頃合いを見て、再び声を変えて自宅に電話した。そして自分の死に場所を告げると、そこからは大急ぎだ」

智鶴が一旦黙ると、廊下の遠くで誰かが歩く足音が、いやに大きく響く。

「葵さん、あなたは車に村崎のスマホを放りこむと、プレハブ小屋まで駆けた。それからあらかじめ用意しておいた、『空知葵を拘束していた布やガムテープ』をプレハブ小屋の隅に置くと、あなたは床に横たわった。それから、睡眠薬を飲んだんだ」

熱海は言葉を失い、ふらふらと後ずさった。

「葵……」

「なによ、至くん」

葵の声は冷え切っていた。鋭く眉が寄せられた彼女の顔に、熱海の従妹の愛らしい面影は、もはや見いだせなかった。

「あなたまで、私が犯人だなんて言いだすの？　そう言えば、あなたがこの人を連れてきたんだものね。最初から、こんな酷いことをするためにお見舞いに来たの？」

「ち、違う……違う、けど……」

「熱海さん、あなたは最初から、冷静にこの事件を見られていなかった」

智鶴の声は、感情がこもらないという点で、葵以上の迫力を感じさせた。

「大体、犯人から電話があったとき、唯一アリバイが問題にならなかった関係者は誰です？　スケープゴートとして村崎を利用できるほど、彼について詳しく、彼と容易に接触を図れたのは誰です？」

「――葵だ」

馬鹿みたいな気分になりながら、熱海が当然の答えを返した。

だが葵は、自分に繋がれたチューブをいくつか引きちぎって半身を起こした。

「馬鹿にしてるわ！　そりゃ、あなたの推理でいけば、私にも犯行は可能でしょうとも。でも、それは可能性の話。でも、どうして第一容疑者の村崎くんが犯人じゃないって断言できるの？」

「この事件の犯人は、空知家の事情について知りつくしている。あなたの親が、あなたの帰宅を待たずに寝ること。喜助さんの二人の甥のこと。その片方が熱海至という名で、警察官であること。部外者の村崎さんに、ここまでの情報を調べられるわけがない」

「断定できないでしょ！　彼、私に付きまとっていたし、調べられたはずよ」

「しかしですね、彼が調べていたとしたら今度は、何故、喜助さんのもう一人の甥である、空知拓郎さんの名前や、彼が国外にいることを知らなかったのか。まるで、最初から熱海刑事を呼びださせて、それを口実にあなたを殺害することを計画していたようだ」

「村崎くんが犯人だったんなら、そうなのかもね。私のこと相当恨んでいたみたいだし……。そうだわ、あなたの言う通り、最初から私を殺すつもりだったんだわ。だから、拓郎さんのことも海外出張のことも知っていた。でも、わざと父の甥を受け渡し人に指名したの。至くんを呼びださせて、私を殺す口実にするために」

「けれど、どうしても村崎さんには知り得ないことがあった」

葵は、くしゃりと顔を歪めた。

「……は？　何、それ」

「熱海さんが今日、非番であったことです。現職警官ならば、ゴールデンウィークだろうが関係なく仕事があります。それなのに、彼が今日に限って動ける状態であることを知ることなど、部外者にはできない」

「た、確かに！　刑事が職務中だったら、抜け出すのは至難の業だ。身代金の受け渡し人にするのは難しい。——そ、そう言えば葵には非番のことを言ったな……。喜助さんと僕と三人で、お茶をしたときに」

「そ、それならそ、それで」

葵はひどく噛みながら、青ざめた顔で言い募る。

「受け渡し人が来られないことを理由に、私を殺していたかもしれない。それに、盗聴していたかもしれない。彼はストーカーだったんだもの！」

「いい加減にしてください、葵さん」

智鶴の声は、静かな怒りを孕んでいた。言い抜けようとする罪人を前にした、狩人のような目をしている。

「あなたが、あなただけが犯人だという決定的な証拠があるんです」

「な、何よそれ？」

「——あなたは、攫われて、目を覚まして、それから電話に出て、睡眠薬を飲まされるまで、ずっとプレハブ小屋に閉じこめられていた。そう言いましたね？」

「そ、そうよ。何か不自然？　縛られてずっと地面に横たわっていた。何もしなかった」

「そうですか。――では、熱海さん」

智鶴は熱海に向き直り、

「葵さんが薬を飲まされた現場はあのプレハブ小屋で、移動させられた痕跡はない――そうでしたね？」

「ああ、そうだ。えーと、その……吐瀉物の跡から見て間違いないとのことだ」

「では――犯人は葵さんに間違いない」

智鶴は、眉一つ動かさずに告げた。

「はあ!?」

葵は、自分の膝の辺りを拳で叩いた。

「何訳わからないこと言ってんのっ？　もう本当にふざけないで！　出てってよ」

「あなたが罪を認めたらね。――ここで、犯人からの電話を聞きましょうか」

智鶴は、熱海からスマホを受け取ると、誘拐犯が最初に電話してきたときの音声を再生させた。

蛙のような声と喜助の会話。葵の声。そして、また蛙のような声……。

再度、智鶴は途中で切った。

「いかがですか？」

「何がよ」

「随分と、静かですね」

智鶴は、謎めいた微笑を浮かべた。

「何故、こんなにも静かで、何一つ余分な音声が入っていないのか？　つまりそういうことです」

智鶴は意味ありげに言葉を切る。しばらく考えてから、熱海は戦慄した。

「そ……そうか……確かにおかしい。そんなはずないいんだ」

「至くん！　何が？」

「そう、そんなはずないんです」

智鶴は、ゆっくりと微笑んだ。

「何てったって、昨日の正午は風が強かった。僕も湯本に住んでいますから、あの風の強さは実感していました。自室の窓がぶるぶると震えるほどだった」

「そ、それが何？」

「あのボロいプレハブ小屋はですね、風でがたがた鳴るんです。いいや、それだけじゃない。壊れた雨戸が、バタンバタンと壁を叩くんです。何度も、ひどく、ね」

葵の顔から、一気に血の気が引いた。

熱海は、先ほど智鶴が写真を送らせ、さらに電話をかけてきた意図を悟った。この確認のためだったのだ。

「それが、電話の向こうに全く届かないなんておかしい。そう、つまりあの電話は、プレハブ小屋ではなく、村崎さんの車——風の届かない、密閉された車内からの電話だったんです。その直後に風がやんだせいで、あなたはプレハブ小屋のうるささに気づく機会を失ったようですが」

葵は、俯いて、手を閉じたり開いたりさせた。唇が、ぱくぱくと動く。

「現場から一度も移動していないという証言は嘘です。さあ、空知葵さん。何か言い逃れの用意はありますか？　嘘をついた理由、咄嗟《とっさ》に思いつきますか？」

彼女は、何も言わなかった。

熱海はいたたまれなくなり、窓の外に目をやった。空は真っ暗だった。

「……どうして、葵が？　やっぱり、納得できない」

「さあ？　動機なら……」

智鶴は、本人に訊けと言うように、葵に顎をしゃくる。彼女の顔からは、表情と呼ぶべきものがなくなっていた。

「……最初から嫌いだったわ、あの男」

彼女は、低い声で語りだした。

「何度もしつこくアプローチされたけれど、全く好きになれなかった。親のお金を湯水のように使って、遊びほうけて、それが格好いいみたいにしている彼が。私には、歌手になるっていう確かな夢があったから、あんな奴の相手をしている暇なんてなかった。あいつが有名なレコード会社の御曹司だからこそ、媚を売るようなことはしたくなかった！　実力で戦いたかった」

葵はぐっと両の拳を握りしめる。

「いつまでも付きまとわれて……私、耐え切れなかった。学校内でも、サークルでも、しょっちゅう絡まれて……。いい加減にしてってって何度も拒絶した。でも彼は、私が拒めば拒むほど執着してきた。多分、自分が負けている状態が認められない人間なのね」

「刑事の僕に言えば良かったのに。ストーカーだろ。犯罪じゃないか。どうして僕に言ってくれなかった」

熱海はやるせない思いで訴えた。

「うん、相談してたかもしれない。……あんなことさえなければ」

葵は、備え付けの布団をぐっと握りしめた。引きちぎるような動きを何度もする。

「私はひと月前、あるレコード会社のオーディションに受かったのよ。学校を卒業したら、晴れてプロデビューするはずだった。でも……でも！」

葵の声は、掠れて震え、消え入りそうだった。

「あいつはそれを潰したのよ！　裏から手を回してね！　……そして、もしもデビュー話を復活させたいのなら、どうすればいいか考えろと……そうほざいてきたのよ！」

彼女は、布団を叩いた。虚ろな瞳と激しく動く両腕は、別の人間の別のパーツのようであった。

葵は、涙と鼻水でぐしょぐしょになった顔を拭きもせず話し続ける。

「だから、だから……だから、私は……」

熱海がふと智鶴を見ると、彼はひたすら葵を見つめていた。その瞳の思わぬ暗さに、熱海は息を呑んだ。

「あいつの支配を逃れるには、殺すしかなかった。どこまで行っても、私は村崎から逃れられなかった。殺すしか、なかったのよ」

「あなたの気持ちもわからないでもない。権力による支配は……裁かれるべき絶対悪だ。そう、よくわかる」

ただ、と智鶴は一段低い声で言った。

「裁くべきはあなたではなかったというだけで」

その通りだな、と熱海は思った。

熱海は実際、村崎に激しい怒りを覚えていた。死者ではあるけれども、本気で許せないという激情が湧いてきていた。――だが、刑事である自分が裁くべき相手は、明確だった。

「葵……。君のやったことは……犯罪だ」

熱海は、声が震えないように努力しながら、必死に言葉を紡ぎだす。

「どうあれ、赦されることじゃない……。とにかく、まだ警察が真実に辿り着いていない今のうちに、自首するんだ。と言っても君は身動きが取れないから、僕がパイプ役になってもいい。いいね？　まだ君は若い。やり直せる……。早ければ早いほうがいい」

葵は、目に涙を溜めて、熱海を見返した。静かに頷く。ぽろぽろと涙を零しながらも、熱海の心づくしに絆《ほだ》されたかのように、空知葵は安心しきった顔をしていた。

9

その日の夜八時過ぎ。取り調べを終えた熱海と指宿は、並んで県警の廊下を歩いていた。

「村崎錦一郎は、御曹司の立場を利用して、空知葵の仕事を潰していた……。なるほどな、恨まれても仕方ない。殺人は、問題外だがな」

指宿はちらりと熱海を見てた。

「しかし熱海、お前にしては解決が早かったな。……従妹が関わっていて、そんなに燃えていたのか」

「……あー、いや、まぁ、そんなところです」

熱海が頭を掻いて、焦りだしたとき、「あ、指宿さん!」と、呼ぶ声がした。

長島《ながしま》巡査部長である。彼は、ラグビー選手のような屈強な腕を振っていた。

「こちらにいらっしゃいましたか」

「どうした、長島。今、取り調べが終わったところで」

「それが……どうにも話が読めないんですがね。霧島官九郎刑事部長が、指宿さんに直々に話があるんだそうで。あ、熱海警部補も来てほしいと」

「——刑事部長が?」

熱海と指宿は、顔を見合わせた。不吉な予感に胸がざわめくのを、熱海は感じた。

第四章

どことなく無謀なハウダニット

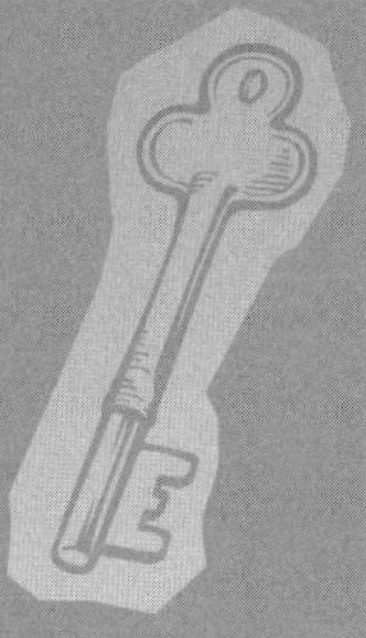

1

光が暗闇を切り裂いた。

智鶴は目を細めて、光芒の中心を見る。人が立っている。今まで、室内にいなかったはずの人物だ。漆黒のパンツスーツを纏い、鮮烈な真紅のスカーフを巻いた女性。どこから入ってきたのだろう。

「皆さん！　ようこそ、『暗黒屋敷』へ」

艶《なま》めかしいアルトの声。どこか演技っぽさを感じさせるけれど、この『屋敷』の異様な空気も手伝って、あまり気恥ずかしさは感じさせない。

「私は、この屋敷の案内人を務める、深谷《ふかや》と申します。どうぞよろしく」

参加者たちは固唾を呑んで見守っている。智鶴の右隣には目を輝かせている揚羽、左隣には息のかかりそうな距離に柚季がいて、不安げにパーカーの裾を摑んでくる。智鶴は落ち着かない気分になった。

「ここは、暗闇が支配する隔絶された建物――『暗黒屋敷』です。皆さまは、力を合わせて、この屋敷から脱出します。光を取り戻すのです」

室内が少し明るくなった。部屋の中央に立てられた、蠟燭《ろうそく》を模した照明が点灯したのだ。五メートル四方ほどの部屋を照らすのに、十分な灯りではない。けれど、そんな小さな光でも、やはり参加者たちの安堵を誘ったようで、皆一様に胸を撫で下ろしている。

「それでは、ゲームスタートです」

深谷が告げた。長くなりそうだな、と智鶴はぼんやり思った。そんな彼の顔を、柚季が覗きこんでくる。

「頑張りましょう！　智鶴先輩っ」

彼の瞳は、ゲームそのものというよりは、智鶴への期待に輝いていた。

揚羽も「智鶴の推理に期待してるよ」と肩を叩いてくる。自分で考えないでどうする、とツッコミたかったけれど、何だか期待されているようなので、しょうがない。智鶴は頑張ることにした。ほどほどに。

2

『最近流行《はや》りの、「アクチュアル・ラビリンス」ってわかります？』

月岡柚季からそんな電話がかかってきたのは、今朝の八時ごろであった。智鶴は夢うつつの状態で柚季の声を聞いた。勿論、そのときはまだベッドの中であった。ぼんやりとした頭で彼の言葉の意味を咀嚼《そしゃく》して、生返事をした。聞いたことはある。

キャラクターを操作して、迷宮を脱出する。そんなゲームが一世を風靡《ふうび》したのは、記憶に新しい。その熱が冷めやらぬうちに「三次元でそんな脱出ゲームを体験できれば、エキサイティングなのではないか？」と実現させてしまった人がいるというのだから、恐れ入る。まさに、現実の迷宮が誕生してしまったわけだ。それも、全国に同時多発的に。

『湯本市内でやるイベントのチケットが手に入ったんですよ。友人を二人まで連れていけるので、揚羽先輩と僕と、三人で行きませんか』

智鶴は寝返りを打った。窓の外は暗く、しとしとと雨が降っている。

「いつ？」

『午後三時からです』

「何日の？」

『今日の』

「まじですか……」

繰り返すが、雨が降っている。

『あれっ、もしかして用事ありますか？　急でしたよね、ごめんなさい。実は兄ちゃんが懸賞で当てたチケットなんですが、今日になって兄ちゃん寝込んじゃって……』

柚季は残念そうな声を出す。それにしても不憫な柚季兄。寝込んだのもさることながら、彼と一緒に行くことに柚季が拘《こだわ》っていなかったというのも気の毒である。特に、彼の弟への溺愛ぶりを思うと。

「用事はないよ」

智鶴は思わず、言っていた。途端に柚季の声が弾む。

『えっ、じゃあ智鶴先輩、一緒に来てくれるんですか？』

「あー……。うん」

『やったあ！　じゃあ、待ち合わせ場所についてですけど――』

智鶴は何故だか、月岡柚季の言うことには逆らえないのである。


そういった次第で、智鶴は午後一番に、日曜日の街に繰り出すこととなった。

イベントの会場は、湯本ニュータウンビル。

駅からほど近くにある比較的新しい多目的施設で、九フロアある建物の中には映画館やゲームセンターも入っている。

待ち合わせの二時半に着くと、柚季と揚羽はすでにポーチで待っていた。

柚季によれば、会場は五階とのことだった。エレベーターの中で、彼が簡単なレクチャーをしてくれる。

「このイベントは、一日きりの限定公演なんですよ。過去に東京でやった同じゲームの、初めての再演だそうです。だからすごくラッキーで」

彼はにこにこしながら話した。私服のパーカー姿だから、もう女の子にしか見えない。

「映画や舞台でお馴染みの赤羽鴻介《あかばねこうすけ》プロデュースで、それはもう、大人気なんだよ。私もこのイベントは知ってたけど、自力じゃ絶対にチケット手に入れられなかったと思う」

「へえ。じゃあ結構、人が多いのかな？」

揚羽の言葉に、智鶴は少し恐れをなす。だが、柚季は笑顔のままかぶりを振った。

「ううん、そんなことないんですよ。何回かに分けてゲームが行われるので、一回のゲームでは多分、参加者は十人くらいじゃないかなぁ。チームで力を合わせて脱出するというのが、『アクチュアル・ラビリンス』の趣旨ですからね」

エレベーターを出て、案内板に従って会場まで向かう。廊下は薄暗く、湿っぽい空気が漂っていた。途中で、「『暗黒屋敷からの脱出』出口」という張り紙のされた扉の前を通り過ぎる。三人揃って見なかったことにしたけれど、これから入る「迷宮」の出口を先に見てしまうというのは、ちょっと興醒めだった。

角を二つほど曲がると、そこはちょっとした円形のホールになっていた。壁に沿って設置されたソファには、参加者らしき人たちが疎らに座っていた。柚季が言っていたよりも、人数は少なく、五人しかいない。そしてその中に、智鶴たちと同じくらい、もしくはそれ以下の年齢の参加者はいないように見えた。ちょっと意外に思って呟いてみると、揚羽が反応する。

「知らないの、智鶴？　こういうのは、主に二十代から三十代の大人がメインターゲットなんだよ。チケット代だって安くないしね」

「へえー……」

ゲームとはいえ、結構本格的なもののようである。

智鶴たちが最後に到着したようで、壮年の男性スタッフがすぐに、「それでは、皆さんお揃いのようなので……」と切り出した。

スタッフが背にしていた重厚な観音扉を開く。参加者たちは、待ちかねたようにその扉に続々と入っていく。その風景は、少し異様であった。最後に智鶴たちも恐る恐る、その部屋へと足を踏み入れた。背後で扉が閉まった。

そして電気が消え、彼らは闇の世界に取り残されたのだった。

＊

そうして、智鶴たちは深谷という女性案内人の話を聞き、ゲームが始まった。

部屋はなかなかの広さだが、どこか圧迫感があるのは、一つには照明のせいだろう。部屋の中央で揺らめく、蠟燭風のランプは、部屋の隅々までを照らすには十分な照度ではない。

それからもう一つは、やはり部屋の両側から迫ってくる本棚、である。

重厚な装幀の文学全集や、カラフルな背表紙のペーパーバックが、艶消しの黒い本棚にぎっしり収まっている。

インテリア……にしては、統一感がないし、本棚しか家具がないのも妙だ。となるとやはり、これは『脱出』のためのヒントなのだろうか——。

そして肝心の出口は、部屋の一番奥。扉と扉の上には、それぞれ一枚ずつモニターがついている。しかしまだ、何も表示されていない。

「お受け取りください」

深谷が近づいてきて紙片を差し出していた。室内を観察していた智鶴は、揚羽につつかれて慌てて顔を上げる。受け取って見ると、その黒いカードには、白いインクでこうプリントされていた。

〈ウィリアム・4〉

名前と数字だ。柚季が似たようなカードを見せてきた。彼のカードには違った文字が書かれている。

〈アガサ・2〉

となると、これは小説家の名前ではないか。

智鶴のカードはウィリアム・シェイクスピア、柚季のアガサは、アガサ・クリスティーということになるのだろうか。

「謎っぽいものがでてきるとわくわくするね」

揚羽はそう言うと自分のカードを見せてきた。

〈紅葉・8〉

日本の小説家もいるらしい。これは尾崎紅葉を指しているのだろう。しかし、これだけではまだ数字の意味がわからない。

裏面を見ると、天使が自転車に乗っているイラストが描かれている。どこかで見たような図案だ。……何だっただろう？

他の参加者たちを見ると、それぞれにやはり同じカードを渡されているようである。

「行き渡りましたでしょうか」

深谷が言った。彼女は、いつの間にか入口の観音扉の前まで移動していた。

「このカードは、入場チケットの識別番号と対応しています。出口で確認いたしますので、絶対に他のかたと交換なさらないでくださいね。では、この第一ステージの説明をします。皆さまのお手元のカードに、この第一ステージをクリアする鍵が隠されています！　全員で力を合わせなくては脱出できません！　それでは準備はよろしいでしょうか？」

彼女は一度、じっくりと参加者を見回した。

「『第一の間』は、選択問題です。これから、あちらのモニターに問題文が表示されます！　この部屋を脱出するための制限時間は、二十分となっております！　それでは、最速の脱出に期待しております！」

言い置いて、彼女はごく自然な挙措で観音扉から姿を消した。がちゃん、と聞こえよがしに施錠の音がする。

それを合図に、出口の扉の上にあったパネルが点灯した。〈20:00〉の表示から、時間が一秒ずつ減っていく。なるほど、あれはカウントダウンのためのパネルだったわけか。そして、扉そのものについたモニターには、遠目でよくわからないが、問題文らしきものが表示されたようだ。

部屋に取り残された参加者八人。突然のスタートに沈黙が流れた。バラバラに立っていた彼らは、様子を伺うように顔を見合わせている。

「――んじゃ、まあ」

と、切り出したのは、サングラスを額に乗せている、背の高い女性。

「二十分あるってことだし、手短に自己紹介から始めましょうか。最初にコミュニケーション取っといたほうが、後々便利そうだしね」

「さんせーい！」

と、同調したのは揚羽。彼女の物怖じしない性質は、初対面の大人を前にしても健在のようで、智鶴はちょっと呆れた。

「言いだしっぺのあたしからいくわね。名前は高崎衣吹《たかさきいぶき》。ネットニュースのライターやってるの。運よくこのイベントを独占取材できてよかったわ。確認だけれど、同業者はいないわよね？ ――よし。ま、そういうわけで、よろしくね」

嫣然《えんぜん》と、高崎は微笑んだ。白いブラウスにジーンズというラフな出で立ちで、サングラスと腰に巻いたジャケットが活動的な印象を強調している。

「じゃ、次は私が」

と、手を挙げたのは髪をオールバックにした四十がらみの男。ダークブラウンの三つ揃いといい、丁寧に手入れされた口髭といい、古き良き英国からタイムスリップしてきたような印象を与える。

「岡部《おかべ》庄作《しょうさく》。ネットゲームの制作に関わっていてね、『アクチュアル・ラビリンス』のシナリオもいくつか作っているよ」

「え、ガチで！　すご！」

女子大生風の参加者が、目を瞠って驚嘆の声を漏らす。

岡部は苦笑しながら「いやいや」と手を振った。

「何しろ膨大な数が出ているからね、『アクチュアル・ラビリンス』は。私は、赤羽プロデューサーには遠く及ばぬ零細クリエイターだよ。今回、イベントに応募したのも、何か学べるところがあるかと思ってのことさ」

「ふうん……。じゃ、次はウチらいきまーす」

先ほどの女子大生が元気な声を上げて、隣に立っていた青年の腕を取る。

「湯本大学二年生の、井野《いの》真北《まきた》でーす！　こっちは、彼氏の新ちゃんです」

「お、大宮《おおみや》新次郎《しんじろう》っす。よろしくっす。あ、大学も学年も真北と一緒で」

真北は金色、大宮は茶髪に髪を染めているようで、どことなく浮ついた雰囲気のあるカップルだ。そういえば二人ともTシャツを着ていて、似たようなハートマークがあしらわれているが、ペアルックなのだろうか。そんなところは、律儀というか古風というか。

「ふーん、おたくら、このゲームのことよくわかってるのか？」

尖った口調で言いだしたのは、分厚い眼鏡をかけて、紫色の丸首シャツを着た男。蓬髪《ほうはつ》はどこか油っぽい。

「なんか、にわかっぽいんだけどねえ」

と、彼は嫌味っぽく眼鏡を持ち上げた。柚季が小声で尋ねてくる。

「智鶴先輩、にわかって？」

智鶴にもよく意味がわからなかった。揚羽が教えてくれる。

「流行に乗って急にファンになった人のことよ。あるいは単に初心者だとかね」

「へえ！　揚羽先輩、物知りですね」

「ふふん」

スラングだから、物知りとは少し違うのでは、と智鶴は思ったが、あえて黙っておく。

「は、何すかあんた」

蓬髪の男の言葉に、大宮と真北が気色ばんだ。

「赤羽プロデューサーのガチのファンだから申しこんだに決まってるじゃないっすか」

「そーよ！　このチケットが取れたのもまじ奇跡だったんだからねっ」

紫シャツの男は気圧され気味になり、顔を歪める。見かねた高崎が、「ほら、あなたも自己紹介なさいよ」と促した。

「……尾久保《おくたもつ》。赤羽プロデューサーが作ったALは全部参加してる。……以上」

不機嫌に言葉を切る。智鶴は、『アクチュアル・ラビリンス』はALって略すんだ、全部参加しているなんて相当なマニアだな、職業を言わなかったことには触れちゃいけないんだろうな、などと思いつつ、他の参加者たちの表情が、不自然に強張るのを感じた。

真北と大宮は目を見交わして、高崎は「あっ」という形に唇を動かす。岡部は視線を落とした。

——何だろう？　全員、尾久を知っているのか？

智鶴はそう思って尾久を見たが、彼は素知らぬ顔である。もやもやした気分になるが、ぼんやりしている智鶴を揚羽が肘でつついたので、意識が引き戻された。

「ほら智鶴、私たちのターンだよ。——別府揚羽、湯本学院高等部の二年生です。こっちは同じクラスの霧島智鶴」

億劫げな智鶴の様子に気づき、彼女は先手を打って智鶴の紹介もすませてくれる。ありがたい。

「えーと、僕は月岡柚季です。揚羽先輩と智鶴先輩より一学年下です。初参加なので緊張してますけど、よろしくお願いしますっ」

柚季はぴょこんと頭を下げる。高崎や岡部たちも微笑みながら見守っているけれど、もの問いたげな表情を浮かべている。ずけずけと指摘したのは尾久である。

「今時、『ボクっ子』かよ」

「え、はい？」

柚季は意味がわからなかったようで、首をかしげる。揚羽が咳払いして口を挟む。

「ボクっ子じゃないですよ！　ゆずちゃんは立派な男の子です！」

「え、嘘！」

真北が素っ頓狂な声をあげる。隣で大宮も唖然としている。大人組の高崎と岡部も驚きの表情。尾久も、口を開けて何も言えなくなってしまった。

「嘘じゃないんですけど……」

複雑な表情で控えめに言う柚季。彼も苦労が絶えないようである。智鶴はとりあえず、話題を変えにかかる。

「とりあえず、時間は刻々と減っているようですが？」

揚羽ものんびりとモニターを見て、「あ、本当だ。あと十八分」と呟く。

「おいおい、くっちゃべってる時間はないぞ」

尾久ががなり立てた。

「とっとと全員のカードを照合しなくちゃ」

と、彼は真っ先にそれを差し出す。——そこに書いてあったのは、〈鱒二・5〉という文字。続いて大宮、真北、高崎、岡部がカードを見せてゆく。

〈独歩・6〉〈犀星・7〉〈乱歩・3〉〈龍之介・1〉と、それぞれ書いてある。

「小説家の名前……みたいね。井伏鱒二、国木田独歩、室生犀星、江戸川乱歩、芥川龍之介……後ろについている数字に何か法則があるんでしょうね」

高崎が、それぞれのカードを検《あらた》めながら慎重に言った。高校生三人組もそれぞれのカードを全員に示す。

「尾崎紅葉はわかるけど、ウィリアム・シェイクスピアとアガサ・クリスティーの二人が海外の小説家というのが気になるわね」

「この部屋に本棚があるのは、ヒントを兼ねて——ということなのだろうね」

高崎に続き、岡部が大切そうに口髭を撫でながら言う。尾久も頷いて同調する。

「でしょうね。このゲーム、ちゃんと部屋の中にあるヒントで解けるようになってるから」

「そういえば、芥川や井伏鱒二の文学全集も、ちゃんと揃っているようですね」

柚季が、本棚を眺めながら報告する。智鶴も近づいて見てみる。ペーパーバックは、アガサ・クリスティーの作品がほとんどで、結構馴染みの作品も多い。

そのとき、本棚を覗きこむ二人を見ながら、真北が「つうかさー」と言い出した。

「日本人作家とアガサ・クリスティーはともかく……ウィリアムってシェイクスピアとは限らないでしょ？　ゴールディングかもしれないし」

「へ、へえ？　あんた意外と詳しいんだな」

と、尾久が真北をじろじろと見る。彼女はぷいと視線を逸らし、「ウチ文学部だし」と答えた。意外だ、と智鶴も思った。

「ゴールディングが正しいようだよ」

と、岡部が本棚を覗きこみながら言った。

「『蠅《はえ》の王』の作者だね……。どうやらこの本棚は、ファーストネームだけ示してどの文学者か特定させるための、ヒントも兼ねているようだ」

「で、問題のモニターには、どんな問題が出たのかしら？」

と、高崎が扉に近寄る。尾久と揚羽も興味を示したようで、彼女についていく。智鶴も、歩み寄って覗きこんでみた。

表示されている問題文はこんな具合だ。


九番目の人物は誰か。以下の選択肢から選べ（選べるのは2回まで）。
○太宰治
○夢野久作
○夏目漱石
○ジョン・ディクスン・カー
○エラリー・クイーン
○アーネスト・ヘミングウェイ

「……なるほどね」

高崎が考えこむように言う。

「つまり、あたしたちが手にしている八枚のカードには何かしらの規則性があって……それを見つけ出して、九番に当たる作家を当てろっていうことね」

「何だか、頭痛くなってきたなあ」

揚羽が眉間を揉みながら、モニターを睨みつける。

「私たちに渡されたカードは、どれも小説家の名前が書いてあるみたいだけど……。うーん、活躍した時代順に並べかえるとか？」

「だったら、芥川より、紅葉や独歩のほうが番号が若いはずですよ」

「お、おう。さすがゆずちゃん。国語の成績いいもんねー」

「あはは、単純に好きなだけですよ、文学とかそういうの。数学のテストは前、七点でしたけどー」

「それはどうなの……」

脱線する揚羽と柚季に、「呑気だねえ」とぼやきつつ、尾久が苛立たしげに睨みつけた。

高校生二人はしゅんと黙りこむ。

「うーん、にしても智鶴先輩、全然、法則が見えてきませんよ。何かありますか？」

「あるね」

「ですよねー、いくら智鶴先輩でもそんなにすぐには……えっ!?」

柚季はつぶらな瞳を最大まで見開いた。

高崎と尾久も振り返って、驚いたように智鶴を凝視する。やる気なさげにパーカーのポケットに手を入れた少年に、室内の全員の視線が集中した。

「はあっ、嘘、ガチで？」

「き、君、もうわかったの？　この謎かけの答え」

真北が甲高い声を出し、大宮もひっくり返った声をあげる。智鶴はこともなげに頷いた。

「簡単なことですよ。全ての文豪――ミステリ作家もいますが――を、数字の順番通りに並べるだけのことですから。ただし、ファーストネームだけじゃなくて、姓も入れて」

「ふむ、なら最初は芥川龍之介、かな」と、岡部が口髭を撫でながら言った。

「アガサ・クリスティー！」続いて、2の柚季が元気に言う。

「江戸川乱歩……よね」と、高崎。

続いて智鶴が「ウィリアム・ゴールディング」と呟き、尾久に視線を流す。

彼は不安げに、「井伏鱒二……だよな？」と確認するように言った。

「俺のは国木田……ドクホだっけ」

「ドッポでしょ」

恥ずかしげに頰を掻く大宮に、恋人の真北が助け舟を出した。

「国木田独歩。んでウチのが、室生犀星か」

「で、私のカードが尾崎紅葉」

「これが何だって言うんだ？　こんな当たり前の確認して何になる」

尾久が苛立たしげに足を踏み鳴らしながら、薄い眉毛を寄せる。

「あと十五分しかないぞ。もったいぶらずに答えを言えよ」

「あー、はいはい。僕も長広舌は嫌いなので、とっとと説明しちゃいますね。つまり、振られた番号の通りに並べたら規則性があるわけです。この暗号の場合、文豪の名前がわざわざファーストネームで書かれていたことから考えれば、逆説的に、実は重要なのは姓である――という推測が可能です。本を並べてヒントまで出すくらいですから」

「そっ、そうか！　わかりましたよ智鶴先輩！」

柚季がぽんと手を打って言った。

「イニシャルですね！　芥川がA！　クリスティはC！　そして江戸川乱歩はE！」

岡部が、口髭を引っ張る手を止めて、あっと叫ぶ。

「アルファベット順の、一つ飛ばしか！」

智鶴は頷く。

「4番がゴールディングのG、Hを飛ばし5番の井伏がI、Jを抜かして国木田はK。Lの次は室生のM」

「Nがなくて、私の持っている尾崎紅葉がOだから……、Pを飛ばしてQ！　つまり、Qのファミリーネームを持つ作家が答えってわけね！」

興奮気味の揚羽の叫びに、智鶴は軽く頷いた。

「そして選択肢の中で、Qのイニシャルを持つ作家はただ一人――」

「イニシャルのアルファベット順かよ、くそ」

自称・上級者の尾久がどこか面白くなさそうに、モニターに触れた。

「エラリー・クイーン……ってか」

ピー、と甲高い電子音が鳴り響く。次いで、ガコン、と鈍い音。扉が静かに開いた。画面には、「第一の間、脱出成功！」という派手な飾り文字が表示された。

智鶴が解説に入る。

「そう、エラリー・クイーン。世界恐慌に陥った年のアメリカに颯爽と登場した、フレデリック・ダネイとマンフレッド・リーの合作ペンネームですね。聞くところによるとダネイ及びリーというのもそれぞれペンネームだっていうから、ややこしいですね。クリスティーをCの作家に選んだのも、推理作家アリですよと示唆するための手掛かり……」

「能書きはいいんだよ、クリアしたんだから。長広舌は嫌いなんだろ」

尾久が歯噛みするように、智鶴の説明を遮った。

「ともかく、先へ進みましょうか――お手柄ね、まるで名探偵みたい」

「探偵じゃないですけど」

高崎の賞賛に、智鶴は肩をすくめつつも、壁から身を起こした。

第一ステージ、クリア。

3

『第一の間』を出ると、急に内装が変わった。何やら昔の洋館のような緋色の絨毯が敷かれ、壁にはやはり蠟燭風の照明が、ぽつぽつと配置されている。

「やっと、赤羽鴻介プロデュースっぽくなってきやがったぜ」

先頭に立った尾久が息巻く。まあ確かに、地味な内装だった『第一の間』と比べると、本格的な雰囲気にはなった。壁も天井も、退廃的な漆黒。恐ろしげな『暗黒屋敷』の風格は出てきたが、借り物の施設だしどうせ壁紙なんだろうなあ、などとつまらないことを智鶴は考えてしまう。

狭い通路を一列になり歩く。一つ角を曲がって五メートルほど歩くと、これまた黒塗りの木製扉が立ちふさがる。尾久がノブを回すと、軋み音を立てながら開いていく。

智鶴は、一番最後に入室して、扉を後ろ手に閉めながら『第二の間』を見回した。

これまた、奇天烈な内装だった。今回はやたらごちゃごちゃと家具が置かれている。マントルピースがあり、その前に安楽椅子があり、奥のほうには書斎机があり、その上の壁にはペナントや哲学者たちの肖像画などが掛かっている。ガラスの嵌まった棚には、地球儀や、剣を地に突き刺している王様の銅像など、種々雑多な品が納まっていた。

これらのものにはすべて共通点があって、つまり、いずれも艶消しの黒に統一されているのである。哲学者たちの肖像画など額縁が黒いせいで、まるでソクラテスやプラトンの葬儀場だ。

「わぁ……、それで『暗黒屋敷』ってわけか」

呆れたような感嘆したような声をあげる揚羽。

照明は、マントルピースの中で燃えている炎だけ。いや、むろん安全管理の観点から本物を使うはずはなく、疑似炎ではあるが。

そしてお約束通り、部屋の一番奥にはモニター付きの扉。その上のカウントダウンパネルも含めて、前の部屋とほぼ同じ造作である。

尾久が扉を開けたときに起動したのだろう、タイマーは動き出している。残り時間が九分半くらいだから、この部屋に使える時間は十分というところなのだろうか。

「さて、今回の問題は？」

高崎が、出口のモニターを覗きこむ。

「あら……今回は入力形式じゃないみたいね。これを見てよ」

彼女が指さしたのは、出口の扉のノブのところ。あからさまに、前方後円墳型の鍵穴がついている。

「つまり、リアルな鍵をこの部屋の中から見つけ出せってことだね？」

岡部が言った。彼は、不思議そうに蝶ネクタイをいじっている。

「だがノーヒントというのはこのゲームの趣旨に反するね。あくまでこれは、知的謎解きを楽しむ迷宮だから」

「ええ、ヒントはあるわよ」

高崎は、モニターの文字を読み上げる。

洞窟の鍵は同じ仲間を象徴するのか？

「それだけですか？」

智鶴は念を押してみた。高崎が「まだ続きがあるわ」と答える。

『饗宴』を知る者に教えを乞え。


「『饗宴』……だから哲学者が並んでいるのか」

「わかるんですか、智鶴先輩」

柚季に問われて首を振った。それに気づいた尾久が、「どうしたんだよ、高校生探偵くん」と挑発するように言ったが、面倒なのでスルーした。

「ちょ、ちょっと智鶴。早く解いちゃって、尾久さんをぎゃふんと言わせてよ」

揚羽が耳打ちしてくるが、智鶴には肩をすくめることしかできなかった。

「『饗宴』を知る者ってことだから、その作者にまたヒントがあるんじゃないかな」

「ってことはプラトンっしょ」

真北は、金髪のボブカットをふわりと揺らして、壁を仰いだ——。哲学者たちの肖像画がずらりと並べられた中には、勿論かの有名な、古代ギリシャの哲学者のものもあった。

「いただき！」

尾久が書斎机に土足で上がり、プラトンの肖像画を手に取った。ご丁寧にネームプレートもついていたことだし、彼も迷わずに判断できたようだ。

——だが。

「お、おい？　鍵なんてついてねえぞ」

尾久が不思議そうに額縁をあちこちから見てみる。皆で机の上のそれを囲むが、どこから見ても鍵はない。

「開けてみればいいじゃない」

と、高崎。尾久は、「い、言われなくてもやるところだった」と言い訳しつつ、裏蓋を開いた。

しかし、残念ながら、鍵はなかった。

しかし、プラトンの肖像画の裏には、黒いインクで何やら書きつけてあった。

「うあ、僕、こういうの苦手だ」

柚季が呻く。なるほど、彼の苦手そうなモノが書きつけてあった。


(4L+1R)+(8L+11)


「何だこりゃあ？」

大宮が勢いよく首を捻った。恋人の真北も、ため息をついて目許を覆った。意外な教養を見せていた彼女も、数学は苦手なようである。

「あらあら、あたしもこういうのは駄目ね。若い才能、よろしく」

高崎が、高校生組にひらひら手を振るが、揚羽と柚季の表情は冴えない。

「こういうの、私も得意じゃないんだよねー。智鶴は得意っしょ？」

「うん。でも、高度な数学の知識はいらないね。複雑な計算も必要ない」

　彼は答えた。沈黙——それから、全員の驚愕の叫び。

『第一の間』以上に、皆の反応は大げさになっていた。

「これを見ただけでわかったのかね？　どんな思考回路をしているんだね君は」

　岡部がほんとんど恐れるように智鶴を見た。智鶴は謙遜するわけでもなく「いえ」とぶっきらぼうに言った。彼は、安楽椅子によっこらせ、と座った。疲れたから腰かけただけだが、物理的な意味での安楽椅子探偵と言えるかもしれない。

「これ、別に難しい計算は要らないんですって。だって考えても見てくださいよ。どう考えても、この数字とアルファベットはモニターの暗号と対応しています。——じゃなきゃ、あの意味深な文章が伏線として回収されない」

「ちょっとズルい推理だね智鶴。ま、でも確かにそうよね」

「で、変数がXでもYでもなく、LとRというのは、もはやアレしかないですよね。うん、高崎さんはピンときたみたいですね。そう、左を表すLeftと、右のRightです」

　あ、なるほど、と柚季が呟いた。憧憬の眼差しを智鶴に注ぎながら。

「というか、これはそもそも変数ですらありませんし。だって、変数なら1Rの1は書かなくてもいいはずですから」

「そうか。これは計算式じゃなくて暗号を解くための式ってことか」

「そうですね」

智鶴は、モニターを示す。「洞窟の鍵は——」の文言が記してある、例の画面を。

「わかったぞ。数字は、文字の順番で、Lが『へん』、Rが『つくり』を表しているんだな」

謎の解き方がわかったが、またもやあっさりと智鶴が解いてしまい、尾久は面白くなさそうな表情を浮かべている。

「その通り」

智鶴は安楽椅子を揺らしながら解説する。

「『洞窟の鍵は同じ仲間を象徴するのか?』において、四番目の文字は『鍵』。最初の文字は——これをやるために「1」を書いたのは言うまでもありません——『洞』。そして、八番目の文字と十一番目の文字は、『仲』と『象』」

「で、LとRの出番ですね! 4Lは『鍵』の左、かねへんですね!」

柚季が両手を握りしめて言った。岡部がその先を続ける。

「ふむ、1Rは『洞』の右。同じの『同』か。そして8Lがにんべん……『人』で、十一はそのまま象と読めば……」

「銅像!」

揚羽が叫ぶと、また尾久が真っ先に駆けだした。彼はガラスが嵌まった棚を開けると、剣を構えた王様の銅像を乱暴に摑む。上の部分を引っ張って持ち上げると、台座は棚に残り、王と剣の部分だけが引っこ抜けた。よく見ると、剣の部分に細かな溝が走っている。

これが鍵になるようだ。

「アーサー王の像ね、それ」

高崎が鋭く指摘した。

「となると、手にしている剣はエクスカリバーってところかしら？　さもありなん、ね」

かくして智鶴の推理は正しいと証明されたわけだが、尾久は訝しげに智鶴を見た。

「どうにも、できすぎてるな……。お前、まさか前のイベントに潜りこんでたんじゃねえだろうな。それとも、例のブログを見たのか？」

前のイベント？　例のブログ？

智鶴にはさっぱり心当たりがない。柚季が頬を膨らませて、尾久の前に立ちはだかる。

「智鶴先輩はズルなんかしません！　僕が今日の朝、誘ったばかりなんですから」

両手を腰に当てて威嚇するように尾久を見つめ返す柚季。上級者は気圧されたように
「わ、わかったよ、くそ」と言い捨てて、出口の扉へ向かった。

差しこまれた剣――もとい鍵は回って、小気味よい開錠音を立てた。

第二ステージ、クリア。

4

「さっきのあれ、どういう意味なんです？」

また先ほどと同じ並び順で通路を歩きながら、智鶴は高崎に尋ねてみた。廊下は、大し

て先刻のものと変わらない作りである。

「あれって？」

「尾久さんが言っていた、前のイベントだの、例のブログだのって……」

高崎はああ、と頷いて、またもや先頭に陣取った尾久に聞こえぬよう、声をひそめる。

「この『暗黒屋敷からの脱出』が、前に東京でやったイベントの再演だってことは知ってるでしょ？　尾久さんは、そっちのほうは参加できなかったみたい」

「ふうん、何でだろう。あの人、とんでもなく熱心な赤羽プロデューサーのファンなんですよね」

話を聞いていた揚羽が不思議がる。

「彼はいくつか裏のルートを確保していて、抽選が絡むものは転売を利用して潜りこむそうなんだけど、前回だけは、どうしても手に入らなかったみたいね。だから今回は、余計にご執心だったそうよ」

自分から聞いておいて、揚羽は高崎の即答にびっくりしたようである。

「ど、どうしてそこまでご存じなんです？」

「……あの尾久さんって、有名なのよ。赤羽プロデューサーファンの間では」

高崎は、さらに声をひそめる。

「悪い意味でね。どんな手を使ってでもイベントに潜りこんでくるし、マナーもよろしくないから結構評判悪いのよ。ＳＮＳでイベントの報告とかも熱心にやってて、脱出スピード一位記録を毎度毎度、自慢してるのよ。見たでしょ、さっきのステージでの彼の態度」

「ふうん、札つきってわけですか」

納得した。それで『第一の間』で尾久が名乗ったとき、他の客たちが微妙な空気になったのか。やはり、彼らは皆、尾久を知っていたのだ。

「それでブログっていうのは？」

智鶴の問いに、高崎は指を立てて得意げに語る。

「前回の東京公演のとき、参加者の一人が自分のブログに、内容を事細かに書いた記事をアップしてね。ご丁寧に図まで付けて、謎から部屋の構造まで、ぶちまけちゃったのよ。動機は単純なアクセス数稼ぎだったそうだけど。ただネタバレ厳禁が『アクチュアル・ラビリンス』のルールだからね、当然、そのブロガーは袋叩きよ。イベントの運営側からも忠告されたそうよ。だから記事は削除されたんだけど、そのネタバレブログのせいでこの再演もだいぶ延期されたそうね」

「ふうん。色々とマナーの大切な世界なんですね」

智鶴は——言ったら怒られるかもしれないが——たかがゲームに対するファンの執着に、空恐ろしさを感じた。

「にしても高崎さん、本当にお詳しいですすねえ」

揚羽が感心したように言う。

「言ったでしょう、ネットニュースの執筆が仕事だって。これでも情報戦には強いのよ。

……ただ悔しいことに、該当のブログは閲覧しそこねたんだけどさ」

そんなことを話しているうちに、次の部屋の扉が見えてきた。

『第三の間』は、一段と奇妙であった。

今さっきの『第二の間』は、洋館をモチーフにした重厚な作りだったけれど、この部屋はまた趣向が違った。

部屋を照らす灯りはぼんやりと明るく、奇妙な色彩をしていた。青いような、紫のような、どこか現実感のない曖昧な光だ。またしても最後に入った智鶴が扉を閉めて、そこに展開する異様な景色に目を奪われた。

「……何だ、これ」

壁は一面鏡張りで、天井から降り注ぐ不気味な光を乱反射させている。家具は室内に一切ない。

部屋にはラヴェンダーのような独特の香気が満ちていて、何だか眩暈《めまい》がしそうなほど強烈であった。この部屋もなかなか、演出が凝っている。

「ブラックライトに、鏡張りの部屋とは……こりゃまた、アバンギャルドですなあ」

岡部が口髭を撫でて、ほうとため息をついた。

やはり、次の部屋へ続くドアには、問題文が表示されたモニター。そして扉の上には、カウントダウンボードがある。——だが、そちらのボードには、何も表示されていなかった。

『皆さん、準備は整いましたか？　いよいよ、第三ステージです！』

　深谷の声が響いた。

『ここまで、皆さんにはチームプレイで来てもらいましたが……ここからは、何と個人戦になります！』

「ええーっ！」

　柚季が切なげに叫んだ。初耳だったようである。

『ここで、皆さんに「第一の間」でお渡しした、キーワードカードが再び重要になります！　皆さま、お手持ちのカードをもう一度、他のかたには見られないようにご覧になってください！　また、部屋から脱出する際は、入力画面を他のかたから見られないようにしてくださいね！　勿論、脱出は一人ずつです。……それでは、よき脱出を！』

　再び、唐突に音声が途切れた。カウントダウンが始まる。今回は五分。

「どういうこと？　このカードがまた大事になるって……」

　揚羽は首を捻って、ポーチにしまってあったそれを取り出して眺める。智鶴もパーカーのポケットからその黒い紙片を取り出すが、〈ウィリアム・4〉という件の文言が書いてあるのみで、面白い点など何もない。

「とにかく、問題文を見ないことには」

　岡部が言った。全員で、モニターの許へ押し寄せる。

この部屋の問題文は、次の通りである。

もう一人の人物の名を答えよ（四文字）

そして、アルファベットを入力するキーパッドも表示されている。

アルファベット四文字が答えのようだ。

「もう一人？　どういうことでしょう？　何に対しての、もう一人、なんですかね」

柚季が首を捻った。

「英語で言えばAnother……？」

揚羽が自分で言って、自分でかぶりを振る。

「四文字じゃないな」

「ヒントはカードなのよね？　また文豪がキーになるのかしら」

と、高崎。アナウンスでは「個人戦になる」と言われていたけれど、会話は禁止されていないから、ほとんど今までのステージと変わらずブレーンストーミングの流れになる。

「どうよ、智鶴……カードがヒントなんでしょ？」

揚羽の問いに、智鶴は答えた。

「ひょっとしたら、これは……」

そのときだった。

尾久が、「あ」と短い息を漏らした。興奮した表情で自分の手許のカードを見つめている。その様子は明らかに尋常ではなく、何やらただならぬ気配を感じさせた。彼はそれを突然半ズボンにしまうと、狂ったように駆けだした。

「わかったあ！」

と、快哉《かいさい》を叫びながら扉に飛びつき、背中を丸めてモニターに入力を始めた。鋭い電子音が鳴り、扉は開いた。尾久は駆けこんでいく。

取り残された面々は、ぽかんとしてしまった。

「え、何よあれ？」

高崎が怪訝そうに言った。だが彼の突然の様子の変化に、誰も説明をつけられなかった。

「つーか、さらっと扉通ってったよね。問題解けたってこと？」

真北は首をかしげている。

「彼は自分のカードを何やら熱心に見ていたようだが……何に気づいたのだろう」

岡部が顎をさすって言う。

「ね、ねえ智鶴先輩！　あの人、何でわかったんでしょう？　問題の答え」

「さあ？　カード見てたみたいだけどね」

柚季が必死になっているが、智鶴はさらりと受け流す。揚羽は、「智鶴には悔しいとかいう感情はないのね……」と呆れ顔。

ただ、どうして尾久だけ謎が解けたのかは、智鶴としても気になるところであった。

カード……。尾久のカードには〈鱒二・5〉と書いてあったはずだが。それが何だと言うのだろう。——あ、待てよ。もしかして。

智鶴が、あることを思いついたとき。

「があああああっ!!」

突然、絶叫が響いた。

智鶴は思わず顔を上げる。悲鳴は尾久が入っていった扉から聞こえた。

「ちょ、何よ今の」

「さ、さあ。僕にも何が何だか……」

真北と大宮のカップルが混乱気味の会話をしている間も、尾久の叫びは続いていた。そして、火災を知らせる警報機が鳴り出した。

ぱっと部屋が明るくなる。そして、スピーカーから慌てたような音声が流れだした。

『みなさん、火災が発生しました。落ち着いて、出口に向かってください!』

深谷の声だ。それと同時に出口に続く扉が開いた。

——通路の真ん中には、尾久保のものであった肉塊が、微塵も動かず横たわっていた。

「ひっ!」

真北が短く悲鳴をあげて大宮にしがみついた。

「こ、これはいったい……」

岡部も凄惨な光景に口許を押さえた。

「ガソリンの臭いがします」

だが、智鶴は冷静に異変を感じ取る。彼の言葉で、微かに空気中に漂っていたその臭いを、全員の鼻が嗅ぎつけた。

「これは明らかに——何者かによって仕組まれた事件です」

智鶴が呟いたとき、非常ベルがやんだ。

だが、全員がその場に立ち尽くしていた。金縛りにあったかのように。

5

「わかります？　この床。ガソリンがばら撒かれていたようですね」

白浜弥生の言葉に、熱海は耳を疑った。

「ガソリン？　じゃあ、これは放火事件ということですか」

「事件性があるから、我々がここに来たんだろう」

指宿が冷静に言って、白浜の隣にしゃがみこむ。まあ確かに、所轄の報告では「現場に不審な点が多いので」県警が召喚されたわけだが。

あのあと、参加者は事件現場を通るわけには行かず、入口へ引き返して外部へ出た。消防車もやってきていたが、すでに火は鎮火されていたため大事には至らなかったが、その代わり複数台のパトカーがやってきて、現場の捜査と事情聴取が行われていた。

しかし――と、熱海は、現場となった部屋をぐるりと見回す。

あまりにも奇妙な部屋だ。四方が鏡張りというのが、ひどく落ち着かない。『アクチュアル・ラビリンス』とやらについては詳しくないけれど、一体どんな趣旨のものなのだ？

「で、火種は？」

「あそこ、わかります？」

白浜が示したのは、室内ではなく通路のほう。床と壁に、生々しい焦げ跡が残っている。扉は全てオートロックなので、捜査員たちが通れるようにドアストッパーが差しこまれている。――床には、ガソリンのハンディサイズの缶も転がっていた。

「発火地点はあそこなのですが……壁を見てください」

熱海も、指宿の背後から覗きこむ。壁には、燭台を模したようなＬＥＤライトが並んで設置されている。その中の一つが、真っ黒に焦げついていた。

「口金――つまり、電球をキュキュってソケットにねじこむ部分ですね。ここに針金が巻きこまれていたようです」

「――と、どうなるんですか？」

指宿の問いに、白浜は「ばちん」と擬音を口に出して、閉じた掌を勢いよく開く。

「電気が流れた途端、火花が散ります。多分、火がついたときガソリンは気化していたと思うので、一気に燃え上がったはずです」

「他殺以外の何ものでもないな」

指宿は唇を噛んだ。白浜は説明を続ける。

「で、聞いたところだとこのゲーム、『第一の間』から入って、暗号みたいな謎かけをクリアして、どんどん進んでいくっていうやり方らしいんですね。で、現場となった通路は『第三の間』と『第四の間』の間なんですね。『第四の間』からは、すぐに出口に出られます。犯人は出口側から侵入して仕掛けをした可能性が高いですね」

「となると、犯人はこの施設の関係者か、イベントスタッフの可能性が高いですね！」

熱海は意気込むが、「どうかな」と指宿。

「出口と言うと、今、我々が通ってきたほうだろう？　エレベーターから歩いてきてすぐの、人気《ひとけ》のない廊下にあった……。ご丁寧に、『ここが出口ですよ』といったことも書いてあったし。誰でも忍びこむことはできたんじゃないか？　仕掛けなきゃいけないのは、ガソリンと針金だけだしな」

「そ、そうですね！」

熱海は、とりあえず集めた情報をメモしておく。ここは余計な推理を口に出すより、上司に任せておいたほうがよさそうだ。

「しかし白浜さん。これはつまり、電気が点灯した瞬間に発火する仕掛けということですよね？　スイッチはどこなんですか？」

「人が通ったら感知して、オートで点灯するようになっていたみたいですね。こっちに来てください」

白浜は、通路の奥へ刑事二人を導く。『第四の間』は黒塗りのテレビや黒電話、黒いこたつが配置された、悪趣味な黒ずくめの和室であった。三人は、そこを通り過ぎて、出口へ向かう通路に入っていく。〈EXIT〉の扉の横に、電灯のスイッチが配置されている。

「ここで一旦オートモードをオフにして、針金を仕掛けてから、またオンにしたんでしょう。そうすれば、次に人が通ったときに、センサーが感知、ライトが点灯、火花がバチン。そういうことです」

「つまりこれは、最初に『第三の間』を脱出した人を標的にした、無差別殺人。そうなりますよね？」

「……ああ」

熱海の言葉に指宿も顔をしかめつつ頷いた。そのとき、出口の扉が開き、一人の男が顔を出した。ラグビー選手のような体躯と厳つい面相が特徴の、長島巡査部長である。

「指宿さん。所轄の者と一緒に、防犯カメラの映像を確認してきました」

「結果は？」

「はい。この『暗黒屋敷』とやらの準備は昨日、業者がやったものだそうで。今日、事件よりも前にこのアトラクション内に入った人間は、イベント責任者の宮原《みやはら》氏と……アルバイトスタッフの深谷さん、この二人だけのようですね。二人の証言によると、仕掛けに不備がないかどうかのチェックをしたそうで、時刻は正午。そして」

ここからが本題、とばかりに長島は野太い眉をぎゅっと寄せる。

「正午から、イベント開始の午後三時までの間、この五階に入った人間は、被害者を含めたイベント参加者の八名だけだそうです。他にこのフロアにいたのは、今言った二名のスタッフだけで」

「なるほどな。容疑者は絞られてるわけか」

指宿は目を眇《すが》めた。彼女は熱海に手で合図をすると歩き出した。『暗黒屋敷』を出て、まっすぐに廊下を歩いていく。

「い、指宿さん……？」

「関係者たちは、このフロアのミーティングルームに集めてあるんだったな？」

「は、はい」

「犯人はイベント参加者か、スタッフの中の誰かだ。容疑者は九人……。なに、そいつらから聴取すれば、犯人はすぐにわかるさ」

「あの、でも」

どうしても頭の片隅に引っ掛かっていた疑問があり、熱海は恐る恐る言ってみる。

「いくら仕掛けが簡単なものだったとしても、イベント参加者は初めて『暗黒屋敷』を体験するわけですよね。となると、事前に構造を把握できるのはスタッフだけなわけですから、犯人はスタッフの中にいるのでは？」

「そうとは限りませんよ」

廊下の後ろから声がして、熱海と指宿は立ち止まった。聞き覚えのあるその声に、二人は身を強張らせて振り返る。

長い前髪で隠れた目許、オーバーサイズの白いパーカー、そのポケットに突っこまれた両手。今月の頭に会ったときとまるで変わらない覇気のなさである。

「霧島、智鶴……」

指宿が、声を一段と低くしてその名を呼ぶ。仇敵《きゅうてき》に対してそうするように。

「何故、貴様がここに」

「たまたまイベントに参加していたもので」

「ほう、そうか。……じゃあ今度は、何故うろちょろしているのかについて聞かせてもらおう」

「トイレに行っていたからです」

「ああそうか！　じゃあ、とっとと戻れ！」

智鶴は困惑気味の表情で小首をかしげ、首筋に手を当てる。

「嫌われたもんですね。今日は僕は特に、何もしていないんですけど」

指宿は答えずに、先に立って廊下を歩く。智鶴は熱海に囁いた。

「ねえ、どうして彼女はあんなに怒っているんでしょう？」

「さ、さあね？　どうしてかなあ……」

と言いつつ、熱海には指宿がナーバスになる理由がわかっていた。そして熱海も、できれば今回は、智鶴に余計なことはしてほしくなかった。

「ところで智鶴くん。今日は大人しくしていてくれよ、頼むから」

「おや、意外ですね熱海さん。いつもは僕に謎を解くよう懇願してくるくせに」

「こ、懇願なんてしてないだろ」

「おい熱海ぃ！　とっととそいつを連れてこいっ」

指宿に怒鳴られ、熱海は慌てて智鶴の手を引っ張る。

「あー、痛いよ熱海さん、もっとゆっくり歩かせて……」

「いいから来てくれ。そして、今日は大人しくしていてくれよ」

「それはもう聞きました」

「二度言ったんだ、大事なことだから」

本当に大事なことなので、倒置法で強調する。

そして熱海は、智鶴の父——霧島刑事部長との会話を思い出していた。

＊

県警の刑事部長室。

五月四日のみどりの日。湯本市内で起きた殺人事件が解決した後、熱海と指宿はそこへ呼び出されたのだった。

「少し質問があってね」

と、県警の刑事部を統《す》べる男——霧島官九郎は言った。高級そうな木製の机に両肘をつき、白い手袋をはめた指先同士を付き合わせながら。

葬儀屋のような男だ。手袋もさることながら、上下ともに黒で決めたスーツと、彫りが深く暗い陰影のついた面立ちが、ますますそんな印象を強めている。

「質問……と言いますと?」

熱海より一歩前に立った指宿が、慎重に尋ねる。霧島刑事部長はすぐには答えない。キャスター付きの椅子から静かに腰を上げ、手を背後で組みながら室内を横切る。

「今日は事件解決、ご苦労さまだったね——指宿警部、それから熱海警部補」

「僭越《せんえつ》ながら訂正しますと、熱海は捜査から外れておりましたが」

指宿が臆することなく指摘するが、霧島は横目でちらりと彼女を見やり、「それでも犯人に自首を勧めたと聞く。貢献度は最も高かろう。……刑事の身内から犯罪者が出たというのは、部長としてはいい気分ではないが、親兄弟というわけでもないし」と言った。

熱海は頭を下げながらも、手放しには喜べなかった。なぜなら、存在を隠してはいたけれど、犯人を特定してその人物を推理で陥落させたのは、彼の息子・智鶴なのだから。秘密であること以上に、この親子から漂う一触即発の雰囲気を考えると、とても口には出せなかったが。

「それで質問なんだが——霧島智鶴のことだ」

熱海は心臓が止まるかと思った。熱海には、自分の息子を名字つきで呼ぶ霧島が何だか不気味に思えてきた。彼は、カーテンが閉められた窓の前に立ち、言った。

「四月に湯本市で起きた二つの事件に、霧島智鶴が関わっていたと聞くが？」

「いずみ中央中学校教師殺害事件。それから、湯本市内庭師傷害事件ですか。おっしゃるとおりです」

指宿は探るように答えた。

「……そして、今日の事件も？」

熱海は、隣で不審げに眉根を寄せる指宿の表情を見たとき、呼吸が苦しくなるような気さえした。

「いえ……彼は事件に一切関わっていませんでした」

「ほう？」

指宿が答えると、霧島は熱海に鋭い視線を向けた。熱海は、その場にへたりこみそうだった。智鶴が今回の誘拐事件に関わっていることは、口止めした関係者たちの他には、熱海しか知らない。どこからか、官九郎がその情報をキャッチしたのだろうか。

それとも、手持ちのデータから推理した成果だとでもいうのか。丁度、彼の息子がそうして犯人を特定したように。

だが官九郎は、

「……なるほどね。ありがとう」

と、あっさり退《ひ》いた。指宿は「はい」とそっけなく応じる。智鶴の関与について、本当のことを知っている熱海にとっては、安心はできないが。

「ただし、君らに一つだけ頼みがあるんだ」

「頼み？」

「そうだ、もしも今後、事件に智鶴が関わるようなことがあっても——決して、捜査には関与させないように」

「勿論です。これまでもそうしてきました」

指宿は強い口調で言った。刑事部長は薄い笑みを浮かべた。

「じゃあ、そういうことだ、頼んだよ」

それだけ言われると、指宿と熱海は刑事部長室を後にした。

刑事部長は何故、わざわざこんなことを？

どういうわけだか離れて暮らしているという息子。

彼が事件現場に顔を出すのを気にかける、その理由とは一体なんだろう？

熱海には、霧島刑事部長の胸の内が全くわからなかった。

しかし、とにもかくにも、刑事部長の命令である。熱海は、今回の事件では絶対に智鶴には余分な情報を与えないぞ、と強く思い直すのであった。

……いや、当たり前のことではあるのだが。

6

ミーティングルームには、すでに関係者全員が集まっていた。

窓にはブラインドが下ろされていて、虚しいほど明るい蛍光灯が室内を照らしている。

一同は部屋の中央に配置された会議机を囲んで座っていて、皆が陰鬱な風情で俯いている。

だが、刑事たち――と、智鶴――が入ってきたことに気づくと、全員、面を上げた。

「あ、智鶴先輩！　やっと戻った」

他の者たちが緊張した面持ちで刑事二人を見つめる中、柚季は智鶴に視線を注いでいた。

智鶴も満更ではなさそうに、その隣に座る。そんな様子を微笑ましげに眺めている揚羽。

彼らはそれぞれ最低一回は事件に巻きこまれているからか、多少免疫があるようだ。それがいいことかどうかは別として。

熱海は、室内にいる人物たちをざっと見てみた。

カップルらしき金髪と茶髪の男女は肩を寄せ合って、不安げな様子。三つ揃いを着た中年男性はそわそわと口髭を撫でていて、額にサングラスを載せた女性は、憔悴しきった様子で瞑目している。

机の反対側には、高校生組。そして残りのスタッフは、出で立ちからしてスタッフだろう。真紅のスカーフを巻いた女性と、責任者らしき男性。

その男は熱海と指宿が近づいてくると、条件反射的に立ち上がり、椅子を勧めてきた。

「どうも。県警の指宿と、部下の熱海です。落ち着いて、まずは座ってください」

指宿は冷静に言って、関係者全員の顔を見る。

「最初にあなたがたのプロフィールを教えていただきましょうか。名前と、職業を。まずはスタッフのかたから」

髪を七三分けにした男が立ち上がった。手をしきりに揉む様子から、激しく動揺しているのだと知れた。

「あ、はい。どうもどうも。イベント責任者の宮原です。宮原行夫《ゆきお》。このイベント、『暗黒屋敷からの脱出』のまあ、その、責任者でございまして、安全管理も徹底しておるのですが、この度は――」

「なるほど、もう結構」

指宿はすげなく黙らせ、宮原の隣の女性に、次、と視線で促す。彼女は沈んだアルトの声で話しだす。

「深谷佐和子《さわこ》です。アルバイトスタッフで、ナビゲーターのようなことをしました」

「このイベントでのアルバイトは、初めてなんですか？」

指宿が訊いた。はい、と深谷は凛として頷く。

「募集を見て、応募いたしました。お給料がどうこうとかではなく、赤羽プロデューサーのファンなものですから、どうしてもここが良くて」

「彼女はとても熱心でしてね、はい。ここ半年くらいの間に、立て続けに応募してくれまして、熱意を買ったわけですね、当社としても」

宮原が口を挟む。

「当社……ですか。失礼ですが宮原さん、あなたはどういう立場の『責任者』なんですか。この施設の人？」

「いえいえ」

彼はかぶりを振って、

「湯本ニュータウンビルは、当社がお金を払って使わせてもらっている建物でして、決して当社が管轄するものではございませんよ。えー、わたくしはまあ、『アクチュアル・ラビリンス』を社名に掲げて商標登録もしている、本社の人間です」

「ふうん」

指宿は特に興味を示さなかったが、手続きとして熱海は書き控えておく。

続いて、ゲームの参加者たちがそれぞれ名乗る。

高校生三人の他には、湯本大学の学生である大宮新次郎と井野真北。ネットニュースのライター・高崎衣吹と、ゲームクリエイターをしている岡部庄作。

「あのー、それで刑事さん」

全員の自己紹介が終わった後、そろりそろりと宮原が口を開く。

「やはり当社で、火災に伴う賠償金みたいなものを、施設に出さなきゃいかんものなんでしょうか。安全管理には万全を期し――」

「わかってます。それからご安心ください。賠償請求は犯人にすればいいと思いますから」

指宿の言葉に関係者たちがざわめいた。熱海も驚く。もうそのカードを切ってしまうのか、と。

「どういうこと、犯人って」

高崎が膝を進める。指宿が淡々と説明した。現場にはガソリンが撒かれていたことと、針金が電球に巻かれていたこと。説明が終わるなり、真北が叫んだ。

「うっそ！　じゃああの尾久さんより先にクリアしてたら、ウチらがヤバかったってことじゃん」

「怖いなあ……智鶴とか危なかったね。他のステージは一番乗りだったじゃん」

「ん？　んー……」

揚羽の言葉にも微妙な表情を作る智鶴。彼は眠たげにしていた。

事件に無関心らしいのは、今は歓迎すべきことではあるけれど、熱海は一抹の寂しさも感じた。……本当に彼は、一切推理してくれないのかな、と。

「そのことなんですけど」と、柚季が言いだした。

「何で尾久さんは、あんなに早く答えがわかったんでしょう？　問題のディスプレイを見てから一瞬でしたよ。本当に。……まるで、誰かから教えられたみたいに一瞬で」

「何だって？　そんなにすぐ？」

新たな情報に指宿が食いついた。柚季は大きく頷く。

「はい。本当に瞬間的でした」

「そうよね、尋常じゃなかったわ」と、高崎。

「となると……答えを知っていた誰かが、彼にそれとなく答えを教えたとか？」

熱海の思いつきに、真北が食ってかかる。

「ちょ、誰かって誰よ？　まるでウチらの中に犯人がいるみたいに……」

「いや、待てよ真北」

恋人の大宮が、どこか下卑た笑みを浮かべた。

「もしも犯人が、尾久さんだけにこっそりと答えを教えたんだとしたら……怪しいのは俺らじゃない」

彼はスタッフ二人のほうに視線を送った。

宮原が小さな目を見開いて、「いやいやいやいや」と抗議の声をあげる。

「わ、わたくしどもは、事前にお客様に何かを伝えるようなことは……」

「そうですね。スタッフでなくても事前にそれを知ることはできたようですし」

これを言ったのは智鶴だった。皆の視線が彼に集中する。

「どういうことだ？　包み隠さずに話せ」

「そんなに殺気立たないでくださいよ、指宿警部。これは高崎さんから聞いた話なんですから。ねえ？」

高崎は、「あ、そうね」と今思い出したように応じる。

彼女は、ネット上に一時期だけ公開されていたブログ記事のことを話した。確かに、先行して行われた同じイベントの詳細が書かれていたというそれを読めば、先回りして色々な仕掛けを考えられそうではある。

「そっか、容疑者はスタッフだけとは限らないわけかー」

揚羽が考えこむ。

「そうだよね、出口もかなりわかりやすいところにあったから、こっそり逆走して、そのトラップを仕掛けられるかも」

深谷が「でも、それなら」と、そろりと挙手した。

「我々九人以外の誰かが、忍びこんでそれを仕掛けた可能性も……」

「いや、それはない」

指宿は、監視カメラの映像のことを話した。エレベーターと階段の両方をチェックしたが、問題の時刻に五階に入った人間は、ここにいる者だけだ——と。

「そ、そうですか」

深谷は居心地悪そうに視線を下げた。

「あ、でも僕らは違いますよ！」と、柚季。「このフロアに到着してすぐ会場まで行きましたから、時間的余裕はありませんでした」

「確かにそうでございましたね」

宮原が高校生三人に視線をやる。

「あなたが最後のお客様でしたから。ですが他のお客様は三十分ほど前から到着しておりまして、それぞれお手洗いに立つ機会などもございましたから……」

「要するに、ウチら四人には可能だったって、そう言いたいわけね？」

尖った声で要約する真北。宮原は親子ほど年の離れた女子大生に気圧され、口の中で何やらもごもごと呟いた。

指宿はパンと手を叩くと別の質問をした。

「参考までに、スタッフのお二人の事件前と、イベント中の動きを教えていただきましょうか」

宮原がまた揉み手を始めながら語る。

「わ、わたくしは、えー……。正午にアトラクション内の確認が終わりましたら、深谷くんと一緒に昼食休憩を取って……それからお客様をお出迎えいたしました、はい。それでイベント中はずっとこのミーティングルームで、資料など見ながら待機しておりました、はい。途中から、深谷くんと一緒でした」

「間違いないです」と深谷が頷く。「私は、『第一の間』でお客様にルール説明をした後、この部屋に戻り、そちらの――」と、彼女は部屋の隅に置いてある電子機器の山を指した。「スピーカーに繋がったマイクから、お客様に対して原稿を読みあげておりました」

熱海は手帳に全て記入した。それを見届けると指宿はパンと手を打って、話題をがらりと変える。

「ところで、この中に尾久さんと面識のあった人はいらっしゃいますか？」

「それはないのでは。チケットは全て抽選でしたから」

と、宮原がすかさず答える。

「あなただけに訊いているんじゃありませんよ。――それに、他のかたたちはどうやら心当たりがありそうですし」

指宿は、参加者たちの顔に浮かんだどっちつかずの表情を見逃さなかった。

「心当たりというわけではないのだよ」

岡部が、眉間を掻きながらばつが悪そうに答える。

「ただ、その……。彼はこの『暗黒屋敷からの脱出』を設計した赤羽鴻介プロデューサーの大ファンでね、その筋では非常に有名だったんだ」

「悪名高かったようです」

端的に表現する揚羽。大宮や真北も、否定はしない。

「そりゃあ評判は悪かったけど、殺したいほど憎んでいた人なんて、ここにはいないはずよ」

高崎が、先走られてはたまらないとばかりに口早に言う。

「私は熱心なファンと言うより、ネット記事を書くための素材集めに来ただけだし」

「うん、私もだ」と、岡部。

「自分の仕事の糧になればと思って来ただけだよ……。それより、そちらの若いお二人は、自己紹介のとき、尾久くんと口論になっていたようだが？」

彼に視線を向けられ、大宮と真北は焦り顔になる。

「な、何を言うんすか！　あんなくだらないイチャモンつけられたくらいで殺すなんてっ」

「そうよそうよ」

熱海は、その口論というものがどんなものか気になったけれど、智鶴は「それは関係ありません」とぴしゃりと言った。

「あの時点では、犯人はガソリンと針金の仕掛けを終えていたはずです。犯行の動機にはなりえませんよ」

「それくらい承知している」

指宿は素早く智鶴を黙らせた。

「ところで深谷さんは尾久さんのことはご存じでしたか？　赤羽プロデューサーのファンなんですよね」

深谷は凛々しい眉を困惑気味に寄せて、頬に手を当てる。

「そうなんですけど……。あまりインターネットは見ないものですから、存じ上げませんでした。ええと、イベント開始のときに見ましたけど、尾久さんってあの薄い眉毛の人ですよね？　顔も初めて見たように思います」

「ふん」

指宿は一応納得したように頷いてみせた。そこですかさず真北が口を出す。

「つーか、これ無差別殺人ってやつじゃないの？　だって、誰が真っ先に『第三の間』をクリアするかはわからなかったんだから！」

「だ、だが……被害者がそんなに評判が悪かったとなるとやっぱり狙い撃ちにされた可能性が高いんじゃないかと」

熱海は思わず言った。揚羽もそうよねえ、と唇に指を当てた。

「あんなに早くクリアしちゃうんだもん。まるで、尾久さんだけに見えないヒントが与えられたような感じではあった」

「……なるほどな。つまり、ひょっとしたらゲームに参加していたあなたたちには……被害者を狙い撃ちにする方法があったかもしれない、ということですね」

指宿はそう言うと、全員の顔を見渡した。

「そうだ、カード！」

柚季が、ふと思いついたように叫んだ。

「尾久さんは、カードをじっと見ていて、何やら思いついたみたいでした。あのカードに何かヒントみたいなことが書いてあったんだとしたら」

「あれを渡したのは深谷さんでしたね」

大宮が言うと、深谷はひどく驚いたような顔になり、必死に頭を振る。

「あれは、『アクチュアル・ラビリンス』の本社から届けられた封筒に入っていたものを、イベントの開始直前に開封して、私がずっと持っていたものですから……他の誰かに細工をするタイミングは一切なかったはずです」

「んじゃ、あんた自身がやったんじゃないの？」

真北の言葉で、深谷は絶望的な表情になる。そこで、高崎が割って入る。

「何言っているのよ。『第一の間』で、全員がお互いのカードを見せ合ったじゃない。あのカード、謎解きのヒント以外に何か書いてあった？　なかったでしょう？」

「ふむ、確かに尾久くんのカードも見たが……不自然な点はなかったね」

岡部の助け舟もあり、深谷はほっと胸を撫でおろす。

「じゃあ、『第三の間』で誰かが妙な発言をして誘導した……なんてことはありませんでしたか？」

指宿の鋭い質問で、客たちはお互いに探り合うような顔になる。

「なかった……ように思うのだがね」

と、居心地悪そうに髭を撫でながら岡部が漏らす。揚羽も大きく頷いた。

「尾久さんだけに特に何かを話しかけていた人はいませんでした。高崎さんが『文豪がヒントになるのかなあ』みたいなことを呟いていましたけど……大宮さんと井野さん、岡部さんは特に何も話していませんでしたね」

「そういうことっすよ」

大宮は勝ち誇ったような顔になる。指宿は彼を軽く睨む。

「じゃあ、尾久さんの近くに立っていた人は？」

遠慮がちに挙手したのは、岡部だった。

「一番近くは、私だったかもしれん。でも、一メートルは離れていたよ。彼は、カードを隠すようにして、じっと眺めていたから」

「ねえ、それよかさあ」

真北が、唇を尖らせて不平を漏らす。

「あの暗号の答えって、結局何だったわけ？　それがわかれば、また何か進展するんじゃないの？」

「ジャックですよ」

智鶴の唐突な言葉に、他の者たちは耳を疑うような顔になる。熱海も、一瞬、彼の言わんとしてることが摑めなかった。

「え、智鶴、何が？」

「だからあの問題の答え」

「ち、智鶴先輩、解けてたんですか⁉」

「うん。事件が起きる本当に直前に」

彼は頷いて、答えを告げる。

「J・A・C・K。それが、問題となった四文字のアルファベットだったわけだ。で、これは『第一の間』と『第二の間』の問題の答えも絡んでて……」

「おいこら、勝手に話を進めるなよ。我々警察にも、前後の事情を話せよ」

智鶴は、「僕は口下手なので、そっちの説明は素敵な幼馴染みと可愛い後輩に説明は任せます」と、両脇に座る揚羽と柚季の肩に手を置いて丸投げした。

「や、智鶴先輩、可愛いとかやめてくださいよ！　それ言われるの好きじゃないんですけど……あ、でも、何か智鶴先輩から言われるとそんなに嫌じゃないな」

照れまくる柚季と、そんな男子二人を満面の笑みで観察している揚羽に向かって、指宿はパンパンと大きく手を打ち鳴らした。

「そっちのリアクションは後でとってくれ。いいから、早く説明しろ」

高校生二人は、確かに智鶴よりはもったいぶることなく平明に説明してくれた。

「……ふむ。『第一の間』からの流れと『第三の間』の暗号文は呑みこんだ。で、その『もう一人』がどうしてジャックなんだ？」

「おっ。あたし、わかっちゃった」と、高崎が手と手をぽんと打ち合わせた。

「トランプ、ね」

「おお！　そうか、『第一の間』の答えがエラリー・クイーン！　『第二の間』で鍵となったのは、アーサー王の銅像！　トランプで残りの絵柄は、ジャックってわけか！」

「その通りです、岡部さん。それを示唆するヒントもありましたし——カードの裏面を見てください」

と、智鶴は懐から問題の紙片を取り出した。裏面には、天使が自転車に乗った図が描かれている。

「天使と自転車……。この奇妙な取り合わせは、アメリカ産の世界的に有名なトランプブランド、『バイスクル』の裏面に描かれているものです。カードがヒントになるというのは、こういうことだったんでしょう？」

智鶴に視線を向けられ、スタッフ二人は顔を見合わせる。そして、小さく頷いた。

「凄い、智鶴先輩、博識！」

両手を組み合わせ、きらきらとした瞳で智鶴を見る柚季の目を覚まさせるように、指宿がまたしても聞えよがしに手を叩く。

「で！　それが！　事件解決の何の役に立つんだっ！」

その言葉で、関係者たちは我に返った。

なるほど、ゲームで出た暗号の答えがわかったところで、現実の事件は一切進展しない。

「そうよね……、誰もあのとき、トランプがどうとかは口にしていなかった」

高崎が唇を噛んで、「私も見当違いなことを言っていたし」と悔しげに言う。

「うんうん、状況は何も変わらないね」

と、大宮。皆、一気に冴えない表情に戻る。

「となると、やっぱり無差別殺人……ってことかなあ」

「いや、それは違うよ柚季。これは尾久さん個人を狙った犯行だ」

智鶴が言った。全員が、彼に注目する。

「どういうこと？　高校生探偵くん」

高崎が訝しげに問う。智鶴は彼女に視線を向けて、

「高崎さん、一つ質問していいですか？　尾久さんはいつから、あんなふうなんですか？」

「え、どういうことよ」

「つまり、いつからあんなふうな、悪い意味での有名人になったんですか」

「うーん、そうねえ。ここ一年くらいのことよね、岡部さん」

「うむ、そう思う。私が知ったのはもっと最近だが」

「まあそうね、知名度を伸ばしてきたのも最近のことね。彼自身、自分のことをネタにしていた節があって、あの眼鏡に長い髪、紫の服という独特の毒々しいスタイルになったのも、ここ三か月くらいの内だと思うけど……。それがどうしたのかしら？　高校生探偵くん。彼のそういった認知度が、この事件に関係するわけ？」

「するんです。この事件は間違いなく、尾久さん一人をターゲットに仕組まれた事件なんですから――。そしてそれを実行できた人物は……、この中に一人しかいません」

智鶴はやる気ない口調で、そう言い切った。

7

「それつまり……犯人がわかったってことっ？」

高崎が愕然として高い声をあげた。他の皆も一様に、驚きの表情を浮かべる。

「だ、誰がやったって言うんだ智鶴くん！」

熱海は思わず尋ねたが、「おい!!」と指宿が力強く制す。そうだ。霧島刑事部長から、智鶴を関わらせないようにというお達しが出ているのだった。

「……霧島智鶴。余計なことを言って我々の捜査を混乱させるのは――」

「智鶴先輩は余計なことなんか言ってないじゃないですか！」

柚季が必死に叫ぶ。指宿はむっとなって反論しようとするが、高崎が被せるように、「そうね」と同意する。

「話くらい聞いてもいいんじゃない？　実際、彼の推理力はなかなかのものみたいだし」

「それはゲームのときの話でしょう。現実の殺人事件とはわけが違う！」

「あら、でもそれは、警察が彼の話を聞かない理由にはならないんじゃない？」

高崎のもっともな意見に、指宿は唇を噛んで椅子に背を預けた。

「……わかったよ。じゃあとにかく、話してみろ、霧島智鶴」

「は、犯人は誰だと言うのですか？」

宮原が手を落ち着かずに擦りあわせながら問うた。

「この事件は、いかにして被害者を狙い撃ちして殺したか、ということが重要になります」

智鶴は、宮原の問いには答えず、マイペースに話しだした。

「その方法がわかれば、犯人も自ずとわかります」

「でも」真北が口を挟む。「あのとき、誰も尾久に余計なことは言わなかったじゃん」

「ええ。だから仕掛けは、カードにあったとしか考えられない。彼は死の直前、じっとカードを見つめていましたから」

「だが、それも憶測だろ？」と、指宿。「尾久はもう死んでしまったんだ。彼がなぜ問題の答えがわかったのかは、もはや想像することしか……」

「いいえ、断言できますよ。いいですか、バイスクル風の模様で暗号の答えが示唆されていたのは、カードの裏面だったんですよ。なのに、彼は表側――鱒二とか何とか書かれた面――を見て、暗号の答えに気づいた。それも、勘違いして的外れな答えを打ちこんだわけでもなく、彼は正答を導いてしまったんです。そのこと自体が、カードの表に、書かれているはずのないヒントが書かれていたことを示唆している……そう思いませんか？」

「ちょっと待てよ」今度は大宮が言った。「でも、『第一の間』で見たカードには、何も不審なことは書かれていなかった。お前自身も見ただろう」

「ええ見ましたよ。だから……それは、見えない文字で書かれていたんです」

「見えない」「文字っ？」

大宮と真北のカップルが息ピッタリに繰り返した。智鶴は首肯する。

「そうです。それは最初、被害者にも見えませんでした。ただし……『第三の間』に入った途端、それは見えるようになったんです」

「そんな魔法みたいなことが起こりうるのか？」

熱海は思わず言った。智鶴は「ええ」と大きく頷く。

「犯人は、『第三の間』の特性を利用したんです」

「……ブラックライト」

高崎が、熱に浮かされたような口調で言った。

「そうよね？　インビジブルインクで書いた文字なら、普段は見えないわ」

「ご名答」

智鶴は微笑んだ。

「ブラックライトの光を受けることによってのみ可視化されるそのインクを使えば、『第三の間』で初めて、被害者にそのメッセージを見せることができます。そこまでのステージでは、証明は全て、蠟燭や暖炉を模した暖色系のものでしたからね」

「ブラックライト、だと？」指宿が眉をひそめる。「聞いてないぞ、あの部屋がブラックライトで照らされていたなんて」

彼女に睨まれ、宮原が「ひっ」と喉を鳴らした。

「す、すみませんすみません。警察のかたが歩きやすいように、アトラクション用の照明を落として、普通の照明に切り替えてしまったんです」

「そうだと思いました。このフロアはイベントのために借りたものだそうですからね。普段からブラックライトで照らされている部屋なんてありえない。まあ、部屋がブラックライトで照らされているのを見ていない指宿警部が気づけなくても無理はない。つまり、トリックはこうです」

智鶴は会議机をリズミカルに指で叩きながら、説明を続ける。

「つまり、犯人が仕掛けた罠はこうです。――被害者に渡すカードのみに、事前に露骨なヒントを書きこんでおいた。恐らく、『トランプ』や『これまでの部屋を参照せよ』というような露骨なキーワードを仕込んだんでしょう。それだけで、被害者が最初に謎を解く確率はぐっと高くなる。おまけに被害者が部屋に飛びこんだ時点で、カードも燃えて証拠は隠滅されます」

「と、となると犯人は――」

熱海は息を呑んで、ゆっくりと視線を移動させていく。智鶴も同じほうを向いていた。

「深谷佐和子さん、あなたです」

指を突きつけらた深谷佐和子は、唇を奇妙な形に開いて、じっと智鶴を見返した。

「嘘……嘘よ！　そんなの想像に過ぎないわ」

彼女はやにわにパイプ椅子を蹴飛ばして、立ち上がる。

「そんな推理、無茶苦茶よ。『第三の間』で初めてその文字が見えるようになったって言いましたよね？　それはおかしいです。そんな不自然なことになったら、尾久さんは絶対に不審がって、あなたたち他のお客さんに確認を求めるに違いないわ！」

「確かに、もっともな意見だな」

指宿が頷くと、深谷は少し顔に安堵を滲ませるが、智鶴は容赦なく切りこむ。

「忘れていませんか、指宿警部。事件当時、僕らはゲームをしていたんです」

指宿は、ぐっと黙りこむ。自分のシミュレーション不足に気づいたように。

「想像してください。『第一の間』、『第二の間』と問題を解いて、異様な空間をそれこそアクチュアルのものとして体感していた。そこへ来て、あのブラックライトに照らされ、床に奇妙な文様の浮かびあがったあの奇妙な空間……。つまり、あのときあの場所では、異常が異常ではなかったんです。被害者は、それを公式に仕込まれたヒントだと思いこみ疑うこともしなかった。その上、彼は初心者を嫌う熱烈で過激な赤羽プロデューサーのフォロワーでした。個人プレーと言われたら、他の参加者と意見を擦り合わせることもなく、罠の中へ飛びこんでいくのは容易に想像できます」

智鶴が言葉を切ると、皆は黙りこんだ。しばらくして、岡部が「ちょっといいかな?」と手を挙げる。

「君の推理なら、確かに『いかにして殺したか?』に説明はつけられる。だが、それだけでは証拠としては……」

「そうですね、弱いかもしれない。ですが、それとは別に、深谷さん本人に怪しい点があった」

「な、何よそれ! 怪しいってどういうことよ」

深谷は机に両手をついて、智鶴に向かって吼えた。だが対照的に冷静に、彼は言った。

「あなたは、尾久さんを知らない。今日初めて見た。そうですね?」

「そうよ、それが何？」

「あなたはさっき、指宿さんに訊かれて、尾久のことを『薄い眉毛の人』って形容しましたよね？」

「だから、それが——」

「そうでしたっけ？」

柚季が言った。視線が彼に集中する。

「あ、いや……深谷さんがそれを言ったことじゃなくて。尾久さんの眉毛のことなんて、僕は覚えてないんですけど」

「私も私も！」と、揚羽が同調する。

「さっき深谷さんが言ってたとき、ちょっと考えてみたんだけど、眉毛のこと全然思い出せなかったよ。だって、尾久さんは蓬髪に紫色のシャツ、分厚い眼鏡って具合に、かなり個性のきついルックスだったんだもん」

深谷が、しまったという顔になり、口許を押さえた。だが、時すでに遅し。

「私は生前の被害者を見ていないが……確かにそんな見た目だとしたら、第一印象が眉毛というのは不自然かもしれん」

と、指宿も認めた。何だかシュールな会話だが、深谷は絶望的な表情をして、きつく唇を噛んだ。

「そう。高崎さんによれば、尾久のあの独特の出で立ちは、三か月ほど前に確立したそうですね。となると、深谷さん。あなたはもっと以前から尾久を知っていた……そういうことになりますよね」

「で、ですが、それも、推測というか、物的証拠にはならないんじゃないでしょうか」

「物的証拠は他にあります」

食い下がる宮原に向かい、智鶴はぴしゃりと言った。彼は、これまで誰の意識にも上っていなかったものを指さした。深谷の足許に置いてあった、彼女のハンドバッグである。

「あなたがカードに余分なことを書いたのは、今日のはずです。それまでは、問題の品は封筒に収まっていたようですし。となると深谷さん、あなたのバッグには入っているはずだ。その文章を書くために使った、インビジブルインクとペンが！」

深谷の顔から、さあっと血の気がひいた。彼女は、だらりと両手の力を抜くと、悄然と立ち尽くした。

「だ、だが君。もう捨ててしまった可能性もあるんじゃないか？」

と、岡部。智鶴はかぶりを振る。

「彼女には怖くて捨てられなかったはずです。そんな特殊なインクが見つかれば、トリックを推測されて、唯一実行可能であった彼女に容疑が向くのは必至ですから。となると、何か他の品にカモフラージュして、自分の手許に置いておくのが一番安全です。彼女の証言によれば、他のフロアに捨てにいく時間もなかったみたいですし」

「……深谷さん。手荷物を調べさせてもらってもよろしいですか」

熱海が立ちあがって言うと、彼女は足元からバッグを取り上げると、いきなり大きく振りかぶって叩きつけるように放り投げた。

「ぐえっ」

熱海は呻いた。顔面直撃であった。真北が叫び、怯えた様子で大宮に縋りつく。

「……調べたきゃ調べなさいよ。書くのに使ったのは、インク切れになった蛍光ペン。筆箱の中よ。インビジブルインクは、目薬の瓶に入れてあるわ」

吐き捨てるように言った。吹っ切れたようでいて、爽やかさの欠片もない口調。クールな振る舞いに隠して全身に蓄えていた毒が、一気に放出していくかのような。

「どうしてだね深谷くん！」

宮原が悲痛な調子で吼えた。唾が飛ぶ。

「君はあれほど熱心な赤羽プロデューサーのファンだったじゃないか！　なのにこのイベントで、こんな、こんな……！」

「これは僕の想像ですが……深谷さんは赤羽プロデューサーか、もしくは……『アクチュアル・ラビリンス』自体に恨みがあったんじゃないですか？」

「その通りよ」

深谷の低い声で、宮原は身を凍りつかせた。彼女はしれっと、「よくわかったじゃない？」と問うた。智鶴は肩を竦めてこともなげに言う。

「被害者は有名人で、ＳＮＳのアカウントすら特定されていました。本気で殺意があるのなら、あなたが彼を見つけ出し、街中で通り魔的に殺すのは難しくなかったはず。それなのにわざわざ、容疑者が限定されやすい状況下で、不確定要素の強いリスキーな殺し方をしたのは……赤羽氏がプロデュースしたイベントそのものを台無しにしたい……あわよくばこのまま立ち消えになってほしい。そんな思いがあったからじゃないんですか？」

「あらあら、何もかもお見通しなのね。まったくその通りよ」

深谷は立ち上がって、宮原を見下し、唾を吐かんばかりに語る。

「このくだらないイベントに、幕を下ろしてやろうとしただけ……。私の弟の命を奪った、あの卑劣な男の人生と一緒にね」

「どういうことだね」

迫真の表情で尋ねた岡部のほうを見もせず、深谷は滔々《とうとう》と語りだした。まるで、頭に入っている脚本を読みあげるかのように。

「中学生だった私の弟……心也《しんや》と一緒に『アクチュアル・ラビリンス』に参加したのは、半年前のことだったわ。いいえ、正確には参加する前に阻まれたんだけどね……あの男に」

尾久と会ったことはあったのか。熱海は、尾久など見たこともないという彼女の言葉を素直に飲みんでいた自分を恥じた。彼女は演技派だったようである。

「ふざけた男でね。あのときは、今日の限定イベントとは違って、長蛇の列だったのよ。そしたらあいつ、辛抱たまりかねたようでね、前に立っていた子を抜かしたのよ。気の弱そうな女の子で、小学校高学年くらいの感じだったかな、とにかく尾久は彼女が文句を言うまいと高をくっていたみたいなんだけど、彼女が勇敢にも抗議すると、逆ギレしたのよ。自分は大人だぞ、ファンとしての熱意も上だ、みたいな支離滅裂なロジックを振りかざしていて、五人分くらい後ろから眺めてて、かなり腹が立った。で、正義感の強い弟は、黙っていられなくなっちゃってね。尾久に向かって、正論をぶつけちゃったの。……勿論、尾久みたいな男に正論をぶつけたらどういうことになるか、あなたたちだってわかるでしょう？」

深谷が訴えかけるように言う。場はしんと静まり返っていた。

「弟は、あいつに突き飛ばされた。そして、よろけて倒れこんだのが階段だった……。当然、周りの客も黙っちゃいられないという雰囲気になったんだけれど、弟も馬鹿でね、階段から転げ落ちておきながら、『大丈夫です、大丈夫です』なんて言って、かっこつけちゃったわけ。馬鹿よね……弟も。で、心也が気分が悪いと言いだしたから、大事を取って私たちは帰ることにしたの。そしたら、帰り道に彼は突然倒れて、そのまま……」

「尾久に突き飛ばされたから、ですか」

熱海のいささか間抜けな質問に、深谷は小馬鹿にするように鼻を鳴らした。

「当たり前でしょ！　死因は脳挫傷だって医者に言われたしね」

「何でそれを警察に言わなかったんだ！　立派な傷害致死だろうが！　まっとうな手続きを踏めばあいつを起訴できたはずだ」

指宿も怒りを露にして、声を荒らげる。

「言おうとしたわよ！」

深谷の叫びも過熱する。彼女は何かに憑かれたようにして、腕を振り回す。

「弟が病院で息を引き取ったあの夜、私はすぐに調べたわ。あの男のことをね……！　キーワードでイベントのことを検索したら、すぐに出たわよ！　でも、あいつ、あいつ！」

彼女の見開かれ血走った双眸から、故障したみたいに涙が流れ落ちる。

「弟を突き飛ばしたことを！　自分から書いていたのよっ！　面白おかしく誇らしげに……『にわかのガキを排除してやった』って！　許せなかった、許せるわけがなかった！　人一人の命を奪っておきながら、それを誇り、のうのうとイベントで遊んでいたあいつが」

「じゃ、じゃあ赤羽プロデューサーのイベントを潰そうとしたのは……」

宮原が、すっかり恐れをなした様子で、また揉み手を始めながら問うた。深谷は大きく肩をすくめた。

「ええ、そうよ！　こんなくだらないイベントがなければ、弟は死ななかった、あの男にも会わずにすんだ！　だから、こんな、こんな……！」

「ふざけないでくださいっ」

柚季が叫んだ。華奢な少年の唐突な大声に、深谷は虚を衝かれたように唇を閉ざした。

彼は立ち上がった。

「確かに尾久さんのやったことは最低です！　僕も兄弟がいますから、そんなふうに命を奪われたら絶対許せないと思う気持ちはわかります。だけど、命を奪うなんて……それもイベント会場に火を放つなんてやり方で。それだって最低じゃないですかっ」

「あんたに何がわかんのよ、子供のくせに！　こんな糞みたいな……」

「ゲームがどうこうじゃないんです！」

柚季はテーブルを叩いた。

「あなた、わかっていたんですか？　ガソリンをばら撒いて、火がつく瞬間、それがどれくらい気化するはずだったか！　爆発の威力は？　周りから人がどれくらい離れていたら安全か？　スプリンクラーが機能するか？　本当に、全部計算の上だったんですか」

深谷は唇を開いたが、妙な息が漏れるのみで、言葉はなかった。

「もし運が悪ければ、このビル全部が焼失していたかもしれないんですよ！　それに、あのトリックが不発に終わって、他の誰かが尾久より先に謎を解いたら、その人が犠牲になったかもしれないんですよ！　あなたが危険に晒したのは、ターゲットの尾久だけじゃない！　智鶴先輩や揚羽先輩、イベントに参加した他の人たち、このビルにいた人みんなです！　いいことしたなんて思わないでください！」

「その子の言うとおりだ」

指宿も、乾いた声音で言って、深谷の肩に手を置いた。

「怒りに我を忘れて、あんたは近視眼的になっていたんだ。自分がやったことの重さを、もう一度よく考えてみるんだな」

「うっ……く、うう……」

深谷は床に膝をつき、顔を覆った。泣いていた。それは柚季と指宿の叱責に負けたからというより、揺さぶりをかけられ、緊張の糸がほぐれたせいだと、熱海には思えた。

「あのね、深谷さん、あなたの怒りもよくわかる。いつか必ずあなたと弟くんがされた仕打ちも記事にする」

今度は高崎が、優しげに言う。彼女は顎を引いて、頽《くずお》れた深谷を見下ろす。

「損なことしたわね。被害者の非について語るのは、本当に難しいことなのよ。犯人側にも理由がある、なんて言おうものなら、世間からは大バッシングだもの。だからあたしたちはせいぜい、加害者側に回らないように、努力するしかない。あなた、本当に損な選択をしたわよ」

手厳しい言葉ではあったが、それでも高崎の声は優しかった。

深谷は、よろりと立ち上がる。そして、自分から指宿に身を委ねた。熱海も慌てて彼女を反対から支える。

「……ねえ、高校生探偵くん」

深谷は肩越しに振り返り、智鶴を見た。着席したまま謎解きした「高校生探偵くん」は、何でしょう、というふうに首をかしげてみせる。

「私が一番驚いているのはね、トリックを暴かれたことでも証拠を突きつけられたことでもなくて……。ちょっとした逆恨みまで、動機を言い当てられてしまったことよ。こういってはなんだけど、あなたも……そういう強い感情に、心当たりがあるんじゃない？」

「かもしれませんね」

智鶴は曖昧に認めた。深谷は、達観したような笑みを浮かべる。

「気をつけるのね。あなたが何に対してそういう激情を抱いているのか知らないけど……しっかりコントロールしないと、私みたいなことになっちゃうわよ？」

「肝に銘じます」

「行きますよ」

探偵と犯人の会話を打ち切り、指宿は歩き出す。そして戸口で足を止めた。

「……ありがとう。礼を言う」

指宿は智鶴に儀礼的な礼を述べた。それから、やや速足になり、廊下を歩きだす。ぽかんとしていた熱海も、慌ててその背中を追いかけていった。

7

建物を出ると、外はすっかり暗くなっていた。

雨はやんでいるものの、空気は湿っぽく、街のライトはどこか滲んだような輝きをしている。智鶴と柚季、揚羽は並んで歩き出した。

「今日はごめんなさい、智鶴先輩、揚羽先輩。こんな大変なことになっちゃって」

「何言ってるの、ゆずちゃんは別に悪くないじゃん。ゆずちゃん、かっこよかったし。ねえ、智鶴」

「ん」

智鶴は軽く頷いた。柚季は安堵の笑みを浮かべた。

それからしばらく三人は黙って歩いた。信号待ちで立ち止まったとき、柚季が智鶴に向かって言った。

「一つ、ずーっと気になっていることがあるんですよね」

「なに？」

「指宿警部と智鶴先輩……過去に何かあったんですか？」

智鶴は、足を止めた。柚季も倣う。

「……どうして、そう思うの？」

「あ、いえ。妙に指宿警部、智鶴先輩に怒っているみたいだったから」

「それね。俺もよくわからないんだけど、心当たりがないでもない。多分、三年前のことに関して……だと思う」

智鶴の妙に具体的な言葉に、柚季は怪訝そうな顔をした。

「三年前……ですか？」

「もう、また回りくどいことを言う」

揚羽が嘆息して付け加える。

「お母さんが亡くなったとき、ってことでしょ？」

「えっ……亡くなってるんですか？　智鶴先輩のお母さん」

表情を凍らせた柚季に、智鶴は笑いかけた。

「そんな顔しないでよ、柚季。三年も経つんだから。別に気にしちゃいないし……」

「でも！　そういうことなら、どうして智鶴先輩が指宿警部から責められなくちゃならないんですか？　お母さんを亡くしたのにっ」

三人の間に、奇妙に緊張した空気が流れた。

運送トラックが轟音とともに、大量の飛沫を撒き散らして走り抜けてゆく。夜の中に、三人の顔が浮かび上がる。揚羽の沈んだ顔、柚季の必死な顔。智鶴は、無表情のまま、目許に髪を掻き寄た。

「……いいんだよ、柚季。そんな必死にならなくて」

智鶴はまた笑った。疲れたような、寂しいような笑み。

「つまりさ、あの事件のとき、俺がやらかしちゃったのも事実なんだよ。俺は……犯人を突き止めようとして、ちょっと急ぎ過ぎちゃったんだ」

「お母さんは、誰かに殺されてしまったってことですか？　急いだってどういう……？」

「――ごめん、柚季」

柚季を遮るその声は、力強く、堅固な意思が宿っていた。彼は、唇を閉じて、それから、また開いた。目を伏せて、静かに言った。

「その話はしたくないんだ……ごめん」

「あっ、いえ……僕のほうこそ、ごめんなさい」

夜風が通り過ぎた。

五月の夜の、甘いような大気を掻き回し、ぬるく冷たく去っていく。

三人の歩調が、少しずつずれていく。

智鶴はいくぶん足早になり、柚季は何かに気後れしたみたいに、足の運びを遅くする。

——不自由なんだよな。

智鶴はそう思った。結局、智鶴はいつまで経っても、母親の死について語れない。多分もう、永遠に。

けれど謎解きをするのも、警察への反発も、父親との不和も、そして自分のやる気のないところも、そうだ、結局は過去へと収斂する。

揚羽でさえも。柚季でさえも。

もう自分は他の誰かと、本当の意味で交わることはできないのかもしれない。智鶴には何だか、そう思えてしまった。

第五章
霧島智鶴のコールドケース

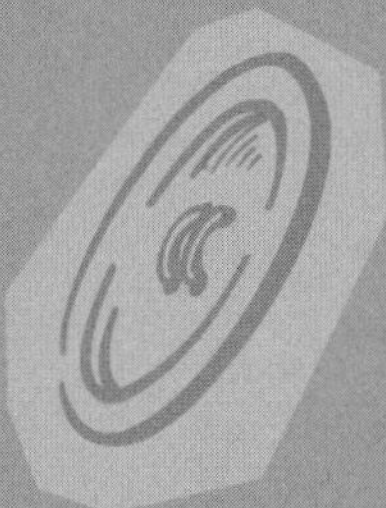

1

じりじりと高くなっていく気温。葉擦れの音と、車の排気音。

智鶴は目を閉じて合掌しながら、そんなものを感じていた。パーカーで来たのは失敗だったかもな、とぼんやり考える。六月も四日になった今日は、ひどく蒸し暑い。

目を開く。

手桶から水をかけたばかりの墓石は、黒とグレーの二色に塗りわけられているその上に常緑樹の葉陰が落ちかかって斑《まだら》模様を描くさまは、なかなか見応えがあった。

「もうすぐ三年だね、母さん」

彼は静かに言った。平生よりも柔らかい口調で、『霧島家之墓』と刻まれた、何の面白みもない墓石に向かって。

「いい加減、忘れたいところだけど……何だか最近、また周りが騒がしくなってきたよ」

さわさわさわ、という葉擦れの音で掻き消えそうな、細い声。

「じゃあ、また」

それ以上言うべきこともなくなって、智鶴は唇を閉じた。柄杓《ひしゃく》が突っこまれた手桶を持ち上げながら、墓を一瞥《いちべつ》する。汚れが目立ってきていて、雑草もちらほら見られる。けれど、どうせすぐ来るし、まだいいかな、と彼は墓前でも無精な性分を発揮して、踵《きびす》を返す。

　だが、彼はすぐに足を止めた。

　前方に一人の男が立っている。灰色のスーツを纏った、小柄な白髪の老人。眉毛の両端と鬢がやたらと毛羽立っていて、鋭い双眸はこすっからそうな印象である。

　智鶴は息を詰めて、足を止めた。忘れるべくもない。魔法使いめいた鉤鼻、深く皺の刻まれた頬、曲がった背中の後ろで組まれた両手……。

「……やあ。久しぶりだね坊っちゃん」

　しゃがれた声で男は言った。「坊っちゃん」という呼び方にもかかわらず、その口調にはひとかけらの親密さもなかった。智鶴は鼻白んだ。無視して通り過ぎたい衝動に駆られたが、老人は通路の中央からどこうともしなかった。

「まあいい。少し話そうか。——霧島実鳥女史の悲劇的な死から、三年が経とうとしている。光陰《こういん》矢のごとしだね、早いものだ」

「そうですかね。時雨沢《しぐさわ》刑事部長。……いや、元刑事部長ですか」

　智鶴は、自分の声に敵意が滲まないように注意を払った。この老人は、他人から向けられるネガティブな感情を栄養分にして生きているみたいな男だ。腹を立てても仕方ない。

「お年寄りには時間の流れが早く感じられるだけなんじゃないですか？　こっちはあんたのせいで、地獄みたいな三年間でしたよ」

「おやおや！　全く、君はまだくだらない自説に固執して、私を罪人呼ばわりするのかい？　子供は手に負えんな」

智鶴は自分の中に久し振りに湧きあがった強い感情に、動揺していた。手桶の持ち手を握る手に力を込めて、持ちこたえる。

「……どういう風の吹き回しですか。自分が殺した人間の墓を、今更参りに来るなんて。多分、僕の母はあんたを歓迎しませんから、どうぞお引き取りください。老骨に鞭打っていらしてくれたところすみませんが」

黙ろうと思っても、憎しみが、嫌悪が、滲んできてしまう。智鶴は掌が痛くなるほど、さらに手を強く握る。

「……ったく、口の利き方も知らんのか、この餓鬼《がき》は」

上辺のみの慇懃《いんぎん》さを引っこめて、時雨沢は吐き捨てた。

「別に墓参りに来たわけではないよ。そんな義理もないしな……ああそうだ、今の私の肩書きは、さる警備会社の会長だよ。覚えておいてくれたまえ」

「絵に描いたような天下りですね。やっぱり僕は警察が好きじゃない」

「無論、警察も君のことを好きじゃない」

時雨沢はにっこり——と言うにはいささか陰湿な笑みを広げる。

「最近、君は何度か県警の関わった事件に首を突っこんでいるようだね。中学校の教師が殺された事件だとか、イベント会場での放火殺人だとか。私の耳にも入っているよ。当然、君のお父上の耳にもね」

「ああそうですか。……興味ないんで、帰ります。そこ、どいてください」

「まあ聞け。最近の若者は短気でいかんな。つまるところだな、県警は君に迷惑しているんだそうだ。事件現場をちょろちょろ徘徊して、現刑事部長の息子という立場を利用して、下っ端警官を脅し、情報を勝手に聞きだす」

「いちいち悪意のある言い方ですね」

智鶴は薄く笑んで、首をかしげる。掌や額に汗が滲んでくる。

「ところで聞きたいんですが、僕のその迷惑行為とやらで、県警が犯人を逮捕するスピードは遅れているんですか？　確かにいくらか刑事さんに助言したことはありますが、それはどちらかと言えば、真実に近づくために有効な――」

「いやいや、真実がどうとかじゃないんだ。民間人が捜査に口出しする、そのこと自体が迷惑で異常なことなんだよ。わかるね？」

「いまひとつわかりませんね。とりあえず、警察は真実よりも体裁が大事って理解でいいですか？　いいんでしょうね。三年前から一切進歩していない」

智鶴はいい加減、時雨沢の顔を見ているのが嫌になった。とっとと会話を打ち切ろうとしたとき、折り良く時雨沢の後ろから、他の墓参り客がやってきた。小学生くらいの女の子を連れた老婦人。彼女は、距離をとって対話する老人と少年を物珍しげに眺める。時雨沢は顔を歪めて道を開けた。老婦人はただならぬ雰囲気を感じとったらしく、おざなりな会釈をすると孫らしき少女の手を引いてそそくさと智鶴の横を通り過ぎていった。

このタイミングを逃さず智鶴は、時雨沢の横をすり抜けて、墓地の出口へと向かう。振り返りたくもなかった。

「霧島智鶴！」

老人の嗄《か》れた声が呼び止める。

「これ以上、こちらの領分に足を踏み入れるな。三年前のように、無事では済まんぞ」

「なるほど、あんたの意図が読めました」

智鶴はもう、憎しみを隠す気はなかった。振り返って、落ちかかる前髪の隙間から睨みつけてやる。

「僕が素人探偵として、万一県警内にコネクションを作ったら、あんたにとって不都合だからですね。あんたは所詮もう、県警の人間じゃないんですから。そりゃ、面白いことを聞きました。無駄な労働はしないのが僕の主義ですが、珍しく捜査協力に積極的にもなるってもんです」

「調子に乗るなよ」

その声は低く、凄みがあった。一陣の風が、二人の間を通り過ぎる。葉がざわめく。

「……事件現場には、君のお友達が居合わせることも多いそうじゃないか。湯本学院の中等部から仲良しの別府揚羽嬢もそうだし、壺の盗難事件の関係者、月岡柚季少年とも、最近は親密だそうだね」

智鶴は、思わず口を半開きにして、返す言葉を見つけられなくなった。

「二人ともなかなかに素敵で可愛らしいお友達だな。別府嬢は勿論のこと、月岡少年も見目麗しく、非力そうじゃないか。良からぬ輩から付け狙われそうだ」

「僕のストーカーでもしているんですか？　薄気味悪い」

「相変わらず人聞きの悪い餓鬼だ。私の許にはね、放っておいても情報が入ってくるんだよ。なあ、霧島智鶴くん。例えば君の大切なお友達に何かあったとしたら、君はどんな推理を働かせるのかな？」

「……そう来ましたか。あんたのほうこそ相変わらずだ。……わかりましたよ。僕は目下大人しくしているので、放っておいてください」

智鶴は、またしても手に力を込めながら歩き出した。そのまま振り返らずに言う。

「でも、もし揚羽や柚季に何かするようでしたら――今度は、僕があんたを殺す番です」

2

「三年前……三年前……」

熱海は、分厚いファイル一つずつを指さしながら、棚から棚へ移動していく。

県警の薄暗い資料室は蒸し暑く、スーツを着た熱海は、全身がじっとりと汗ばんでいくのを感じていた。おまけに、誰かに見とがめられたときの言い訳も考えていないから、そういう意味でも変な汗が出てくる。

やっぱりパソコンからデータベースにアクセスすべきだったかな、と彼は思った。だがすぐに、自分でかぶりを振る。

いや、捜査一課の自分のデスクからアクセスするのは危険すぎる。どこにどう履歴が残るかわからないし、第一、指宿警部にでも見つかったら面倒だ。

捜査一課は今のところ、大抵の捜査員が休憩中だけれど、いつ呼び出しがかかるかわからない。早めに目当ての資料を見つけてしまわなければ……。

そしてそれは、彼が捜索を開始してから五分くらいで、わりとすんなり見つかった。

〈湯本市弁護士自殺事件〉

あった、と小さく快哉を叫ぶ。彼は汗ばむ手でファイルを手に取る。

月岡家の事件が起こった後、指宿から『智鶴の母親が死んだ三年前の事件』について聞いて以来、ずっと気になり続けていた。それはどんな事件だったのか。智鶴は事件の中で、どんな役割を果たしたのか。そして、その事件の結末は。

インターネットで、三年前の西暦と「霧島」「湯本」「事件」などのキーワードを入れて調べたら、該当するニュース記事は見つかったけれど、霧島実鳥という弁護士がマンションから転落して死亡した、ぐらいの情報しか得られなかった。

まるで、何らかの事情で報道が立ち消えになったみたいに――。

熱海は唾を飲みこみ、捜査資料をめくり始めた。

専門用語や、持って回った文語的表現を排して説明すれば、こういうことだった。

【三年前の六月十日、〈湯本レジデンス〉という、きわめてありがちな名前のマンションの六階（六〇三号室）から、霧島実鳥弁護士（37）が転落死した。部屋は角部屋なので他にもいくつか窓は開いていて、そこから転落したのは明らかだった。ベランダの窓だけが開いていて、そこから転落したのは明らかだった。

あったけれど、警察官が突入した際、窓には全て鍵がかかっていた。

ベランダから第三者が侵入した可能性も、埃の跡などから否定されたし、そもそも隣は空き部屋で、窓には鍵がかかっていた。非常脱出用のはしごも使われた形跡なし。

室内に残された玄関の鍵は、遺体発見後に警察官たちが入室した際、下駄箱の上に載っていたのを確認している。付属のストラップ（コンビニ等で販売：二百五十円）は赤色でとても目立つものであり、「玄関から入ったとき、確かに置かれていた」と警官たちは証言した。

また、他の二本の合鍵と、管理人の持っていたマスターキーの所在もはっきりしていた。配偶者（霧島県警警視）も、息子（霧島智鶴・中学二年生）も、該当の時間帯には確かに鍵を所持しており、アリバイもあった。また管理人室の出入り口も問題の時間帯、エントランスの防犯カメラで捉えられており、管理人が犯行に及んだり、第三者に鍵を貸し出したりした可能性はない。

犯行時間帯、帽子とマスクで顔を隠した不審な男がマンションに出入りする様子がエントランスの監視カメラに映っており、当初事件との関連が疑われたが、結局その人物の正体は不明のまま。現場である六〇三号室は密室だったので、マンションに誰が出入りして

いても関係ない、と捜査当局は判断した。よって、警察は本件を自殺と結論づけた】

「自殺、か」

そりゃ、表紙にも書いてあるけれど。これが自殺なら、「三年前の事件を担当した」という指宿と、智鶴の間にある不和は、何を意味するのだろう？　そして、霧島親子が離れて暮らすに至った過程は？

熱海はさらにページをめくり、最も気になった疑問——実島の自殺の原因を探す。最後のほうに書いてあった担当捜査官の見立ては、なるほど、納得のいくものだった。要約すれば、こんな具合である。

【霧島弁護士は事件の一週間前まで、当時注目されていた少年事件、「湯本南高校いじめ事件」の弁護を担当していた。

同じ年の四月半ばに起きた事件。四人の少年が一人の少年に暴行を加え、死に至らしめたという内容だ。自殺に追いこんだというわけではなく（勿論、それも許されざる非人道的な行為だけれど）、暴行の最中に脳挫傷で死に至ったというのだから、それは紛れもない傷害致死であった。

「加害者の少年たちには同情の余地なし」が多数派の意見であったから、担当弁護士はひどく世間からバッシングされた。当時の記録によると、霧島弁護士は「体調を崩したため」

弁護から降りたということになっている。

よくある話で、彼女は弁護を降りたために余計に叩かれたという。結果、霧島弁護士は精神的に追い込まれ、県警に勤める夫と中学二年生の息子を残し、自殺をした——と、筆者は結論づけていた】

「……ん、これは智鶴くんのことだよな？」

熱海が目を止めたのは、その項の末尾の一文である。

【霧島弁護士はベランダから転落した際、右手にカーネーションのドライフラワーを持っていた。これは、事件からおよそ一か月前の母の日に、彼女が息子（十三歳）から贈られたものだそうだ。このことも、彼女の自殺を裏づけている】

熱海は、思わずそこで手を止めた。

公文書には似合わない、いささかお涙頂戴の感があるパラグラフだけれど、当の「息子」と知り合いになった身としては、強く胸に迫るものがあった。だが感傷に浸りかけた熱海は、強く頭を振った。まだ疑問は何も解消していない。

「何かないのか……？　もっと、事件の背景について詳しく書かれた……」

彼がまた冒頭からページをめくり直す。そして今度手を止めたのは、密室となった現場に突入した際の状況について詳述されたくだりだった。管理人室から鍵を借りたとか、鍵を開ける前に確かに湯本署の巡査が施錠されていることを確認したとか、取るに足らないことが書いてある中に、注目すべき一文があった。

【また、現場に警官三人が到着したときには、偶然そこに居合わせた時雨沢信雄刑事部長が同行しており、速やかな現場保存が行われた】

熱海は首をかしげた。どういうことだろう？

前刑事部長の時雨沢信雄の名前は、熱海もよく知っている。警察学校時代に何かの会合でスピーチをする姿を見た。冷酷そうな目つきと、若手たちを鼓舞するというよりは上官に逆らうことを戒めるようなネガティブな内容が、記憶に残っている。今の霧島刑事部長もさることながら、彼よりも相当厳しい印象だったように思う。

だが刑事部長などというお偉いさんが、そんな事件の現場には普通、居合わせないだろう。その刑事部長が、どうしてこんな現場にいたのだろう……？

熱海が時雨沢に焦点を絞ってさらに読みこもうとしたそのとき、入口の扉が開閉する音が聞こえた。――仕方ない。また後で読みに来よう。

名残惜しくはあったが、熱海は慌ててファイルを閉じて、棚に戻す。手狭な通路から出て、入室してきた先輩刑事に会釈をして、その場を離れた。

＊

その夜。

鳴門ひばりは自室で愛用のパソコンに向かい、ぱちぱちとキーボードを叩いていた。静かな雨音とタイプ音が混じり合い、一定のリズムを刻んでいる。彼女はエアコンを除湿モードで作動させながら、調子よく執筆していた。

だが突然、「いってきまーす」という声が聞こえて、彼女は耳を疑った。手が止まる。時計を見ると、午後八時過ぎだ。

「ちょ、ちょ、こら！　待ちなさい！」

ひばりは部屋から飛び出して、三和土《たたき》でサンダルをつっかけている智鶴を制止した。彼は昼間と同じパーカーにデニム姿。

「何？」

「何じゃない。こんな時間にどこ行くのよ」

「……ちょっとそこまで」

「そこってどこよ……。とにかくやめときなさい、雨降ってるし。第一、あんたが自主的にどこかにいくなんてまともじゃないというか……本当にどこ行くのよ？」

智鶴は「秘密です」と言うと、傘立てから傘を引っぱりだし、ひばりの言葉を無視して玄関扉を開いた。

「あ、ちょっと……」

ひばりは止めようとしたが、智鶴はそのまま出ていった。

＊

湯本市内のとある墓地で、男性の遺体が発見されたのはその翌日——六月五日の朝だった。死因は、腹部と胸部を複数回刺されたことによる失血死。明らかな他殺であった。

男性の名前は時雨沢信雄《のぶお》、二年前まで県警の刑事部長を務めていた人物である。

3

「県警の指宿だ。こっちは部下の熱海。——現場の状況は？」

「はっ。鑑識の調べが終わり、うちの人間が現場保存をしているところであります」

湯本署の若手巡査は、敬礼をしながらきびきびと説明した。黒縁眼鏡が似合う童顔の青年で、学生みたいだなと熱海は思った。

「第一発見者は……」

「早朝に掃除をしにきた管理人です。あちらのパトカーで待たせていますが、話を聞きますか？」

　巡査は駐車場の隅に停まっているパトカーを指すが、指宿は手で制して、敷地のほうへ顎をしゃくる。

「そっちは所轄に任せる。……現場に案内してくれるか」

　時雨沢信雄の遺体が発見された湯本霊園は、周囲を低い石垣で囲まれたそれなりの規模を持つ墓地で、墓数は大体百五十程度。

　正門入口から入って一分ほど歩いたところが現場だった。結構奥まったところだ。既にブルーシートで覆われている一角に入ると、鑑識課員の白浜弥生が顔を上げた。

「ああ、指宿さんと熱海さん。お疲れ様です」

「お疲れ様。――何か、大きな収穫は？」

　白浜はおさげ髪を揺らしてかぶりを振る。

「駄目ですね、全然。犯行は夜に行われたようなんですけど、夜通し降り続いた雨で、色々と流れちゃったみたいで。指紋も足跡も出てこなくて。――とりあえず、遺体を見てみてください」

　と、彼女は覆いが被せられたそれに手を振った。

　熱海は合掌してから、覆いを取り払う。指宿も覗きこんできた。

　老人の亡骸は、苦悶の表情を浮かべていた。紛れもなく、時雨沢元刑事部長の顔だった。

「お前、彼についてどこまで知っている？」

指宿が唐突に質問してくる。熱海は「ほとんど知りません」と率直に答えた。

「そうか。……お前が入ってきたときには、もう霧島刑事部長に……」

彼女はぴたりと口を噤むと、考えこむように唇に指を当てて黙りこんだ。どうしたのだろう？　と熱海が疑問に思い顔を覗きこむと、彼女はため息をついてかぶりを振った。

「考え過ぎだな」

と、指宿は一人ごちて、手袋をきつく嵌め直すと、屈みこんで検分を始める。

「そうだ、指宿さん。一つ気になることがあるんです。遺体の右手、見てくれませんか？」

と、白浜が言った。

「右手？」

彼女は鸚鵡返ししながら、覆いをさらに大きくめくる。

熱海は、被害者の手に握られていたものを見たとき、あっと叫びそうになった。それは、真っ赤なカーネーションだったのだ。

昨日読んだ捜査資料がフラッシュバックする。

「不思議ですよねえ、この辺にカーネーションなんか生えていないのに。剝きだしだから、お供えに持ってきたようにも見えないし。犯人が握らせたんでしょうか。どう思いますか指宿さん……指宿さん？」

熱海が見ると、指宿は深刻な表情で、じっとカーネーションに目を凝らしていた。彼女ははっとして顔を上げると、白浜に曖昧な返事をして立ち上がった。

「……指宿さん、どうしたんです？」

熱海は問うた。指宿は答えず、周りを見回す。そして彼女は、ブルーシートで囲まれた一角にある墓の一つに目を留めて、表情をより一層険しくする。

「あれを見ろ熱海」

言われるがままに彼女の視線を追って、熱海は瞠目した。

「霧島家之……墓……？」

熱海の脳裏をまたもや、捜査資料がよぎる。ここまでお膳立てが整っているなんて、まさか。まさか――。

「彼の！　霧島智鶴くんのお母さんが自殺した事件が、この件に関係していると言うんですかっ？」

思わず叫ぶと、指宿は奇妙な表情を浮かべた。

「なぜそう思う？」

「えっ、だって指宿さんもそうおっしゃりたかったんでしょう？　カーネーション……時雨沢刑事部長……で、このお墓。三年前の事件を彷彿とさせ……あっ」

熱海はしまったと思った。三年前の事件については忘れるようにと、指宿に言われていたのに。でもここまで言ってしまったらしょうがない。

「すみません指宿警部、実は……」

熱海は、智鶴の事件が気になって調べたことを白状した。指宿はため息をつく。

「ったく、お前は。……まあ、この際どうでもいい。ちょうど話が早く済む」

「あ、あのー、話が見えないのですが？」

と、白浜。指宿は髪を掻いて、「すみませんが後程」と言い置くと、スーツの裾を翻して、ブルーシートの囲いから出ていく。

「あ、ちょっと指宿警部、どちらへ？」

熱海が慌てて問うと、彼女は振り向いて、鋭い視線を熱海によこす。

「時雨沢家に行こう」

4

「い、指宿警部……。本気ですか？」

車を発進させながら熱海は尋ねた。腕を組んだ指宿は、横目で熱海を見ながら「何が」と言った。

「ですからつまり……本気で霧島智鶴くんが容疑者だと？」

「そうだ。犯人でなくとも重要参考人であることは間違いない」

「なぜですか？　彼に、時雨沢氏を殺害する動機があるとでも？」

と、熱海がウィンカーを出しながら言うと、指宿は「ある」と答えた。

「母親の復讐だよ」

「復讐、って」

熱海はぎょっとして、思わず指宿のほうへ顔を振り向ける。彼女に「前を見ろ」と言われて慌てて前方に視線を戻しながら、熱海は問いを重ねる。

「ど、どういうことですか？　さっきの白浜さんじゃないですけど、話が見えません」

「つまり、時雨沢元刑事部長が……霧島実鳥を殺害した真犯人だったということだ」

「さ、殺害……ですか？　自殺ではなくて？」

熱海はほとんどパニックに陥りながら反復した。

信号が赤になり、熱海は慌ててブレーキを踏む。彼は少し考えてから言った。

「どうして……彼が、霧島弁護士を殺害しなくてはならないのでしょうか」

指宿が舌打ちをしたので熱海は一瞬身をすくめたが、どうも彼女が腹を立てているのは熱海ではなく、他の何かに対してだったようだ。

「そうか、お前は捜査資料を読んだと言ったが……捜査資料では、そこは省略されていたんだっけな。背景知識が必要だ」

「背景知識？」

さっきから上司の言葉を反復してばかりいることに熱海は気づいた。

「いいか？　霧島弁護士が死の直前まで担当していた事件は書いてあっただろう」

「ああ、当時だいぶ話題になった少年犯罪ですよね」

「その犯人の中にいたんだよ……時雨沢の息子がな」

「ええっ！」

驚きのあまり、熱海は指宿警部の顔を凝視した。信号待ちの間でなかったら派手な事故になっていただろう。指宿も言うタイミングを図ったようである。

彼女は顔を歪めた。

「と言っても、起訴はされなかったんだ。時雨沢信雄の息子——忠《ただし》は、当初、その事件の主犯格と目されていたが、霧島弁護士が死んだ直後に、被告から名前が外れている。これがどういうことかは、わかるだろう」

「時雨沢が裏で手を回した……」

指宿は「そうだ」と苦々しく言うと、窓の外に目をやりながら語りだした。

「霧島実鳥弁護士が殺害された事件で、私は特命の担当だった」

特命。最近はあまり耳にしない警察用語が出てきて、熱海は意味を思い出すのに時間がかかった。

特命とは、現場付近の聞きこみを行う『地取り』や、被害者の交友関係から捜査する『鑑取り』のように、捜査班の活動内容を表す言葉だ。特命は、証拠品や遺留品に関する捜査を行う班である。

「県警に配属されたばかりだったからな。私は霧島弁護士のPCや、仕事の書類を調べる担当に回されたんだが、意味不明なことに、私がその捜査を始めた途端、直属の上司からお達しがきたんだ。『その調査はもうやめろ』と」

彼女は声を落として、一語一語を強調しながら言った。

「つまり、時雨沢からの圧力さ。息子が少年犯罪に関与していて、しかも霧島弁護士が息子にとって不都合な情報を握っていた、くらいまでは自分の部下たちに伝えたんだろう」

熱海は絶句した。自分が所属する組織がどんな場所か、身につまされるようであった。

だが当時の指宿の割り切れなさは、そんなものではなかっただろう——と、熱海が同情に傾いていると、彼女自身が爆弾を投下してきた。

「そういったわけで、私はUSBにデータを移して、自宅でデータを調べることにした」

熱海はあんぐりと口を開けて指宿を凝視した。彼女はうっとうしげに手を振って熱海に前を向かせた。

「信号、青だぞ。——まあ、服務規程違反は重々承知だったが、あまりのきな臭さに我慢できなくてな。そうしたら、彼女がパソコンに遺していたパスワード付きの日記から、驚くべき記述が出てきた」

「と言うと？」

「霧島弁護士は体調不良で少年事件の弁護を降りたとされているが、実際はそうではなかった。『事件を起こした少年四人は、最初、あまり話してくれなかったけれど、少しずつ口を開いてくれるようになった。そして、時雨沢忠が、自分が言いだしっぺ——つまりは主犯であるということをやっと話してくれた』、と。だが彼女が、忠が主犯であるという方針で弁護を進めようとしたら、思わぬ邪魔が入った。ある日突然、引導を渡されたと言うんだな。言うまでもなく時雨沢の計略だ」

「そ、そんな……。なら、どうして最初に彼女が弁護人に指名されたんです？」

「彼女は、時雨沢にとっては部下の妻だ。恐らく時雨沢は、御しやすいと思って息子の弁護人に彼女を指名したんだろうが、とんだ計算違いだったようだな。時雨沢に媚びて便宜を図るどころか、彼女は真実を詳《つまび》らかにすることを第一優先にしていたから、これはまずいとクビにしたんだろう。だが、それくらいのことで引き下がる霧島弁護士ではなかった」

指宿は、窓から射す陽を眩しがるように目を細める。湯本街道に入ったところだ。道路の脇に並んだ常緑樹が揺れて、昨日の雨で葉先につけた雫を振り撒いている。

「彼女は別の弁護士が弁護についた後も、こつこつと独自の調査を続けていたようだ。時雨沢にとっちゃあ、目の上のたんこぶだったんだろうな。そして、事件の前日、日記の最後の記述に、彼女はこう書き残していた……。『明日、時雨沢刑事部長と会う。決着をつけなければならない』と」

「そ、それが本当なら……」

指宿は頷いた。

「時雨沢が犯人であるのは、ほぼ間違いない。正直、私は震えたね。彼は実際、事件当日現場の近くにいて、所轄署の巡査にあれこれ指示を出していた。それは知ってるだろ？もしかしてもしかしたら、彼なら密室を完成させられたかもしれない。そう思った私は、霧島弁護士よろしく独自の調査を始めたわけだ。……だが、全く私も警察組織を舐めていたよ。当時二十九歳の女性刑事が、いかに無力だったか」

「三年前に二十九歳ということは、今は――」

「その足し算はいらないんだよ」

ドスの利いた声で制して、指宿は熱海の顔に肘鉄を食らわせた。車が大きくよろけて後ろの車がクラクションを鳴らしてくる。熱海は理不尽さに嘆きつつもとりあえず詫びて、前方に視線を戻す。

「くそ、どこまで話したか忘れたじゃないか。……えーと、そうそう、とにかく私はてんで役に立たなかった。事件はすぐに、自殺として処理されて捜査は打ち切られた。私は歯痒く思いながらも、秘密裡の調査を続けたが、一週間で私の独自調査も打ち切られることになったよ。時雨沢に気づかれたんだ」

彼女の語りは佳境に入り、そこからは一気呵成《いっきかせい》だった。

「私は刑事部長室に呼び出された。時雨沢は私の単独の調査を咎め、遠回しに私を脅してきた。私はそれとなく、『真実は世間に知らされなくてはならない』というようなことを言った。そしたら奴は舌打ちをして、『刑事部長の息子が罪人だと世間に知れたら県警全体の損害になる』。ぬけぬけとそう言った。それからなんて言ったと思う？『霧島の息子も大概だが、お前までくだらない言いがかりをつけてくるのだな』だと。私は悟ったよ、どうして彼が私の独自調査に気づいたのかを。事件が自殺として処理されたのに、そこまで早く揉み消さねばと焦っているのは、真相に気づいてそれを指摘した誰かがいたからだ、とな。勿論それが霧島智鶴だったんだ」

湯本街道から、いずみ市内に入った。真新しい白色をした家々が立ち並んでいる。湯本市とは違い、いずみ市のこの辺りは結構な高級住宅地なのだ。

「……そんなことがあったんですか」

熱海は、しばらく経ってから言った。

「つまり、智鶴くんは時雨沢が自分の母親を殺したことに気づいた……。でも、変じゃないですか？　どうして彼は、そのことを黙っているんでしょう。いくら圧力をかけられても、ことが殺人ですから、マスコミに知らせるとか、方法はいくらでも……」

「恐らく、彼の推理は机上の空論で、密室トリックを見抜いた程度のものだったのだろう。ある程度、明確な状況証拠を見つけていた私とは違って」

「あ、なるほど」

密室の存在をすっかり忘れていた。そういえば時雨沢はどうやって密室を作ったのだ？という疑問が今更のように噴出してきたが、それ以上に気にかかることがあった。

「それでその、指宿さんは結局、真相を誰かに知らせたのですか？」

「時雨沢の監視つきで、とてもそうはいかなかった。何より悔しいことに、証拠を根こそぎ奪い去られてしまったんだ。ＵＳＢを盗まれ、ご丁寧に私の家のパソコンはハッキングまでされて、データも抹殺さ。もはや、じたばたしても仕方がなかった……。こうなるともう、私が何を言っても信じてもらえない。データを持ち出してこっそり動いたこともあり、県警内の上の者に告げ口するわけにもいかなかったしな。そんなわけで、私はどうしようもなく、真実を公表することができなかったんだ。しかも当分監視は続いたよ。私を県警から追放しなかったのも、大方そのためだろう」

熱海は何も言うことができなかった。どんなフォローも虚しく思えた。

5

ほどなく、時雨沢家に到着した。

時雨沢家はクリーム色の壁の、どっしりした二階建てで、玄関ポーチまでは十五メートルほどのだだっ広い前庭が占めている。敷地には鉄柵が張り巡らされていて、門柱には警備会社のシールが貼られていた。熱海はシールの下のチャイムを鳴らす。

応答した女性の声に、指宿が身分と用向きを端的に伝えて、門を開けてもらう。

庭を横切りながら、熱海はたった今、捜査本部から電話で聞いたことを指宿に報告する。

「検視官のおおまかな見立てによると、死亡推定時刻は八時から十時半だそうです。司法解剖が済めば、もっと詳しくわかるそうですが。あ、それから、この家は時雨沢刑事部長と仁美《ひとみ》夫人の二人住まいで、息子の忠は現在、都内のアパートに住んでいるようです。まだ連絡は取れていません」

熱海が指宿に話しながら、玄関扉のノッカーを鳴らした。すると内側から思いのほか強い勢いで、扉が開けられた。

彼が驚いて飛びのくと、一人の女性がむっつりとした顔を突き出す。

髪にパーマをかけたいくぶん太り気味の人物で、白いワンピースという格好から察するに、家政婦などではなくてこの家の奥方のようである。

「……入りなさい」

威圧するように彼女は言った。熱海と指宿が会釈しながら玄関ホールに入ると、彼女は二重顎をしゃくって扉を閉めさせる。

「時雨沢夫人ですね」

指宿は物怖じせずに切り出す。

「この度は、とんだことで――」

「前置きはいいの」

夫人は苛立たしげに遮った。

「主人が殺されたことなら、もう連絡を受けています。だから、とっとと犯人を捕まえてちょうだいよ」

「……警察が総力を挙げて捜査しております」

「当たり前よ」

彼女は憤懣《ふんまん》やるかたないといった風情で腕を振るが、悲しんでいる様子ではない。では一体何に対して腹を立てているのか、熱海にはよくわからなかった。

「で、事件の捜査のためということだけど、ここには事件に関係するようなやましいものは、何も置いてないわよ」

「そうではなくて、お話を伺いに来たんです」

指宿のほうも堂々としたもので、二人の女性の間には一触即発の空気が漂った。熱海はおろおろと二人を見比べることしかできない。

「聞かせていただきたいのは、ご主人が最近……霧島実鳥弁護士の関係者と接触しなかったか、ということなんですがね」

あまりのストレートな切りこみ方に、熱海は唾を飲みこんだ。

だが時雨沢夫人のほうはあっさりしたもので、「いいえ」と答えた。

「霧島、ね。忠の弁護を投げ出した女弁護士でしょう？　確か、自殺したんだったかしら。とにかく、あの人とうちとは無関係だと思いますけど」

動じた様子もないことから、この夫人は弁護士殺害とは本当に無関係なのだ、と知れた。熱海は落胆と安堵が入り混じった奇妙な気持ちを噛みしめながら俯く。勿論、彼女の証言だけで智鶴の有罪無罪が決まるわけではないけれど。

――と、熱海が思ったそのとき。

「ただ、彼女が自殺した事件の資料は読み返していたわね」

と、夫人が言った。

「夫は、自分が関係した事件はどれもスクラップにして、新聞記事を保存していたのだけど……その事件のファイルを、まさに昨日引っぱりだして見返していたわね」

「本当ですかそれは！」

指宿が食らいつく。時雨沢夫人は圧倒されたように、綺麗に描かれた眉を寄せて頷いた。

「え、ええ……。いいわ、見せてあげる。こっちよ」

夫が殺害された事件の捜査をしているというのに、随分と落ち着いた様子である。あまり夫との間に愛情がなかったのかな、と熱海は下世話な想像をした。だが指宿は、そんなことを気にしている時間はない、といった様子である。

時雨沢夫人がいざなったのは、吹き抜けとなった玄関ホールから湾曲した階段を上がってすぐの部屋。書斎のようで、部屋の左右には本棚、部屋の奥にはデスクが配置されている。そのデスクの上に、開きっぱなしになったファイルが置かれている。

「失礼」

指宿は手袋を嵌めながらそれに近づいていく。熱海も慌てて追った。

デスクに置かれていた事件のファイルの表紙には、〈湯本市弁護士自殺事件〉と、警察がつけた事件名が白々しく記されていた。

扉の傍に立っている時雨沢夫人が解説する。

「昨日の夕方、五時ごろだったかしら？　誰かから電話がかかってきて、リビングで深刻そうに話していたわ。それからは書斎にこもって……夕食のとき呼びに行ったら、その事件の資料を読んでいて、私に気づくと慌てて隠していたわ」

彼女はそこでふと思いついたように刑事二人をねめつける。

「ねえ？　もしかして、夫はその過去の事件の関係者に殺されたわけ？」

「いえ、まだ犯人についてはわかっておりません」

指宿がきびきびと答えると、夫人は使えないわね、と言うように鼻を鳴らした。指宿は無視して、質問を続ける。

「電話の声の主はわかりますか？　漏れ聞こえたり……」

「そうねえ、多少聞こえたわ」

夫人は考えこむ。

「……若い男の声。まだ十代くらいの」

熱海は思わず、指宿のほうを見た。彼女は会心の笑みを浮かべていた。

──智鶴犯人説に、一歩近づいた。

「き、聞き違いとかではなくて？　例えば、ちょっとハスキーな女性の声かもしれないし、声が高めのおじさんの声かも」

熱海は思わず食い下がる。夫人は眉根を寄せた。

「間違えないわよ。そういうのって、単純に声色だけじゃなくて、例えば口調だとかで総合的に判断できるものでしょう？　聞き覚えはなかったし、会話の内容は断片的にしか聞き取れなかったけど、夫はかなり緊張して、張り詰めた空気があったわ。ああ、でも会話の内容を聞かれても困るわよ。興味なくて、すぐ忘れちゃったもの」

指宿は礼を述べて、ファイルに視線を戻す。そこでふと、実島の事件のファイルの下敷きになっていた、もう一つのファイルの存在に気づいたようだった。

「指宿さん、それは？」

「ああ、例の……」

指宿は夫人の視線を気にするような素振りを見せてから、熱海にその表紙を見せた。

〈湯本南高校いじめ事件〉

なるほど。時雨沢夫妻の息子——忠が関わった事件である。

実際は主犯格だったのに、罪を揉み消された少年。その母親を目の前にしては、確かにそのファイルを見せて騒ぐのは気が引けた。

「まあ、霧島弁護士の事件の参考資料として引っ張り出してきたんだろうが……」

彼女は少し考えてから、夫人に目をやる。

「奥さん。息子さんと連絡は取れましたか？　警察のほうでは、彼の連絡先をすぐには調べられなかったのですが……」

「ああ、さっきこの家に着いたところよ」

「今、こちらにいらっしゃるんですかっ？」

熱海が思わず叫ぶ。こともなげに頷く夫人。

「やっぱり父親が亡くなったものだから、連絡しなくちゃと思ってね。あ、でも確かさっき、出かけるって言っていたかしら？　ちょうどあなたたちがチャイムを鳴らしたときくらいに、ガレージのほうに向かっていったわ」

「何ですって！　ちょっと呼び戻していただけませんか？」

夫人はむっと顔をしかめる。

「どうしてよ。息子は関係ないじゃありませんか」

「そう断言はできません」

指宿も退く気配を見せない。またしても飛び散る火花。

「通していただきます」

とうとう指宿が動いた。彼女は素早い身のこなしで夫人の横を通り抜け、階段を小走りに下りていく。我に返った夫人が、足音も荒く追いかける。

「ちょっとあんた！　失礼よ！」

熱海も慌てて二人を追った。彼が階段を駆けおりる途中、地を震わすような鈍い音が断続的に聞こえてきた。バイクのエキゾーストノートである。

扉を開け放つと、指宿がバイクに跨《またが》った若者の前に仁王立ちしている。時雨沢夫人は、その隣で憤慨した面持ちだ。

「なんだよ母さん！　この女」

「県警の指宿だ。バイクから降りなさい」

警察手帳を見せつける指宿に、忠は舌打ちして、剃られた薄い眉を歪めたものの、言われた通りにバイクのエンジンを切った。彼が荒々しくジェットヘルメットを取ると、ツーブロックにした金髪が現れる。

「お父上が殺されたのに、随分と調子がよさそうだね……時雨沢忠くん」

「そんなの、俺の勝手だろうが。で、何の用だよ」

「いや、君の昨日の行動を聞いておこうかと思ってね。お父上が亡くなったのは、昨夜の八時から十時半ごろだそうで……」

「っ、はあ⁉　ざけんなよ！　俺が親父を殺したってのか！」

「そうよ、あんたら何様よ！　人の息子捕まえて、父親殺し呼ばわりして」

夫人も逆上する。熱海はうんざりしてきた。智鶴のように、もう帰っていいですかとよっぽど言おうかと思った。

「事件関係者には全員している質問でね。あまりこちらに刃向っても心証が悪くなるだけだから、やめておいたほうがいいように思うが」

指宿は敬語をかなぐり捨てて、普段、部下に対するときと同じ厳しい口調に戻る。

「奥さん、あなたもだ。昨夜のその時間帯。アリバイがあるのかないのか」

「あたしまで疑うの？　本当にいい加減にしてよ……。その時間なら、丁度夫がいなかったこともあって、友人五人を招いてホームパーティーをしていたわよ！　夜の十一時くらいまでリビングでワインを飲んでいて、彼女たちと共に夫の帰りを待っていたんだけど、帰って来ないもんだからお開きにしたの。文句あるの？」

「いえ。確認を取るのでそのかたたちの名前を教えていただければ」

時雨沢夫人は今にもヒステリーを起こしそうに顔を真っ赤にしていたが、犯人扱いされてはたまらないとばかりに、友人のご婦人がたの名前を喚き散らした。

「俺は一人で自分のアパートにいたよ。……コンビニとかに出かけたくらいで」

癇癪を起こした母親の姿を見てかえって冷静になったのか、忠は唇を尖らせつつも答えた。

「なるほどね。ありがとう」

そう言いながら、指宿が切れ長の双眸で見つめてくる。熱海は何ごとかと思ったが、メモを取れということか。彼は慌てて手帳に、今聞いたことを書きつけた。

「……もう、行っていいっすか？」

「どうぞ。ああ、その前に」

指宿が許可しかけてから呼び止める。

「霧島実鳥弁護士の関係者と、最近どこかで会わなかったかい？　例えば――」

鎌をかけようとしたのなら、彼女の言葉は効果覿面《てきめん》であった。忠は何かに恐怖したように目を見開くと、バイクに飛び乗り、ヘルメットを被った。

「知るか！　俺は二週間前にアメリカから帰国したばかりなんだからよ！」

彼は怒鳴ると、逃げるようにエンジンを吹かして去っていく。庭の芝は踏み倒されて、タイヤの跡がくっきりと刻まれた。

「ひどい人たちでしたね」

時雨沢夫人から追い立てられるようにして屋敷を辞した後、熱海は端的に感想を述べた。だが、助手席の指宿は車に乗りこむと、むしろいつもより機嫌がいい様子だった。

「だが、貴重な証言が得られた……。次の行き先はわかるな？」

「……はい。霧島智鶴の家に行くんですよね」

熱海は対照的に沈んだ声になるのを自覚した。

これから、一番嫌な仕事をしなくてはならないわけだ。憂鬱さは堪えようもない。

湯本街道を逆戻りしようと車をターンさせたところで、指宿が言った。

「いや、ちょっと待て、何で霧島智鶴の家がわかるんだ」

「え、はい？」

そうだった。熱海が智鶴のマンションを知っているのは、熱海自身も巻きこまれた誘拐殺人事件のときに、彼を送り届けたからだ。指宿は勿論、そのことを知らない。

話すべきか話さざるべきか、と悩んだ挙句、熱海は後者を選んだ。

「ほ、ほら……ダイイングメッセージの事件があったじゃないですか。中学の先生が殺害された……。あの事件のとき、智鶴くんと別府さんを送り届けた、ので」

咄嗟の嘘である。が、幸いにも指宿はそれほど強い興味はない様子だった。

「ふうん。まあ、何でもいいが」

「と、ところで指宿さん！　例の少年事件で、時雨沢忠はどのような役割を演じたんでしょうか？」

「あれか……あれは実にひどい事件だったよ」

彼女は、表情を曇らせる。そして重い口を開き、語りだした。


三年前の四月半ばごろ、湯本市内の県立高校・湯本南高校の校地内で、一人の少年が死亡する事件が発生したという。彼の名前は高住悌司《たかすみていじ》。まだ一年生だった。

入学して二週間やそこらで、なぜそこまでのいじめが――？　というのが世間の抱いた当然の疑問であり、また教職員側の嘆きでもあったわけだが、被害者を含め、事件に関係した五人の生徒は全員、同じ中学校からの出身者だったそうだ。加害者メンバーは次の通り。

率先していじめを行っていた、時雨沢忠と風見《かざみ》義輝《よしてる》。二人の腰巾着の九十九《つくも》孝太《こうた》。そして、この三人に巻きこまれるようにしていじめに加担したのが、下谷《しもや》礼一郎《れいいちろう》。

この四人が一か月に渡って高住少年をいじめて精神的に追い詰め、そして最後の日、四月十七日には、彼を暴行の結果、殺害してしまったということだ。

いじめの内容は簡潔にして残忍なものだった。

加害少年たちは、体育館の裏（定番の場所だ）で、高住少年の身体――それも目立たない部分に蹴る殴るの暴行を加える、ということを繰り返していたそうである。そして四月十七日、暴力がエスカレートした末に、高住少年は体育倉庫の石段の角に後頭部を強打し、息を引き取ったという。あまつさえ少年たちは逃亡し、誰にも知らせなかった。事件が発覚したのは、たまたま通りかかった生徒たちが彼を偶然発見したため。

加害少年たちは当初黙秘し、霧島実鳥弁護士の親身で献身的な働きかけによって、初めて切れ切れに事件の内容を話し始めたという。

だが、霧島弁護士が他界し、弁護人が他の人物に変わったことで、急に事件は異なった展開を見せた。主犯とされていた時雨沢忠が、事件当日は暴行に加担していなかった、ということになったのだ。

彼だけは結局、起訴されなかった。そして残りのメンバーにも、さほど重い判決は下らなかった。

三人の少年のうち風見義輝は、高い暴力性から少年院に入ったものの、少年院への収監は、原則二年まで。彼ももう院を出ているとのことだった。

それを聞いた熱海は何ともやるせない気持ちになった。

「まあ、私がここで論じたいのは、少年犯罪をめぐる法律の是非みたいなことじゃない。とにかく、時雨沢忠はうまいこと罪を逃れた。そういうことだよ」

しばらく二人は黙っていた。指宿が途中で、思い出したように電話をかけた。相手は長島のようで、時雨沢夫人と忠のアリバイの裏付けを依頼したようだ。

そうこうするうち、車は霧島智鶴の住むマンションの前までたどり着いた。

6

智鶴の家のリビングに上がりこみ、時雨沢信雄が殺された、と指宿が言ったとき、智鶴の目は少し見開かれた。

けれどその表情の揺らぎは僅かなもので、あるいは演技かもしれない、と熱海は思った。

「それはそれは。——で、僕にはよくわからないんですけど、どうして僕の家に来たんですか？」

「自分の胸に聞いてみたらどうだ」

指宿はぴしゃりと言った。智鶴はきょとんと首をかしげる。

智鶴はジャージを着ていて、胸元まで引き下げられたジッパーからは幽霊みたいに白い肌が覗いていた。室内とはいえだらしなさすぎる。

「僕はとても面倒くさがりなので、もう端的に言ってしまいますね。指宿警部、あなたは僕が時雨沢殺害の容疑者だと思っている。でも僕はやってない。以上終わりです」

彼は首筋に手をやって頭をぐるぐる回した。骨が折れているのではと不安になるほど大きな音がコキコキと鳴る。指宿は彼のジャージを引っ張って、思い切り睨む。

「あいにくだが、目撃証言があるんだよ。お前と彼が昨日、現場で会っていたと」

「湯本墓地が現場なんですか？」

智鶴は、ちょっと驚いた様子だった。指宿が「白々しい」と言うように顔をしかめたとき、リビングの扉が開いて、一人の少女が出てきた。別府揚羽である。

「おや、トイレに行っている間に珍しいお客さんが。どうしたんですか、二人とも」

なぜ彼女がいるのか、と熱海が智鶴に目で問うと、「テストが近いので、ちょうど勉強を教えていたんです」という、色気のない答えだった。そこに指宿が、

「こいつを重要参考人として連行しに来た」

と物騒な答えを重ねる。

「は？　智鶴、何したの」

揚羽は素っ頓狂な声をあげる。

「人を殺したことになってるらしい」

「えええーっ！　本当にぃ？」

「ひどいな揚羽、本当なわけないでしょ」

二人の会話を咳払いで遮る指宿。

「とにかく霧島智鶴！　お前は警察に来い！」

「ええー。何でですか、今日は日曜日ですよ」

指宿はその態度にますます苛立ちを深めた様子で、腹の底から出るような低い声を出す。

「時雨沢刑事部長は、お前の一族が眠る墓の前で死んでいた。そして――右手にはカーネーションが握られていた。お前には説明不要かもしれんがな」

その言葉を聞いて、智鶴は心持ち目を伏せた。少し間を置いてから開口する。

「……大体のところは、把握しました。けど僕には、どうもその状況は作為的に思えますけどね」

「お前はハメられた……とでも言いたいのか」

「ええ。指宿警部はそうは思わないんですか？　だって、そんな状況、霧島実島の関係者が犯人だと、自白しているようなものじゃないですか」

「裏をかいたのかもな。これは、時雨沢夫人から聞いた話なんだが……」

指宿は、時雨沢にかかってきた電話の声が少年のものだったらしいことを話した。

智鶴はげんなりした顔になって、髪を掻く。

「ねえ指宿警部、あなたがなぜだか僕を嫌っているのはわかりますよ。でも、こりゃ冤罪ですよ」

「冤罪？　だったら説明してもらおうか、霧島智鶴。昨夜の八時から十一時の間！　どこにいたのか」

「そりゃ……」

智鶴は揚羽のほうをちらっと見て、「ちょっと言えませんね」と口を閉ざす。

「は!?　どういうことよ智鶴」

その言葉に揚羽が悲鳴をあげる。

「家にいたんじゃないの？　ひばりさんに証明してもらえば……」

「話は聞かせてもらったわ。その時間、確かにあんたはどこに行くか言わずに出てったわよね」

これまたドアを開けて入ってきたのは、二十代か三十代くらいの女性。薄い縁なし眼鏡が理知的だなと熱海は思った。

「えー、ひばりさん。何でそういうこと言っちゃうんですか」

智鶴は唇を尖らせて女性に抗議した。ひばりと呼ばれた女性は頬を掻いて、「だって嘘つくわけにはいかないでしょ」と悪びれない。

「――アリバイを証明できないようなら、いよいよお前には話を聞かねばならんな」

「指宿さん、でもそれ……任意同行ってやつですよね？　逮捕状がないのなら――」

「智鶴くん」

熱海もさすがに口を挟まざるをえなかった。彼を疑いたくはなかったが、自分は指宿の部下であり、警察サイドの人間なのだから。

「あまり余計なことを言って心証を悪くしないほうがいい。さあ、頼むから僕らと一緒に来てくれ」

「……わかりました」

わりに素直に彼は従った。一度部屋に引っこんでジャージからパーカーに着替えると、智鶴はサンダルをつっかけて、むしろ率先して玄関口に立った。

「ちょ、智鶴！　待ってよ、大丈夫なの？」

「さあ？」

焦りまくる幼馴染みを後目に、無気力少年は他人事のように言い置いて、家を出ていった。


熱海の車で智鶴を連れ、湯本警察署につくと、すぐに取り調べが始まった。

場所は三階の奥の奥。自殺や逃走を防ぐための鉄格子が嵌まり、こちらからは覗けないマジックミラーが張られた、完璧な取調室である。

「さて。じゃあ始めようか」

指宿は机に肘を立て、組み合わせた両手の上に顎を載せるポーズを取る。髭面のおじさんではなく若い女性だが、なかなかに貫禄のあるポーズだな、と、熱海はどうでもいいことを考えた。彼は部屋の隅の机に座り、調書を作成していた。

「まず聞きたいのは、お前と時雨沢信雄氏の関係だ。彼のことをどう思っていた？」

「隠蔽体質ここに極まれりといった具合の老人、でしょうか。あと殺人犯」

「智鶴くん！」

熱海は思わず彼を制した。墓穴を掘ってどうする。指宿は、そうかそうかと頷いた。

「なるほど。被害者のことは憎んでいたと」

「率直に言えば。──ねえ指宿警部。カーネーションと現場から僕を真っ先に疑ったということは、彼が過去に犯した罪のことも、当然知っているんでしょう？　あなたは実際、どこまで知っているんですか？」

「……じゃあ教えてやろう。私がどこまで知っているか」

上から目線で語る智鶴に辟易したようで、指宿は熱海に話したのと同じ、実島の事件の話をした。彼女の日記のこと。そこに書かれていた、時雨沢と会う約束のこと。そして、時雨沢に圧力をかけられたこと。勿論少年事件が絡んでいるから、一応「時雨沢の息子」の名前は伏せて。智鶴は、興味を感じた様子で腕を組み、じっと黙って聞いていた。

「……貴重なお話、ありがとうございます」

聞き終えると智鶴は言った。穏やかで、優しいその声音に、熱海はむしろ戸惑った。

「それを聞けただけでも、今日、ここに来た甲斐はありました。母さんの真意が聞けたのは嬉しいです」

「そうか」

指宿も、智鶴が急に殊勝なことを言うものだから、軽く狼狽しているようだった。ポーカーフェイスは崩れていないが、探るような声音と机を叩く指先の忙しなさで、それは知れた。多分、智鶴にも筒抜けだろう。

「では、今度はこちらとしても腹を割って話してもらいたいものだな」

「そうですねえ……。じゃあ、被害者の過去を知る一参考人として、彼の過去についてお聞かせしましょう。熱海さん、結構興味あったりするんじゃないですか？」

腕を組んでこちらを見上げてくる生意気な少年に、悔しさを感じながらも熱海は頷いた。

「ぜひ、聞かせてほしいね。君の過去と……それから、時雨沢さんがいかにして密室を作ったかについても」

「いいですよ。あ、でも……その前に水をいただけませんか。それくらいはいいでしょう？」

指宿はため息をつくと、熱海に顎をしゃくった。

7

「さて、と」

グラスの水をちびちびと飲み終えてから、智鶴は語り始めた。

「まず、密室の状況について確認を。霧島実鳥が転落して、たまたま転落現場に居合わせたということになっている時雨沢氏は、駆けつけた警官隊を引き連れて、マンションの部屋に上がろう、と言い出したわけです。玄関のドアが施錠されていたことは、警官が証明してくれました。鍵は玄関を開けてすぐ、下駄箱の上に載っていたから、施錠して逃げたわけでもない。そして警官三名が各部屋を回って、室内に潜んでいる人物はいないと確認もした。ちなみに時雨沢氏は勇敢にも、『逃げてくる輩がいたら私が食い止める』とハードボイルドなことを言って、玄関に仁王立ちしていたそうですが」

度々入ってくる皮肉にはらはらしつつも、熱海は掌を握りしめて耳を傾けた。

「部屋の窓には全て鍵がかかっていて、唯一開いていたのは母が転落したベランダに通じるリビングの大窓のみ。そこからも、隣の部屋に移るのは困難と思われ、またその痕跡もない。さて、ではデリケートな事件の弁護を引き受けてしまった悲劇の弁護士の自殺……というふうに見えますね。でも、僕にはそうは思えなかった。母が、何らかの理由で例の事件の弁護から無理やり降ろされたことは、夫婦喧嘩を聞いていたので知っています。時雨沢の部下だった父はたじたじでしたね。まあ、それはいいや。とにかく自殺とはとても思えませんでした」

彼はグラスを再び持ち上げて水を啜ると、また語りだす。

「で、事件の夜、寝ずに考えたわけです。密室の理由を。そして気づいた――この密室にはトリックがあると」

立て板に水。喋るのはかなり億劫そうだったくせに、智鶴は話しだすと止まらないタイプなのだろうか。

「翌日、もう面倒なので僕は時雨沢刑事部長を呼びつけました。父を交えて、部屋には三人きりでした。もっと多くの証人を呼び集めるべきだったな、と今では思います。でもしょうがないですね。何せ当時は中学二年生でした。これはしょうがない。推理ショー願望を抑えきれなかったわけです。とにかく僕は、生まれて初めての推理ショーに興奮していたわけです」

だんだん、笑えなくなってきた。熱海には、智鶴が必死に本音を覆い隠しているのが痛いほど伝わってきた。今まで自己韜晦《とうかい》を続けてきた智鶴は、すべてを話す段階になって、自虐に走ることで心を慰めているのだ。

当時の彼は多分、母親を殺された憤りから、頭に血が上っていたのだ。涙をこらえて夜通し考え、密室トリックを見破ったときの彼の心境はいかばかりだったろう。

熱海は無性に切なくなった。韜晦も自虐も取り払った、智鶴の剝き出しの心の叫びが聞きたかった。

「まあ、犯人は最初からわかっていますから、このパターンの密室トリックの答えは、大体想像がつきますよね、熱海さん？」

急に話を振られた。熱海は唸る。

「えーと……そうだなあ……下駄箱の上に鍵があったんだから、ドアの上部から送りこんだ……とか？」

「そんなもん鑑識が気づくわ」

ぴしゃりと指宿がツッコんでくる。

「面倒なので答えを言っちゃいますと……。熱海はうっと呻いた。確かに。となると……？時雨沢は単に、鍵を使って部屋を出ていった。それだけのことなんですね」

「え、でも……あれ……下駄箱の上に鍵が……んん？」

「まだわからんのか。時雨沢刑事部長が犯人なら、すり替えのタイミングが一度だけあるだろう。つまり、彼が二度目に部屋入って、警官三名が部屋を調べているときだ。……まあ私がそれに気づいたのも、時雨沢が犯人だと知った後だったが」

「その通り」

智鶴が解説する。

「ストラップが目立つものだったというのがミソなんですよ。部屋に入った瞬間、『あ、鍵あるんだ』とすぐに認識されたわけです。そして、一人になると、素早く鍵をすり替えた。下駄箱の上に残しておいたのは、時雨沢の自宅の鍵か何かでしょう。ストラップについてはコンビニで市販されているものですから、もしかしたら同じものを買ってきて、丸ごとすり替えたのかもしれませんね。管理人さんを部屋の外で待たせたのもこのトリックのためです。そうそう。勿論、言うまでもなく犯行時間帯にマンションへの出入りを目撃された不審な男は、あの時雨沢です。その杜撰《ずさん》さから察するに、恐らくこれは衝動殺人でしょうね。さっきの指宿警部の話を加味すると、彼は最初は、息子のために便宜を図るよう交渉していたのでしょう。ですが母が応じなかったのでしょうね、カッとなって突き飛ばしたときの打ちどころが悪かった、などの事情があったのでしょう。時雨沢は、母が自殺に見えるよう、ドラマチックにカーネーションを握らせ、室内の血を拭き、頭部の傷が隠れるように……落とした」

熱海は、しばらく黙ってから訊いてみた。

「で、君はその推理を披露して、それからどうなったんだい？」

「どうもなりません。強いて言えば父親と離れ離れで暮らすことになったくらいです」

彼は、まるで退屈な映画の感想を語るみたいに言った。

「時雨沢刑事部長は、僕に真相を指摘されて、相当腹を立てた様子で帰っていきました。

でも僕は実のところ、何も悲観してはいませんでした。父親がいましたから。彼は時雨沢を追ってすぐに出ていきました。僕は満足して、これにて証明終了などと思っていたわけです。――ところが、それはひどい見込み違いでした」

彼の語りは最終段階に入った。

「葬儀を終えた日の夕方、僕は父に尋ねました。いつ時雨沢を逮捕できるのかと。その時の彼の答えは、こんな具合でした――『事件は終わり。これにて一件落着』と。で、僕がさらに不平を鳴らすと、家を出ていけときた。僕はそれを実行に移したまでです。それからは叔母と同居するようになったんですよ」

「……彼女はどこまで知っているんだい」

熱海が訊くと、智鶴は首を振る。

「ほとんど何も。ただ、母――彼女にとっては姉です――の死と、警察の捜査に、僕が納得していないということは理解してくれているようです。もっとも彼女自身は、自殺説を飲み下して、満足している様子ですけどね」

こうして霧島智鶴の過去のベールは取られた。

熱海は、長いため息が零れるのを、こらえることができなかった。

「……そう、か」

指宿はおほん、と咳払いをして、冷徹な捜査官に戻る。

「まあ、いいさ。それはそれ、これはこれだ。とにかくそういった事情で、お前は時雨沢に恨みを抱いていた……。それを今、お前は認めたわけだ」

「ねえ、指宿さん？　今の僕の話を聞いて、気がつきませんでしたか？」

智鶴は可笑《おか》しがるように言った。

「何にだ」

「カーネーション、湯本墓地、時雨沢信雄。これらのキーワードを結んだ先に、僕以外の容疑者がもう一人いるということに」

指宿は少し考える素振りを見せた。熱海も黙考してみる。そして、彼の言わんとしていることに気がついた。指宿もほぼ同時に気づいた様子で、焦りの表情を浮かべる。

「お、おい……。滅多なことはいうもんじゃないぞ」

「滅多なこと？」

智鶴は前髪でほとんど隠れた眉を上げる。

「そこまで論理的に破綻しているとは思いませんけれどね。だって彼は、条件的には僕とほぼ同じなんですから」

「——残念だが、それは違う」

その声は唐突に響いた。

智鶴は、表情をすっと消して、出入り口のほうを見つめた。熱海も、指宿も思わず振り返る。

「私にはアリバイがあるのだよ……重要参考人の、霧島智鶴くん？」

そこに立っていたのは智鶴の父――霧島官九郎刑事部長だった。

8

刑事部長は白い手袋を嵌めた手でドアを閉めて、足音を立てることなく机のほうに歩み寄ってくる。相変わらずの黒いスーツ姿。

「やれやれ……。自分の父親を捕まえて殺人者呼ばわりとは、何という奴だ」

彼は冷たい声で息子に言い放った。熱海はごくりと生唾を呑みこむ。

「検視官から聞いたところだと、ついさっき犯行時刻はもっと絞られて、八時から九時の間と断定された。その時間、私は別の事件の捜査会議に出席していた。……そうだね？」

熱海と指宿は目を見合わせて頷く。刑事部長は勝ち誇ったような表情を浮かべて、智鶴を見下ろした。

「どうだね？」

「別にって感じですよ。前刑事部長よろしく、部下を手なずけたんじゃないですか」

智鶴はぷいと顔を逸らして、尖った声を出した。霧島刑事部長は不敵な笑みを浮かべると、机に片手をついて凄む。

「いい加減にすることだな、智鶴。お前がやったんなら、素直に言うことだ」

「ちょ、刑事部長……」

いくらなんでも言い過ぎだ。熱海は思わず口を挟んでしまう。だが、刑事部のボスに睨まれると、彼はそれ以上言葉を発せなくなった。

「なあ、智鶴。例えばそうだな……正当防衛ってことはないのか？　つまり、時雨沢氏がお前を殺《あや》めようとした。そして逆に……という筋書きだ」

「は？」

智鶴は意味を図りかねたようで、顔を歪めて父親を見上げた。

「何を言っているんですか。どうしてあいつが僕を殺そうとするんです？」

「三年前の事件の口封じ。そういうことも考えられるだろう」

熱海も指宿も唖然として、上司を見つめた。淀みなく喋る刑事部長に、熱海は強い不信感を抱いた。彼の気持ちを、智鶴が代弁してくれる。

「つまりそういう即席のシナリオを、法廷で主張しろってわけですか。面白いこと言いますね。刑事さん」

「ああ、悪くないだろう？　で、本当のところはどうなんだ」

智鶴は疲れ切ったように息を吐き出して、真剣な面持ちになる。熱海は息をつめて、親子の異常な会話劇を見守っていた。

そのとき、部屋の外がいやに騒がしくなった。

「な、何だ君は！　止まりなさい！」

「やめてください、離して！」

「おい何してる！　ここは立ち入り禁止で……」

何やら揉めている。霧島刑事部長は眉根を寄せて、熱海に顎をしゃくる。見てこい、ということか。彼はため息をこらえながら立ち上がり、ドアのほうに近づいた。

「一体、何事……」

ぼやきつつ熱海が扉を開けようとしたとき、それは勢いよく開き、彼は「あぶっ」とおかしな声をあげながら弾き飛ばされることとなった。彼が顎の激痛に床の上で悶えていると、「待ってください！」と聞き覚えのある声がした。彼の視界にスニーカーを履いた小さな足が入る。見上げると、折れそうに細い白い足があり、ハーフパンツがあって、檸檬色のサマーパーカーがあって、さらに視線を上げていくと月岡柚季の中性的な顔があった。

「ゆ、柚季……どうして？」

智鶴が妙な顔になって、はあはあと荒い息をしている後輩の姿を見つめる。

「揚羽先輩に聞いたんです！　智鶴先輩が捕まったって。それで、それで……」

彼の言葉の途中で、慌てながら湯本署の署員が入ってきて、少年をつまみだそうとした。

だが、刑事部長が止める。

「よしなさい。君らは下がれ」

「は、は、はい！」

普段は写真でしか見ないような県警の幹部に制止され、警官二名は蒼白な顔になって逃げだした。

再び部屋の静寂が戻ると、刑事部長が柚季をじっと見下ろし、また智鶴に視線を戻す。

「この少女はお前の何なんだ？」

「少女じゃあません！　男です！」

柚季は定番のツッコミを入れてから、「って、それはどうでもよくて！」と刑事部長に詰め寄る。どうでもいいのかよ、熱海も胸中でツッコまざるを得なかった。

「智鶴先輩は絶対に、犯人なんかじゃありえません！　えーと、八時から十時ごろですか？　その間、智鶴先輩は、ずっと僕と一緒にいましたから！」

沈黙を厳かに破ったのは、刑事部長であった。

「おい智鶴、この少女、む、少年……？　とにかくこの子の言うことは事実なのか？」

「……まあ、そうです」

「用件はなんだったんだ」

「智鶴先輩は勉強を教えてくれたんです！　実は火曜日から中間テストが始まるんですけど……。僕が数学がまったくわからないって泣きついたら、夜に飛んできてくれたんです！」

憤慨した様子の柚季が言う。

そうなのか？と目で問う刑事部長に、智鶴はちらりと頷く。

「だったらなぜ、アリバイについて訊かれて黙秘した」

熱海はその言葉に、あれ、霧島父はどうして知ってるんだ？と内心首をかしげる。

「……理由は、主に三つ」

智鶴はぼそりと言った。

「一つは、指宿警部からついさっき聞けた、例の貴重なお話をうかがうためでした。僕が疑われたということは、警察サイドに、『時雨沢＝犯人』の事実を知っている人間がいたということです。じゃなきゃ、この短時間で動機面から僕を犯人と結びつけるのは困難ですから。それが指宿警部であることも、態度ですぐにわかりました」

「……私をコントロールしていたと？」

指宿の口調には怒りより情けなさが込められていた。けれど智鶴はかぶりを振る。

「そんな偉そうなことは言えません。実際、僕にとっても大きな賭けでした。でも、本当に指宿警部には感謝しているんです。母の事件のために、窮地に立たされてまで……そこまでしてくれたこと。本当に、ありがとうございました」

智鶴はやにわに、深々と頭を下げた。

「はっ……今更何だ！　人を散々からかっておいて」

指宿は智鶴からぷいと逸らしたが、そのはずみで熱海には彼女の顔が見えた。指宿は戸惑ったように唇を震わせながら、顔を赤らめていた。急に女性らしくなった指宿も、動転して目を逸らす熱海も無視して、霧島刑事部長が続ける。

「理由の二つ目はなんだ」

「アリバイについて訊かれたのが、僕の友人、別府揚羽の前だったので」

「え、それが理由なんですか？　何でですか？」

柚季は困惑気味に首をかしげる。智鶴はなぜか激しく憂鬱そうな顔になる。

「そりゃだって、揚羽の前で、後輩のそれも男の子の家に、夜、訪問したたなんて言ったら、どんなことになるか……多分向こう四半世紀はからかわれるって……」

「ん、どういうことだ？　男女で、ならともかく」

復活した指宿が問いただす。

「理由の三番目は」

指宿の言葉を遮り、ちょっと目を逸らす智鶴。

「まあ単純に、柚季を巻きこみたくなかったからです」

その言葉を聞いて、柚季は泣きそうになりながら智鶴に詰め寄った。

「ひどいよ、智鶴先輩！　そんな、巻きこむとか……。智鶴先輩の無罪のほうが、大事に決まってるじゃないですかっ」

「……ご、ごめん」

虚を衝かれたような表情で智鶴は詫びた。

「ただ殺された奴……時雨沢は、僕が近ごろいくつかの事件の解決に関わってきたと知って、昨日、俺に脅しをかけにきたんだよ。柚季や揚羽の名前を出して、『これ以上、素人探偵の活動を続けるつもりなら、こいつらにも危害を加える』なんて言って。そんなこともあって、あんまり柚季のことを警察に言いたくなくて」

柚季は、切なげに視線を落として、頷いた。

熱海は思った。彼は――智鶴は多分、他人に頼ることを知らない少年だったのだ、と。誰にも寄りかからず、信頼することもなく、それこそ真の意味で交わることもなく。現実の不条理や理不尽に黙って耐え続け、大人たちに背を向け続けて。

「君は馬鹿だ！」

もう、黙ってはいられなかった。熱海は叫んだ。智鶴に、「うわ熱海さんに馬鹿って言われた」みたいな顔をされたが、構うものか。

「全部、自分で何とかできるなんて思うんじゃあないよ！　それは思い上がりってもんだろ！　少しは警察を、僕を、指宿さんを頼れよ！」

振り向いた指宿に、「いや私頼られても困るんだけど」みたいな顔をされたが、構うものか。

「君の推理力は知っている。痛いくらいよくわかってる。ダイイングメッセージYの事件だって、柚季くんの家の事件だって。僕の従妹の事件も、イベント会場の事件も！　全部君が解決してきたじゃないか！　僕はちゃんとわかっているんだぞ。君がどれほどの推理力を持つか。だから……僕らは本当は、協力すべきなんじゃないのかよ⁉」

ひとしきり吼えて、呼吸を整えて、それから熱海はやばい、と悟った。

喋りすぎた……従妹の事件に智鶴を関わらせたことは指宿には内緒だし、智鶴の推理力を認めているのが警察全体の意思であるかのように言ってしまった……。

熱海は冷や汗を滝のごとく書きながら、恐る恐る顔を上げた。

意外にも、指宿は真摯な表情で熱海を見返していた。

さらに霧島刑事部長を見る。彼は、ひどく複雑な、引き裂かれたような表情をして、きつく唇を噛みしめ——そして、きつく瞑目していた。

「ち、智鶴先輩……？」

柚季の戸惑い声で、熱海は智鶴のほうを見た。そしてぎょっとなった。

彼は俯いて、その目許は長い前髪で覆い隠されていたけれど——それでも。頰を擦る指先の動きで、智鶴が泣いていることがわかった。

言い過ぎたか？　謝るべき？

熱海が困惑していると、智鶴が泣き笑いみたいな声をあげて言った。

「や、ごめん熱海さん……何でもないんだ。ちょっと、疲れてるのかな……。何かね、ちょっとだけ……感動した」

ともあれ、霧島智鶴のアリバイは証明された。

＊

「……わかったよ、もうわかった」

ひと段落してから、指宿が疲弊しきった声を出した。

「お前が犯人じゃないことは、わかった。……となると、捜査は振り出しってことだ」

「そうでしょうか」

復活した智鶴が、いつもの口調で言った。

「僕は、これでほぼ事件は解決したも同然だと思うんですけどね。より正確に言えば、容疑者は相当に限定されたように思います。大体、三人くらいに」

「何だってぇ？」

変な声をあげてしまう熱海。指宿も絶句した。唯一柚季が「さっすが智鶴先輩！」と歓声をあげた。

「……本当か？　智鶴」

厳かに刑事部長が言った。まっすぐに息子を見つめながら。智鶴のほうも、力強く頷く。

「現場のチョイスといい、カーネーションといい、犯人が霧島実鳥の関係者を意図的に陥れようとしたことは明らかです。けれど、そんなことができる人物は限られている」

二人のやりとりを聞いて、指宿が疑問を呈す。

「なぜだ。カーネーションのことは当時、全国的に報道されていたように思うぞ。お涙頂戴要素として、マスコミは積極的にフィーチャーしていたし。墓の場所にしても、湯本市界隈の墓地なんて数は限られているから、特定も難しくないんじゃないか」

「ですから」

智鶴は嚙んで含めるように言う。

「時雨沢を殺したいと思った人がいた。これはいい。あいつに泣かされた人は、決して少なくないでしょう。で、殺害計画を立てるにあたって、スケープゴートを拵《こしら》えようとした。これもわかる。誰も捕まりたくはないですからね。でも、なぜその人物は、霧島実鳥の関係者をスケープゴートに選んだのか？　選べたのか？」

「あっ！」

熱海は叫んだ。確かにそうだ。表向きには、時雨沢信雄と実鳥の事件との関わりは伏せられていた。それに気づけるのは……。

「それができるのも関係者だけ、か」

指宿がぽつりと言った。被せるように智鶴は、とぼけた口調で「例えば指宿警部とかね」と言ってのけた。指宿は狼狽する。

「お、おいこら！　さっきまでの感謝はどこへ消えた」

熱海は本気で、彼女の有罪を信じそうになった。確かに彼女は正義感が強く、時雨沢の罪を知っていて、三年前の事件の関係者だ。だが、刑事部長が冷静に彼女を庇った。

「指宿くんもアリバイがあるぞ、智鶴。例の会議に出ていた」

「まあ、別に指宿警部を疑っていたわけじゃないんですよ」

しれっとして掌を返す智鶴。

「……時雨沢夫人の証言、思い出してください」

「……あ。十代くらいの、若い男の声……」

熱海は呟いた。

「そうですそうです。整理しましょう。犯人は、三年前の実島の事件の真相を――薄々とでも――察していた。そして、少年の可能性が高い。以上の理由から、犯人は三年前に少年犯罪の加害者とされた、三人の少年の中にいる可能性が非常に高いわけです」

9

熱海は、役目を果たした柚季を一階まで送り届けた。刑事部長の指示で、「正式に証言を記録するのは後でいいだろう」ということになったのだ。

折り良くロビーで電話がかかってきて、長島刑事から報告が入る。

時雨沢忠と時雨沢夫人のアリバイが成立したとのことだ。

『夫人が昨晩ホームパーティーをやっていたことは、友人五人から裏づけを取れました。あ、ちなみに時雨沢忠のほうも。東京のアパートに一人暮らしの彼は、事件当夜は八時二十分から三十五分までコンビニの防犯カメラに映っており、死亡推定時刻及び現場との距離を考えて、犯行に及ぶ時間はなかったかと』

熱海は礼を述べて電話を切った。彼には、あの二人のアリバイが成立したことで、何かが進んだのか後退したのか、いまひとつよくわからなかったが。

彼が再び取調室に戻ると、室内の三人は少し落ち着いた様子だった。刑事部長は熱海に扉を閉めさせると、咳払いをした。

「さて、と。智鶴」

彼は突然、携えていた黒い鞄を開けた。そして一冊のファイルを取り出す。

「これは三年前の少年事件のファイルだ。実鳥の事件の資料、その他何やかやと合わせて、こんなこともあろうかと持ってきていた」

刑事部長の有能さに仰天しつつも、熱海はちょっと待て、と胸の内で叫んだ。有難いことに指宿が声に出して叫んでくれる。

「本気ですか刑事部長！　霧島ちづ……ご子息にそれを見せると!?」

「少年犯罪ですよ、部外秘ですよ、人権問題ですよ。バレたら、県警の破滅です」

切りこんでいく上司の背後に回りこむようにして熱海も加勢するが、刑事部のボスは歯牙にもかけない。

「構うもんか。どうせマスコミに発覚したときに辞職するのは私だ。それに……」

「時間がない」

智鶴が、素早く捜査資料をめくりながら言った。

「どういうことだ？」

「まだわからないんですか。犯人が三年前の少年たちの中にいるとしたら、今回の事件を起こした目的は一つしかありません」

熱海と指宿はちらりと目を見交わして考えた。指宿が口を聞く。

「わからないな。何だって言うんだ？　動機なんて代物は、論理的に考えるだけじゃわからないように思うんだが」

「いや、この場合、明確な道標が存在しているんです」

やはり顔を上げずに答える智鶴。

「少年たちと時雨沢信雄。彼らを繋ぐ糸は、ただ一つ——湯本南高校いじめ事件が起きたときの裁判です。そして、時雨沢忠はどういうわけだか、裁判が始まる直前、無罪になっている」

「あっ！　そうか、そういうことか……」

指宿は叫んで、それから唇を噛んだ。置いてけぼりにされた熱海は狼狽える。

「えっ、えっ……そういうことって、どういうことです」

「話が見えていないようですね熱海さん、いいですか？」

智鶴はやっとファイルから視線を上げた。

「時雨沢は僕の母を殺した。これはもう確定事項として話を進めますよ。そしてその理由は何であったか？」

「ええと……」熱海は刑事部長のほうをちらりと見やり、「霧島弁護士が、時雨沢の意に反して、忠に不都合な真実を追究しようとしたから。そうだろう？」と言った。

「そうです。となると、どういうことになるでしょう？　時雨沢は当初、問題の事件の主犯格と見なされていて、被害者——高住悌司に対してかなりの暴力を働いたことが想定されます。最終的に高住を突き飛ばして死に至らしめてしまった人物は、あるいは忠だったもしれない。そうして考えていくと、裁判が無事終了、これにて少年事件は完結。……となるには、絶対に外せない存在がある」

「生贄《いけにえ》——それこそ、スケープゴートだな」

吐き捨てるように指宿が言った。智鶴ではなく、刑事部長が頷いた。

「すると少年の誰か、もしくは二人以上が自分にとって不利な証言を強いられたことになる。事件が発覚した後では、忠に彼らを脅すのは難しいだろう。該当の少年に、時雨沢信雄のほうから圧力がかかったに違いない。……実のところ、調書を見ればわかるが、三人の少年たち全員が時雨沢親子に対して逆らえない立場にいたんだ」

「そうですね。まず、主犯の風見義輝は、かなり本格的に暴行に参加していたようですから、『罪を軽くしてやる』と持ちかけられたら逆らえなかったでしょうし……ふむ」

智鶴が再びファイルに視線を戻して、しみじみと言った。

「——で、時雨沢忠・風見ペアの腰巾着だった九十九孝太も、わけありのようですね。当時、母親が別の傷害事件の被疑者だったと書いてある。警察のお偉いさんである時雨沢に嫌らしいプレッシャーをかけられたら、逆らえそうにない立場ですね」

「まあ当の母親は模範囚で、もう出所しているらしいが……。九十九が脅されて嘘の自供をさせられたならば、将来を台無しにされたことで時雨沢を恨んでも致し方あるまい」

「最後の下谷って奴は？　いじめに途中から加担したという」

熱海が促すと、智鶴は何度か下谷礼一郎のページを見直してから慎重に述べる。

「彼は自分の犯した罪について素直に自供しているし、加えてもっとも罪が軽く、時雨沢に操られる動機も見つかりませんが……」

「可能性としては、一応保留にしておくべきだろう」

指宿も、智鶴に倣った慎重さで言った。

「下谷礼一郎は、当時から弱気で他人に逆らえない性格だったようでな。湯本南高校の同級生からは、『年度の始め、むしろ彼は時雨沢にいじめられていたし、高住悌司とはわりに親しかったようだからいじめる側に回ったのは意外だった』という声も出ていた」

ファイルを手にした智鶴が頷く。

「書いてあります。つまり、弱みもなしに無条件に脅されて偽証を強要されたパターンがなきにしもあらず、というわけだ」

「それはそれで酷いですね。積年の恨みが爆発した、という場合もあるってことですか」

熱海は思わず眉をひそめた。

「……感情論でいけば、誰でも犯人になりうる」

刑事部長が、いつもにも増して厳かな口調でまとめる。

「ともかく、三人の少年の誰かが、時雨沢親子に脅されて嘘の自白をしていたとしたら、この事件をきっかけに過去の少年事件の誤りも正されるわけだ。智鶴。限られたデータだが、一刻も早く犯人を特定してくれよ」

「えーと、で、待ってください？　どうしてそこに動機があるとしたら、『あまり時間がない』ことになっちゃうわけですか？」

「……動機がそこにあるのなら、犯人にとってはもう一人、殺したい相手がいるはずです」

熱海は息を飲んだ。確かにそうだ。

「もしも犯人が、過去の事件で濡れ衣を着せられた恨みを晴らしているのだとしたら……そいつは時雨沢忠も殺そうとする可能性が高いな。そう考えれば、なぜ犯行がこのタイミングだったかも説明がつくな……。それは、二週間前に忠が帰国したからではないのか？」

「そうだったんですか。……となると、これはほとんど確実ですね」

「緊急の課題は、問題の三人と、時雨沢忠の居場所の確認だ！　私が指示を出す」

刑事部長が電話をかけ始めた。

熱海は、不思議な心境でこの親子を見つめていた。

彼らは三年前の事件を機に仲違いをして、それ以来ほとんどまったく口を利いていなかったに違いないのに。まるで、長年の相棒のようであった。

10

その後すぐに、熱海と指宿も手分けして書類にあたることになった。刑事部長は、じっと部下二人と息子を見守っている。

熱海は、事件当日の様子と、加害少年たちの実際の罪状が記されたファイルを手にしていた。そこに記載されているのは文字だけだが、目を覆いたくなる。


【現場】

県立湯本南高校の体育館裏。人通りはほとんどなく、樹木で覆われているため、街路からも死角。


【犯行当時の状況】

時間は放課後。天候は曇り、気温、湿度も四月としては標準的であった。

体育館では、バレー部とバスケットボール部が活動していたが、ドアが閉め切られていたため、凶行に気づいた者はいなかった。

加害少年三人は、「全員が暴力を加えた」「致命傷となった一撃は、誰が与えたかよくわからない」と揃って主張している。

全員が逃走しており、事件翌日の聞き取り調査で、三人揃って事件への関与を否認。その後の捜査で三人の痕跡が浮かび上がったことで、彼らは容疑者となり、指紋や唾液は見つからなかったが、日常的にいじめを行っていた時雨沢忠とともに、裁判にかけられる。


【発見時の状況】

遺体を偶然発見したらしき男子生徒が、匿名で一一九番通報をした。

また、救急車が到着する僅か三分前に、バスケットボール部の男子生徒五名が休憩中に現場を訪れ、遺体を発見。バスケ部顧問の教師、養護教諭などを呼びにいったり、衣服の乱れた被害者の身なりを整えてやるなどをしたらしい。救急隊が到着した時点では、被害者は学ランやズボンも含め衣服を綺麗に着用していたが、後に下着やワイシャツの内側から土や草が出てきたので、暴行時には衣服の一部を脱がされていたものと見られている。

【犯行に及んだ三人の少年について】

〈風見義輝〉

被害者の高住少年に、蹴る・殴るの暴力を加えた。被害者のワイシャツの襟元から、彼の指紋及び掌紋（主に左手）が出た。また、高住少年の制服のズボンに付着していた靴底の跡は、風見義輝のものと一致した。三人の少年の中でもその暴力性は最も高く、致命傷となった一撃も、彼が与えた公算が大きい。

少年鑑別所でも反抗的な態度を示し、少年院送致が決定。（追記：院には一年間の収容）。

〈九十九孝太〉

高住少年に主に暴言を浴びせ、茶化すような役目で現場に居合わせていた。うつ伏せに倒れた被害者の背中に唾を吐くなどの軽微な暴力を加えた。被害者のワイシャツから検出された唾液は、ＤＮＡ鑑定で九十九のものと一致。直接的に手を出すことはなかったが、罪の意識は極めて低く、裁判では最後まで自分は悪くない、見ていただけだと主張。家庭裁判所の調査官に対しても、被害者の人格批判を繰り返す。保護観察処分。

〈下谷礼一郎〉
大人しく、暴力性は低い。だが、いじめに強制的に加担させられてからは、直接的な暴力にも関わっていた。事件当日、彼が暴行の現場に居合わせたか否かは、初動捜査にあたった捜査官の間でも議論が起こったが、高住少年の学ランのボタン全てから、下谷の指紋（主に左手親指）が見つかり、衣服を脱がせるなどの暴力にあたったと判明。保護観察処分。

備考：学校側は、事件のあった数日前に実施された『いじめに関するアンケート』で被害者が「いじめは受けていない」と回答していたため、いじめには気づけなかったと説明。また、日常的に彼らいじめグループを率いていた同級生の少年（十六歳）は、事件当日は現場に居合わせなかった、三人のみが当日に暴力を働いた、と主張。当該事件は傷害致死事件なので、本件に関しては不問に付された。

「はあぁ……」
熱海がやるせなさにため息をついたとき、指宿が思いついたように開口した。

「ところで、今気づいたんだが、本当にこの三人の中に犯人がいるんだろうか？　つまり、前提が間違っていたということはないか、霧島智鶴」

「どういうことでしょう」

「つまり、時雨沢夫人ないし時雨沢忠が犯人ということはないか。たとえば、時雨沢夫人が偽証をしていたら？　お前に罪を着せることを想定して、『若い男』と言ったとしたら。本当はそんな電話、かかってこなかったとしたら」

「あ、その線は否定されました」

熱海は、言い忘れていたことを詫びながら、指宿にさっきの電話の報告をした。

指宿は納得顔で頷いたが、智鶴は特に興味もなさそうであった。彼はこう言った。

「アリバイを抜きにしても、元からその二人が犯人とは思えませんでしたけどね」

「というと？」

「まず時雨沢忠が犯人なら、夫人が脅迫者の声を知らない声と言うわけがない」

「息子に偽証を強要された可能性もあるんじゃないのか。あるいは単に庇っていた」

指宿が指摘したが、智鶴はファイルを見たまま首を振る。

「もし偽証なら、息子の年頃と被るように、『十代くらいの若い男』が犯人である、などという限定的な偽証はしません。むしろ、年寄りの婆さんの声とか、息子と全然違う人物であるように言うのでは」

「でもさ、智鶴くん」と、熱海が口を挟む。

「犯人は君を陥れようとしていたんじゃないの？　そうなると、君に被るように証言しても」

「いや、それは違いますよ熱海さん。だって犯人は、僕だけを陥れようとしていたわけじゃなくて、霧島実鳥の関係者全員に目を向けさせようとしていたんだから。だって、僕のアリバイが昨夜なかったのは──いや、言わなかっただけで実はあったのですが──ただの偶然でしょう？　犯人には、僕のアリバイがなくなることは予測できなかったし、それならば『霧島実鳥の息子』に焦点を絞ってミスリードするのは危険です。あくまで犯人の想定としては、『霧島実鳥の関係者』が怪しい、ぐらいに思わせておくつもりだったんでしょう。容疑者が僕だと断定されてしまったのは、不幸な偶然が重なった結果ですしね」

犯人側の立場から、自分の無実について「不幸な」などと形容できてしまうのが、熱海には少し恐ろしかった。

「じゃあ、時雨沢夫人が犯人じゃないという根拠は？」

指宿の問いに、智鶴はページをめくりながら答える。

「同じ理由です。もしも彼女が犯人なら、ミスリードのためだけに『若い男』という言葉を出す必要はありません。偽証がばれたら終わりですから」

話すうちに、彼の手許の資料──加害者たちのプロフィール──は、最後のページに達したようで、彼はそれを机の隅に押しやると、熱海の手許にあるファイルを見つめてきた。

「な、何？」

「熱海さん、俺、それまだ読んでないから貸してよ」

「え、僕もまだ途中――」

「頼む熱海くん」

刑事部長が口早に遮った。

「……はい」

泣きたくなりながら、熱海は傍若無人な高校生にファイルを献上した。

智鶴が素早くページをめくっていく音が響く。熱海は手持ち無沙汰になり、霧島実鳥の事件の資料に手を伸ばす。

こうしている間にも、時雨沢忠の身に危険が迫っているというのか。熱海にはどうしたらいいのかわからなかった。

「――わかった」

智鶴が言った。熱海は机につんのめりそうになって智鶴を見やった。

高校生探偵の瞳には、歓喜と驚愕と焦燥の入り混じった、異様な色が浮かんでいた。彼は繰り返す。

「犯人がわかった」

「もう？　えっ？」

熱海は馬鹿みたいにそう言うことしかできなかった。指宿は机に覆いかぶさるようにして、智鶴の顔を覗きこむ。

「誰だ！　それは一体っ」

智鶴は、その名を告げた。捜査員たちはと驚きの声を漏らした。刑事部長でさえも。

11

「指宿晶警部！　熱海至警部補！　両名には、凶悪犯逮捕にあたっての拳銃の携帯を許可する。県警本部に急行して、借り出してこい。そして被疑者の居場所がわかり次第、彼の許へ急行しろ」

刑事部長が素早く命令を下した。はい、と二人は大声で言った。

「現段階の証拠では、逮捕状の発行は難しいから、何とか任意同行で引っぱってこい」

再び威勢のよい返事をするとともに、指宿と熱海は機敏な動きで出ていった。

足音が遠ざかると、探るような間をおいてから刑事部長は切り出した。

「お前は……まだここに残るのか？」

「すぐ出ますよ。容疑が晴れたなら構わないでしょう。大体、警察署なんて息が詰まりますよ。帰ります、迅速に」

智鶴は肩を揉みながら言った。

「そうか」

ぶっきらぼうに応じながら、彼は壁から離れて、扉へと向かう。再び全ての資料が収められた鞄が、その手に握られている。

智鶴も少し躊躇ってから立ち上がって、父親の後について部屋を出る。

「しかし、よくわかったな。犯人が……下谷礼一郎だと。彼が時雨沢の身代わりにされたということも」

「そこまで複雑な推理でもありませんでしたし」

智鶴は、ぼそりと答えた。

「そもそも、学ランすべてに指紋がついていたことの不自然さに、どうして誰も気づかなかったのか……のほうが、僕にはわかりません。学ランのボタンはとても外れやすく、暴力的に脱がせるならば引っぱるだけで事足りる。全てのボタンに触れる必要はない……。これが、時雨沢忠によって故意に捏造された証拠であることくらい、当時の捜査官は本当に気づけなかったんですか？」

「無論、不自然に思う者はいただろうさ」

刑事部長は、怒りも呆れも感じさせぬ調子である。湯本警察署の廊下に、親子の不揃いな足音がこつこつと反響する。

「だが、下谷は誰よりも早く罪を自供していたし、まさか証拠が捏造されたものとまでは思い至らなかったんだろう。だから、いちいち指摘はしなかった。こうして今回の事件が起こったことで、『時雨沢忠の身代わり』がいた可能性が浮上し、初めて浮き彫りになったとも言える。つまり……ん？」

階段を先に立って降りていた刑事部長は、踊り場で立ち止まって息子を見上げる。智鶴は、窓の外を見ながらじっと考えこんでいた。

「どうした」

「――いえ。ちょっと、何か違和感が頭をよぎったんです。上手く説明できないんですが」

彼が目を細めて思考を整理しようとしたとき、階下からばたばたと足音が響いた。

「ああ、こちらにいらっしゃいましたか、刑事部長！　丁度よかった」

長島巡査部長だった。彼は、霧島刑事部長に目を留めて、震える声で伝える。

「容疑者――下谷礼一郎が、時雨沢忠を人質に取り、湯本市内のショッピングモールに立てこもっているようなんです！」

＊

「遅かったか」

助手席で指宿が口惜しげに零して、サイドウィンドウを叩く。

熱海の運転で覆面パトカーは、湯本市内の大型ショッピングモールに向けて爆走していた。サイレンをけたたましく鳴らしながら、赤信号の交差点を大きくドリフトする。ブレーキとクラクションの音が大きく響き渡る。

「あっぶな！」

「大丈夫です！　僕、運転だけは上手いんです！」

「知ってる！」

馬鹿みたいなことを怒鳴りあっているけれど、本当に洒落にならない状況だった。

「しかし下谷は、何が目的なんだ？　時雨沢を殺して自分も……なんてことになったら最悪だが、駆けつけた警官によれば、そういう気配はないらしい。ショッピングモールへの立てこもり……その理由、想像つくか？」

「いえ、全然」

智鶴の推理が正しかったことは証明された。

だが、下谷を任意同行で呼び出す前にこんなことになってしまっては、彼の推理は全くの無駄だったと言っても過言ではない。せめて、あと三十分、いや二十分でも早く智鶴に資料を見てもらっていれば……。

ぐじぐじ考えていると、前方に目標の建物が見えた。四階建てのやたら大きな四角い箱。誘導する警察官が飛びのくくらいの勢いで駐車場に進入し、あらかた空っぽになっている駐車場に乗りつけた。出口のほうでは、早いところ危険なエリアを離れようとする車が大渋滞であった。

二人は車を降りると、モールの入り口まで急いだ。

正面入口のみが開いており、一階のホームセンターやクリーニング店のガラス窓には、ほとんどシャッターが下ろされている。

「県警の指宿だ！　どいてくれ！」

手帳を示して、駆けつけた制服警官たちを黙らせていく。二人は入口に立っていた巡査の喚くような説明を頭に叩きこんで、モールに飛びこむと、通路をひた走った。

花屋や食品コーナーを通り過ぎるとき、悲鳴をあげながら逃げていく親子連れや中学生、若いカップルなどとすれ違う。落ち着いてください、と警官が怒鳴り散らしているが、全く意味がない。

二人が吹き抜けになった中央のホールに立つと、時雨沢忠と、初めて見る青年が舞台の主役となっていた。青年は忠の首をしっかりホールドして、鋭く光る物体をその首筋に押しつけている。サバイバルナイフのようだ。

「下谷あ！」

指宿が腹の底から出るような力強い叫びをあげた。名前を呼ばれて、下谷礼一郎が反応する。長髪を束ねていて、中性的な目鼻立ちはわりに整っているけれど、その双眸には強烈な狂気が宿っていた。

「け、け、刑事さん！　助けてくれ、助けてくれよぉっ、ひっ！」

忠が喚いたが、下谷が締めつける力を強めたせいだろう、情けない叫びをあげて黙る。

「やめろ下谷！　馬鹿な真似はよせっ」

指宿が、受け取ったばかりの銃を抜いて、素早く構える。すると下谷は、さらに時雨沢の身体を引き寄せた。撃てば人質に当たるぞ、と強調するように。

「よせと言っているのがわからんのか！」

「うるさい！　あっちへ行け！」

初めて下谷が叫ぶ。あらゆる激情がこめられた、形容しがたい声だった。

「よくナイフ一本でこれだけの騒ぎを起こしたもんだ……」

熱海が呻くと、傍まで来ていた巡査が解説してくれる。

「さっきまでは、銃のようなものを所持していたんです」

巡査は下谷の足許に顎をしゃくる。確かに、マシンガンのような銃が転がっている。さらに視線をめぐらせると、ガラス張りのエレベーターや、二階の通路を囲むアクリル板など、そこかしこに弾痕のようなものが残っている。彼が銃を乱射したことで、モールは混乱の渦に陥ったのだろう。だが今、彼がナイフを手にしているということは、恐らく銃は本物ではなく、改造したエアガンか何かのはず。となると、彼が発砲した目的は、殺傷ではなく人払いのためだったと取るべきか。

だがなぜそんなことを？

「目的はなんだ！」

熱海が叫ぶと、下谷は顔を歪める。

「……高住悌司のためだ。これは裁きだ！」

「はあ？　言っている意味がわからん！　お前は時雨沢親子に陥れられ、その復讐をしているんじゃないのか？」

指宿の叫びに、下谷は応えない。何だ？　彼の目的は一体、なんなんだ？

「見なよ、刑事さん」

下谷は、二階や三階に顎をしゃくる。そこには、警察の制止も無視して、スマートフォンや携帯電話を向けてくる群衆の姿があった。

「みんなボクらを撮ってる。動画やら写真やら。そして扇情的なテキストをつけてSNSにアップするのさ。おかしな世の中だよね。でも」

下谷は、時雨沢の喉にぐいとナイフを押しつける。すでに半べそをかいている時雨沢は、弱々しい悲鳴をあげる。

「今じゃあそんなゲスな社会に助けられてる。いましがた僕は、必要な情報は全部叫んだ。ボクの名前、こいつの名前。こいつの父親を殺したのは僕で、こいつは社会的に許されないことをして、しかも父親のコネで罪を揉み消したってね」

「なぜ、そんなことを……」

「裁きなんですよ。高住悌司のために、これはどうしても必要なことなんだ」

さっきのリフレインだ。てんで意味をなさない。

「時雨沢に社会的制裁を加えるってのか！　それが目的なら、気は済んだだろうが！　これ以上お前が罪を重ねて何になるっ？」

指宿がそう叫んだとき、熱海の携帯電話が震えた。

本当なら、そんな場面じゃない。無視すべきだ。なのに熱海は、ある種の予感から、ポケットを探るとそれを耳に押し当てて、通話ボタンを押した。指宿が呆れ顔を一瞬向けたが、彼女は構っちゃいられんとばかりにすぐ下谷に視線を戻した。

「……智鶴くんか」

『そうです熱海さん。今どんな状況です？』

「下谷礼一郎が目の前にいて時雨沢忠を殺そうとしてる。正直電話してる余裕もない」

『やばいですか？』

「かなりね」

『だったら窮地の熱海さんに、一つを助言を授けましょう。まったく役に立たないかもしれないし、あるいはかえって下谷を発狂させるかもしれない、両刃の剣です。聞きます？』

「なんでもいい。早く言ってくれ」

「では。実は僕がさっきした推理には、一つ抜けている部分があったんです。肝心要の部分がね。それはつまり…………」

熱海は衝撃を受けた。

彼は聞き終えると電話を切って、懐にしまう。気づいた下谷が、不審げな視線を熱海に注いだ。

「何してんの、刑事さん？　早くどっか行ってくれよ！」

慎重に、慎重に、熱海は言葉を選んでいく。唇を舌で湿す。

「なあ……その、君が今まで、どれくらい生きにくくて辛かったかは、よく分かったよ。

みてくれ」

世間も、君の周囲の人たちも、君にあまりにも不当なことをしてきたんだね。でも考えてみてくれ」

熱海は、下谷とまともに目を合わせた。そこには、激しい動揺が浮かんでいた。

「こんなことをしても、似たような目にあっている他の人たちへの偏見を、助長するだけの結果に終わる。そうじゃないのか？　君の人生はここで終わっても、他の人々はまだ、これから、この社会で生きていかなくちゃならないんだ。同じような苦しみを味わう人を増やしても仕方ない」

「熱海？　お前一体、何を言っ……て……」

指宿は、言葉の途中で驚いたように下谷を見た。彼に変化が現れたのだ。

下谷は、しばらく人形のように虚ろな目をして、熱海を見返していた。

「……学ランのボタンの指紋。それが、君と高住少年の事件を結びつけていた。でも、考えてみれば、その指紋は、事件が発覚した後で偽装できる証拠じゃない。……事件があったあの日、彼の本当の第一発見者は、君だったんじゃないか？」

ナイフを持つ手が、やおら下がる。忠が少しずつ首を逸らしていく様子にも、下谷は気づいていなかった。

「君は、派手に暴行を受けて、運悪く死んでしまった高住少年の、衣服を整えてやったんだな。そして、『君と高住少年はもともと仲良しだった』という証言も得られている。……君は彼と、恋愛関係にあったんじゃないのか？」

指宿は、その唐突な言葉に瞠目した。だが、彼女が何か言う前に、下谷の様子が変わる。彼は、涙を流していた。

「遅すぎるなんてことはない。下谷！　お前が本当は誰よりも、いじめられていた少年を思っていたと、今から訴えればいい。でも、これ以上罪を重ねても何も変わりはしない！」

下谷の手からナイフが滑り落ちた。床に落ちたナイフは、キーンと長い残響を残した。

指宿がすぐに飛び出して行く。忠が泣き叫びながら逃げる。

「下谷礼一郎！　殺人未遂の現行犯で逮捕する！」

手錠の音が鳴り響いた。緊張の糸が切れ、熱海はその場に座りこんだ。

12

雨は翌朝には上がっていて、空は昨日以上にからりと晴れていた。

智鶴が朝、ベッドの上で目覚めたときには、緩やかに吹きつける風の音が微かに聞こえていた。

布団を被ったまま身をよじって、サイドボードの上の電波時計を見る。七時ちょうど。

「学校、行かなきゃ……」

よろよろと起き上がり、おぼつかない足取りで自室のドアに近づいていく。廊下は森閑としていた。ひばりはまだ起きていないようだ。

リビングに入って、コーヒーメーカーに水を注いでいるとき、ソファの上でひばりが仰臥しているのに気づいた。ローテーブルにはノートパソコンが置かれている。どうやら、気分を変えてリビングで執筆していたら、ソファが心地よくて寝落ちしてしまったらしい。

智鶴がメーカーのスイッチを入れ、ごぼごぼと音を立ててコーヒーが作られ始めると、ひばりが大きく伸びをしながら起き上がった。

「おはようございます」

智鶴が挨拶すると、寝ぼけ眼を擦っていたひばりは、一瞬何が起きたかわからないというように、きょろきょろと周囲を見渡し、甥を見上げた。

「お、おはよ……。あ、あれ？　今日は……」

「六月六日、月曜日です」

「くっ、寝落ちしたか……。締切やばいな。ま、いいか何とかなる。それよりあんた、どうしてこんなに早起きなの？」

智鶴は首をかしげた。「だって月曜……」

「六月六日は湯本学院の開校記念日でしょ？」

水を啜る叔母をしばし呆然と見つめてから、智鶴は言った。

「忘れてた……」

「どうしたの、大丈夫？　あんたが休日を忘れるなんて。いつもは月曜になる度に『ひばりさん、今日は開校記念日？』って訊いてくるくせに」

「……昨日は、色々あったから」

「それもそうか」

ひばりは鷹揚に頷いて再び伸びをすると、ソファから立ち上がった。

入れ違いにソファに座りながら、智鶴はちらりと叔母に目をやる。

「あのさあ……。あの人に俺の探偵活動について知らせたの、ひばりさんでしょ」

ひばりの足が止まった。

「……んー？　何のことかな」

「とぼけないで。あの人、俺が警察署に連行されてすぐに現れたし……みどりの日に起きた誘拐事件のことも知ってたよ。あの事件の捜査に俺が関わったのを知っているのは、熱海刑事と容疑者たちの他には、朝、電話を聞いていたひばりさんだけだし」

「あは、さすが智鶴。鋭い」

「……何でそんな、勝手なことを」

「一番勝手な人に言われたくありませーん」

ひばりはグラスを智鶴の頭にこつんとぶつけて、優しく言った。

「あのねえ、あなたたち親子なんだよ。そりゃまあ、すれ違うこととかお互い気に食わないこととかあるだろうけどさ。でも、それを五年も十年も引きずり続けるなんて、つまんないでしょ。それにあんた、本当に官九郎さんが、あなたのこと見放したと思ってる？」

「……思って、ました。昨日までは」

おっ、という形に唇をすぼめるひばり。

「じゃあ、解決したの？　あんたたちの関係も」

「いや、まだそういうわけじゃないけど……」

智鶴はもぞもぞと言った。ひばりは微笑んで、今度は掌をぽんと智鶴の頭に置いた。

「長引かせないほうがいいぞ。今日、行っちゃえば？」

「……わかってるよ」

智鶴は少しだけ、頬を赤らめた。


首からぶら下げた『来訪者』のプレートをいじりながら、智鶴はエレベーターの壁に背をもたせかけた。

「どういう風の吹き回しだい？　智鶴くん」

刑事部長室のある七階のボタンを押しつつ、熱海は訊いた。

「君のほうから刑事部長に会いたがるなんて……」

「いーえ、別に。単純にそういう気分になっただけですよ。それにすぐに退散しますよ。この後も予定があるので」

エレベーターが静かに唸り、上昇を始めた。

「……下谷なんだけど」

熱海が語りだした。

「憑き物が落ちたように自供しだしたよ。よくわかったな智鶴くん……下谷と高住が、友人以上の特殊な関係で、下谷はそれを弱みとして握られていたなんてさ」

「ええ。気づくのは遅れましたが。やっぱり根拠はボタンでした。ボタンの一つ一つに指紋をつける……というのは、偽装としては地味すぎるし不自然です。そしてそれが偽装なら、裁判の前、もっと言うと事件発覚前に偽装が行われていたことになる。これは不自然です。つまり……それは、下谷が暴行を働いたのではないという根拠でこそあれ、偽装ではなかった」

「えーと……で、どういうことになるんだい？　僕は、ショッピングモールで君が、下谷と高住がそういった関係性だった、ということを言ったしか聞いてないけど、根拠は？」

「学ランのボタンに一つ一つ指紋がつく。これは、ボタンを嵌めたときしかありえない。つまり、遺体の第一発見者であり、暴行された高住に服を着せたのは、下谷だったとわかるわけです。そこからは……賭けというか妄想というか、誰かさんの影響みたいなもんでした。たまには役に立つもんですね」

「ん……？　最後の意味はよくわからないけど、まあ納得のいく推理だな。そういえば、事件の少し前に行われたいじめのアンケートで、高住は『いじめは受けていない』と書いたんだっけ。加害者に回ってしまった下谷を、彼は庇っていたのかもな」

チン、とエレベーターの到着音。ドアが開く。

「あ、そうだ。下谷と時雨沢忠のほうの火消しも大体済んだよ。かなり派手に情報が拡散されていたから、まあ完全には無理だろうけど……。とにかく、過去の事件の見直しが行われる契機になった。県警は大バッシングだけど」

「それは良かったですね」

智鶴はぬけぬけと言った。熱海は唇を尖らせる。

「他人事だと思って」

熱海は笑った。

気がつくと二人は、〈刑事部長室〉の前に立っていた。熱海は拳を振って「がんばれ」と言い置くと、廊下を去っていった。


〈刑事部長室〉に入ると、刑事部長は机越しに、じっと智鶴を見つめてきた。

「なんですか」

「……珍しいな、と思っただけだ。お前のほうから来るなんて」

「みんなに言われますね、それ。大体あなたは、ひばりさんから聞いているでしょう」

刑事部長は目尻に皺を寄せて笑った。

「お見通しか。さすがだな。——だが、用件までは聞いていないぞ」

「ちょっとした推理……いや、それ未満だな、推測を働かせたわけです。聞いてくれます？」

「どうぞ」

と、彼はソファーを示す。智鶴はどっかりとそれに腰を落ち着けると、テーブルの端に置かれた正方形のメモパッドに目を留めた。彼は用紙を一枚取ってからゆっくりと語りだす。

「三年前の事件の後、妻を殺された霧島官九郎刑事部長は、密室トリックが解明され、時雨沢信雄が犯人である可能性が出てきた後、どういうわけか、真相を追及する気配を全く見せなかった。それは、当時は上司であった時雨沢の圧力のせいだと僕は思った」

刑事部長は無言だった。智鶴はメモを半分に折りながら、父の目を見ずに続ける。

「でも、実はそうではなかった。本当のところは……時雨沢に人質をとられていたんだ」

「なぜそう思う？」

「昨日のあなたの発言を聞いて、何となく。あなたは僕に言った——『時雨沢に殺されかけたのではないか。正当防衛ではないのか』と。あなたは、それを半ば信じていたんでしょう？　つまり……時雨沢は」

「そうだ」

刑事部長は疲れたような声で遮る。

「三年前、実島の事件があって……お前が推理を時雨沢に推理を叩きつけた後、奴は遠回しに私に脅しをかけてきたのだ。『もしもこれ以上余計なことをすると、息子も同じような目に遭うかもしれない』……と」

「それに屈したわけですか」

「愚かな過ちではあったと思う」

刑事部長は目を伏せた。手袋を嵌めた両手に、じっと視線を注ぐ。彼が沈黙すると、智鶴は、黙々と手を動かして、メモ用紙を変形させていく。やがて、刑事部長は口を開いた。

「ただ……私は必死だったんだ。実島を失い、もしもお前まで……などということがあったら、と。馬鹿げた虚仮脅《こけおど》しだと言い聞かせようとしても、どうしても逆らえず……私は」

「わかりました。もういいんです。……さっき熱海さんから聞きました。僕が捜査に関わるのをやめさせようとしていたことも」

智鶴は、何かを試すように、じっと父を見つめ続けた。

「そうだ。もしもそのことで、時雨沢から目をつけられたら、と思い――ああいや、実際にそうなってしまったようだが――いても立ってもいられなくなってしまったのだ」

しばらく、智鶴は黙っていた。

それから間合いを探るように唇を開いて、やがて言った。

「僕も間違えたと思います――いや、思うというか、これはもう言い切るべきですね。僕は間違えました。三年前に」

彼は顔を上げた。伸びすぎた前髪を払いあげる。

「推理は合っていた。でも、その使い方を間違ってしまった。裏付けのない推理は、推理じゃない……。僕は実際、そんな推理もどきを不毛に繰り返してきた気がするんです。僕は、間違っていたんです。柚季の事件を解いて、彼に感謝されたり……。熱海刑事の従妹の事件を解いて、彼女に自首を勧めたりして、わかってきたんです。いわゆる推理力は、正しい場所で、正しいほうを向いて、正しく使われるべきなんだって。――だから」

智鶴の声は震えてきた。

ああ、もう。彼は胸中で毒づく。普段あんまり喋らないのに。最近、ちょっと喋りすぎだな。声が掠れてしまう。

「今日からは、もっと人を信じたい」

刑事部長は、表情を変えなかった。だが、次に口を開いたときの彼の口調は――どのようにとは智鶴にはうまく言えないけれど――それまでの彼の口調とは、違うものだった。

「……すまなかったな、智鶴。そして、よくぞ今回も犯人を見つけてくれた。ありがとう」

「はい」

智鶴は、口辺に笑みを浮かべて言った。

「こちらこそありがとう。お父さん」

では、と彼は部屋を辞そうと、扉口のほうへ向かった。

「おや、もっとゆっくりしていけばいいのに。私はもう、午前中はフリーだが？」

「いえ。揚羽と柚季を待たせているので。これから勉強会が始まるようですから。成績優秀者も楽じゃない」

「智鶴！」

刑事部長は呼び止めた。智鶴はノブに手をかけながら振り返る。

「もし……もしもだぞ。これから先、県警にも到底太刀打ちできんような、そんな類の事件が起きるようなことがあったら……力を貸してくれないか。お前には、刑事である私の血と……正義感の強い弁護士だった実鳥の血が流れているのだから」

「そうですね」

智鶴は笑った。

「もしも、そんな事件が起きたら。そして僕にやる気があれば――つまり、やらなくちゃという使命感を抱かせる事件ならば」

そこに、救われなければならない、誰かがいるのなら。

「じゃあ、また」

――智鶴がやる気なさげに扉を閉めて去ってから、刑事部長は初めてテーブルの上に置かれたものに気づいた。

それは萎れ気味だけれど、両翼が力強さを感じさせる、一羽の折り鶴だった。

あとがき

本書は、小説投稿サイト「小説家になろう」に連載していた小説『無気力探偵』に、大幅に加筆修正を施したものです。

自分の書いた小説が出版されるのは、長い間の夢でした。

漫画やアニメで、まさに物心がついたころからミステリに親しんできました。自然とそれなりの年齢に達したら推理小説を読むようになり、小説という形式でしか表現できないトリックに触れ、「自分でもこんなものが書きたい」と思うようになりました。

推理小説の中でもとりわけ、論理性の高い本格ミステリが好きで、エラリー・クイーンの諸作品、そして日本の『新本格ミステリ』と呼ばれる作品群には、かなり強く魅せられました。本書にも、そういった多くの傑作へのオマージュを随所に鏤《ちりば》めています。

とは言え、本格ミステリをリスペクトしつつも、本書はそこまで難しい作品ではないので、ご安心ください。ゆったりと楽しんで、ほっこりと読み終えられる、そんな仕上がりになるよう心がけました。

キャラクターは、「自分ならどんな人物に魅力を感じるだろうか」と考えながら作ってきました。智鶴も、揚羽も柚季も、熱海刑事も指宿警部も、全員が私にとっては大切な存在となりました。読んでいただいた皆さんにも、お気に入りを見つけていただけたら幸いです。

私は、弱点や欠点を持っているキャラクターが好きです。人が自分の弱さを乗り越えたり、自分では欠点だと思っていた部分のおかげで、ものごとが上手くいったり。そういう物語を読むと、私は「まあ、頑張ってみようかな」という気持ちになれます。本書が、あなたにとってそんな小説になりますように。

最後となりましたが、この小説が本になるまでに関わったすべてのかたに、この場でお礼を申し上げます。一冊の本ができるというのは、決して一人では成しえない、大変なことなのだなあ……と、しみじみと痛感いたしました。本当に、ありがとうございました。

それでは、またどこかでお会いできることを願っています。

二〇一六年五月　楠谷佑

この物語はフィクションです。
実在の人物、団体等とは一切関係がありません。

楠谷佑先生へのファンレターの宛先

〒101-0003　東京都千代田区一ツ橋2-6-3　一ツ橋ビル2F
マイナビ出版　ファン文庫編集部
「楠谷佑先生」係

ファン文庫

無気力探偵
～面倒な事件、お断り～

2016年6月20日　初版第1刷発行

著　者	楠谷佑
発行者	滝口直樹
編　集	水野亜里沙(株式会社マイナビ出版)
	岡田勘一(有限会社マイストリート)
発行所	株式会社マイナビ出版
	〒101-0003　東京都千代田区一ツ橋2丁目6番3号　一ツ橋ビル2F TEL　0480-38-6872（注文専用ダイヤル） TEL　03-3556-2731（販売部） TEL　03-3556-2733（編集部） URL　http://book.mynavi.jp/
イラスト	ワカマツカオリ
装　幀	川谷康久（川谷デザイン）
フォーマット	ベイブリッジ・スタジオ
DTP	株式会社エストール
印刷・製本	図書印刷株式会社

●定価はカバーに記載してあります。●乱丁・落丁についてのお問い合わせは、
注文専用ダイヤル（0480-38-6872）、電子メール（sas@mynavi.jp）までお願いいたします。

ISBN978-4-8399-5986-9
Printed in Japan

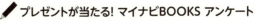